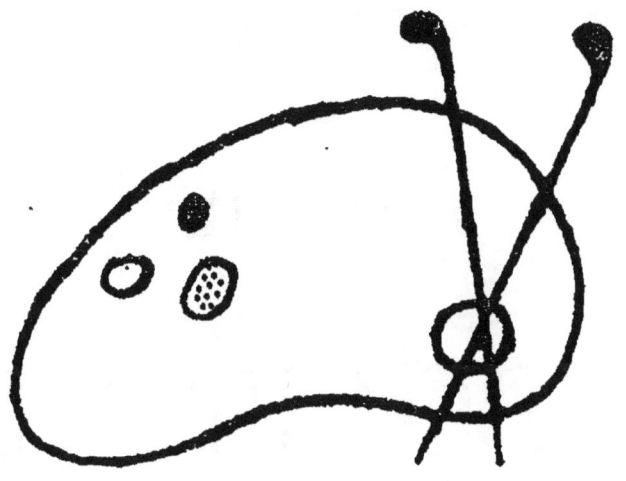

Début d'une série de documents
en couleur

1869

L'AMOUR

DE

LA POLITIQUE

ET LA

POLITIQUE DE L'AMOUR

PAR

GASTON AUBLIGNY

Liberté. — Égalité. — Fraternité.
Elle embrasse ses opinions afin de l'embrasser lui-même.　　(G. A.)

EN VENTE

CHEZ TOUS LES LIBRAIRES

1869

Paris. — Maison Quantin, 7, rue Saint-Benoît.

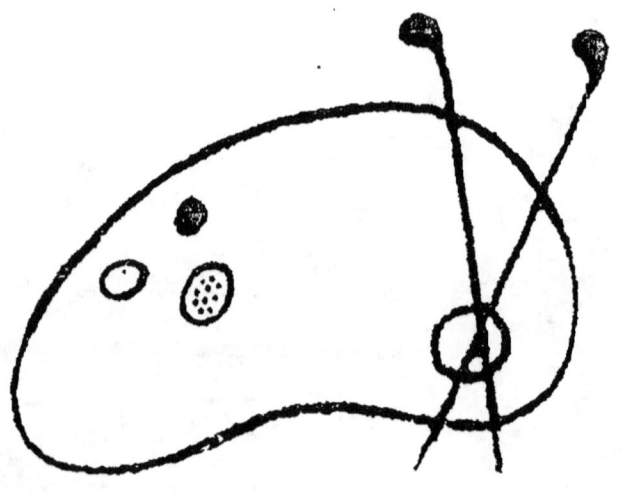

Fin d'une série de documents
en couleur

L'AMOUR

DE

LA POLITIQUE

ET LA

POLITIQUE DE L'AMOUR

1889

—

L'AMOUR

DE

LA POLITIQUE

ET LA

POLITIQUE DE L'AMOUR

PAR

GASTON AUBLIGNY

Liberté. — Égalité. — Fraternité.

Elle embrasse ses opinions afin de l'embrasser lui-même.   (G. A.)

EN VENTE

CHEZ TOUS LES LIBRAIRES

—

1889

L'AMOUR DE LA POLITIQUE

ET LA

POLITIQUE DE L'*AMOUR*

I

Dans l'après-midi du 24 décembre 1888, un jeune homme de vingt-trois ans, d'une mise assez modeste, mais d'une allure où brillait autant de distinction que de charmes, suivait d'un pas incertain les allées sinueuses du Jardin des Doms. Au premier abord, on l'eût pris pour un fils de famille, uniquement occupé à chercher des distractions nouvelles, et venu là par hasard, sans autre but que d'y promener ses loisirs. Mais un physionomiste tant soit peu exercé eût promptement découvert sur les traits alanguis de son pâle visage le reflet d'une souffrance morale, sans pouvoir en deviner la cause mystérieuse. Notre

1

bel inconnu était, en effet, plongé comme dans un océan d'amères réflexions. La tristesse de son front était en harmonie avec le deuil de la nature. Tantôt il fixait ses regards pensifs sur un arbrisseau dépouillé par les frimas, fidèle image de la désolation de son âme! Tantôt il s'arrêtait pour contempler au pied de la célèbre colline le Rhône impétueux, alors majestueusement grossi par la fonte des neiges.

Soudain une exclamation, partie du bout de l'allée, vint le tirer de sa léthargie. « Georges! » fit gaiement une voix qui lui était connue. Le singulier rêveur se retourna aussitôt; un sourire affectueux éclaira son visage : il venait d'apercevoir, élégant même sous un costume militaire peu flatteur, son ami Roger de Berneuil, jeune homme de son âge, à qui il avait donné rendez-vous au Rocher des Doms.

Les deux collègues, après s'être élancés dans les bras l'un de l'autre, s'embrassèrent avec effusion.

— Comment se porte-t-on chez toi? demanda Georges, en laissant échapper un soupir.

— Tout le monde va bien, Dieu merci! répondit Roger de Berneuil, visiblement ému.

— Depuis que le marquis, ton père, m'a impitoyablement fermé les portes de l'hôtel de Berneuil pour les raisons que tu sais, j'ai cherché à oublier cet affront et à me distraire de mes douloureuses pensées en m'adonnant à la politique militante et à l'étude ingrate du droit civil.

— Crois bien, mon cher, que j'ai déploré aussi vivement que toi cette mesure inconcevable dont tu as été victime, et que je ne pourrai souffrir plus longtemps cette impolitesse ou plutôt cette cruauté de mon père à l'égard du meilleur de mes amis. Mon père est très brusque ; mais, au fond, c'est un excellent homme qui ne sait point garder rancune. Sa colère irréfléchie contre toi est apaisée. Grâce à l'intérêt qu'il porte à tout ce qui m'est à cœur, il ne tardera pas à partager les sentiments dont je suis animé envers toi. Compte sur mon amitié, Georges, et toutes les difficultés s'aplaniront : sous peu, mon ami et mon père vivront de nouveau en parfaite intelligence. L'intraitable royaliste a fini par baisser pavillon devant les idées républicaines de son fils. Il ne sera pas dit que ce même Roger aura été impuissant à faire regretter à son père l'injuste et inconséquente rigueur dont tu as été l'objet, et à lui arracher une excuse ou tout au moins une parole de repentir.

— Je n'attends pas moins de ton amitié et de la vraie noblesse de ton cœur.

Après cet étrange préambule, les deux jeunes gens firent quelques pas en silence à côté l'un de

l'autre dans les sentiers solitaires du jardin ; puis,
comme s'ils avaient hâte d'en sortir pour se soustraire au souffle glacial de la bise qui grondait
par rafales humides, ils s'éloignèrent du superbe
Rocher auquel tant de curieux s'empressent, à
l'arrivée des beaux jours, d'apporter le tribut de
leur admiration.

Nos deux amis se dirigeaient à pas lents vers
la ville en suivant le chemin légèrement incliné
qui aboutit aux abords du Château des Papes.

— Eh bien, Roger, as-tu vu la gazette d'aujourd'hui ? interrogea l'expulsé de l'hôtel de Berneuil.

— Pas encore. Quoi de nouveau ?

— On parle de la candidature du Général aux
élections législatives qui vont avoir lieu dans la
Seine, en vue du remplacement de M. Hude.

— Cette nouvelle n'a rien qui m'étonne. Le
Général, s'inspirant des conseils de quelques
ambitieux mus par le désir et l'espoir de trouver
une bonne aubaine dans l'établissement d'un
ordre nouveau ou même dans la provocation d'un
désordre, se présentera partout où il aura des
chances de réussir. Ces élections partielles sont
comme autant d'échelons offerts à ce titanique
soldat pour monter à l'assaut du pouvoir. Son
entourage cynique passe le temps à flairer le vent
de la faveur populaire. Le vent du nord a favorisé

le Général, c'est vrai ; mais ce mouvement régional sera-t-il suivi d'un mouvement aussi automatique dans toute l'étendue de la France, aux élections générales du mois d'octobre? Je ne puis y croire. Le vent du midi balayera le Général comme ses bulletins. Il ne restera de lui que le souvenir de son audace...

— Et de son imposture. Les monarchistes voient en lui un Warwick, un faiseur de rois. Certains républicains trompés protestent hautement contre l'accusation qui pèse sur leur idole d'aspirer à la dictature : pour eux, c'est un nouvel Aristide, agissant uniquement dans l'intérêt de l'État et de la démocratie. Bien des gens, aussi, marchent à la remorque du Général, dans l'espoir qu'il jouera pour la cause des Bonapartes le même rôle que Monk en faveur des Stuarts. Je ne comprends pas, Roger, que des personnes qui raisonnent sainement puissent méconnaître à ce point la nature humaine. Comment! voilà un homme qui se croit déjà tout-puissant parce qu'il est audacieux; un homme dont le nom est étrangement publié par la voix de la renommée à travers le monde; un homme qui paraît s'imaginer que partout où il frappera la terre du pied il en sortira des légions. Le simple bon sens ne se refuse-t-il pas à admettre que cet homme, au jour du succès, consente à déposer entre les mains d'un prétendant quelconque un

sceptre conquis au prix des plus grands périls?
N'est-il pas plus vraisemblable que le triompha-
teur fasse lui même acte de prétendant? « Non,
disent les radicaux ses amis, il a toujours invoqué
à l'appui de ses opinions le patriotisme et l'intérêt suprême de la République! » Que lui importe-
raient ses anciennes protestations de foi républicaine? On sait à quoi s'en tenir sur la valeur de
pareilles promesses. Le nouveau maître ne tarde-
rait pas à supprimer cette liberté qui est entre
les mains d'un peuple l'instrument le plus docile
pour renverser les rois ou les dictateurs. L'ambition, Roger, n'a jamais donné la main au désintéressement, ni le pouvoir personnel à la tolérance.

— Je partage ton opinion, mon cher Georges.
Le Général est l'homme sur lequel les mécontents
se reposent de la réalisation de leurs espérances
honnêtes ou inavouables. Comme à toi, son succès
me ferait éprouver une légitime crainte pour la
sauvegarde de nos libertés. Ce Général tartufe
fait semblant d'embrasser la cause de la République...

— Il l'embrasse, mais c'est pour l'étouffer. Ses
partisans croient-ils s'être suffisamment défendus
en disant que leur politique consiste à laisser
agir paisiblement le suffrage populaire? Pensent-
ils donc qu'il n'y a que la restauration d'une
monarchie par le moyen de l'effusion de sang

qui soit un crime? C'est un crime aussi, non plus seulement contre l'humanité, mais encore contre la liberté, que d'éblouir les yeux d'un peuple crédule par le mirage de promesses irréalisables, d'exciter les instincts séditieux de la populace, de semer partout la calomnie contre les représentants du pays ou du gouvernement, et tout cela pour en venir à ses fins coupables !

— Oui, c'est un crime de lèse-nation, car ses auteurs cherchent à corrompre le peuple, persuadés qu'un peuple perverti se donne toujours à celui qui le flatte, jamais à celui qui veut le rendre heureux par des lois raisonnables et justes.

— Cependant, Roger, je ne crois point à la réussite du chef des mécontents. Pour renverser l'idole, il suffit que le peuple se sente joué. Autant l'opinion publique a de faveurs pour celui qu'elle élève au faîte de la célébrité, autant elle a de rigueurs contre celui qu'elle en précipite. Le jour n'est peut-être pas loin pour le Général où sa popularité mal acquise s'évanouira avec toutes les illusions qu'elle fait naître, aussi rapidement que la poussière soulevée par le sabot de son cheval noir.

Tout en agitant ces questions on ne peut plus sérieuses, les deux jeunes interlocuteurs étaient arrivés sur la place du Palais des Papes. Là ils firent halte un instant et causèrent quelques minutes à voix basse; puis, après un affectueux serrement de mains, ils se séparèrent, l'un pour regagner Védènes, son village natal, l'autre pour rentrer au splendide hôtel de Berneuil dont les murailles s'élèvent, vieilles et imposantes, au cœur même d'Avignon.

La conversation des deux amis a dû montrer le peu de cas qu'ils faisaient du pouvoir personnel et de tout ce qui en a les apparences. Mais comment s'expliquer, de prime abord, cette sympathie entre jeunes gens qui eussent appartenu jadis à des castes différentes, et qui, de nos jours encore, ont coutume de se regarder de travers, tant les haines d'autrefois étaient implacables? Comment concevoir que la noblesse et la roture, qui ont vécu presque toujours en froideur sinon en hostilité, eussent fait comme un pacte en unissant par la communauté d'opinions autant que par l'amitié Roger de Berneuil et Georges Marly? Le plébéien Marly, démocrate! A cela rien que de très naturel : Georges était fils d'un villageois sans fortune. Mais Roger, fils du marquis de Berneuil, Roger, descendant des hauts seigneurs de Thouzon, parler le langage républicain! On pourrait avoir quelque peine à le croire, et les paroles sorties de sa bouche ont dû grandement étonner ceux de mes lecteurs qui ont connu l'esprit éminemment royaliste de son père, dont l'amour invétéré pour une monarchie éteinte n'avait d'égal en degré chez lui que sa haine non moins invétérée contre une République triomphante. Cependant, rien de plus exact que notre récit. Les opinions du fils différaient considérablement de celles du père. Bien loin de vouloir, à l'exemple du marquis, trancher du grand seigneur, Roger se riait à son aise de la vanité aristocratique des jeunes fats de son âge, et mettait au-dessus d'une noblesse familiale, qui n'est que néant, la noblesse intellectuelle, qui constitue l'homme. Il ne comprenait pas qu'un citoyen, conscient de ses droits, pût courber la tête devant une autre souveraineté que celle de l'intelligence. Il avait raison. Tandis que la noblesse est de convention, l'intelligence nous vient d'en haut : Dieu la souffla dans nos âmes. Tous les hommes la possèdent à un degré plus ou moins élevé. C'est elle qui leur permet d'assujettir à leurs caprices les autres êtres de la création. Il entre dans les vues de la Providence que les peuples fassent appel à cette faculté sublime pour la rendre l'arbitre de leurs destinées : car de toutes les supériorités, c'est la seule que Dieu ait permis à l'homme d'avoir sur l'homme. L'intelligence devrait seule régir le monde. Elle est la dominatrice des gouvernements républicains. Toujours invincible devant les attaques des ennemis

du dehors. Invincible devant les attaques des ennemis du dedans, quand elle a fait asseoir sur son
trône la probité !

C'est en 1885, à la Faculté de droit de Grenoble, que Roger de Berneuil avait fait la précieuse connaissance de Georges Marly. Ils furent
attirés invinciblement l'un vers l'autre par la force
attractive de cette analogie de caractères et d'idées
qui crée les amitiés durables. La fréquentation
devait accroître cette force et, par suite, rendre
leur intimité très étroite. Tous les jours on les vit
prendre place à côté l'un de l'autre dans l'amphithéâtre de l'Université. L'émulation et la soif de
la gloire aiguillonnaient nos deux basochiens. Sa-
crifiant au devoir les plaisirs permis de l'adolescence, ils firent déjà dès la première année de
merveilleux progrès. Tous deux montraient une
activité et une persévérance extraordinaires. Ils
employaient au travail et à la réflexion ces forces
physiques et morales que la plupart des jeunes
gens usent de bonne heure dans les jouissances
irritantes de la volupté. Ni l'un ni l'autre n'avait en
partage ce désolant scepticisme, cette horreur des
choses saintes et des cultes qu'on rencontre bien
souvent chez les adolescents qui sortent du collège.

Roger était plus bouillant, Georges plus réfléchi.
A part cette différence, leur intelligence était également puissante, leurs aspirations également

élevées, leur ambition également ardente. Ce qui les caractérisait surtout, c'était un fier républicanisme et une haine violente contre le pouvoir personnel sous quelque forme qu'il se dissimule.

Roger de Berneuil, à raison des grandes relations de son père dans le monde aristocratique, fréquentait les meilleurs salons de Grenoble. Ce n'est pas que ces soirées, où l'on n'admettait que le monde comme il faut, et auxquelles présidaient le luxe et les prétentions nobiliaires, fussent du goût de Roger et ne vinssent choquer ses tendances égalitaires. Le jeune homme détestait ces réunions non moins que ceux qui les composaient, et les flétrissait publiquement autant pour venger son ami qui en était exclu que pour combattre les préjugés qui y régnaient souverainement. Georges Marly, n'ayant pas l'honneur d'appartenir au monde comme il faut, ne pouvait approcher cette classe privilégiée de Grenoble. Il ne vivait guère que dans un milieu d'artisans et d'ouvriers qui prenaient pension comme lui au restaurant de la Colombe. Mais, à la musique militaire, à la Faculté, au théâtre, sur le cours de la République, vous l'eussiez vu toujours à côté de son inséparable ami Roger de Berneuil. Une affection sans pareille liait le fils d'un riche marquis au fils d'un modeste cultivateur de Védènes. Attachement mutuel et sincère, fortifié encore par une générosité et un désintéressement réciproques. Bien loin de voir en Georges un inférieur, à cause de son origine obscure, comme eussent agi tant de jeunes aristocrates, Roger avait pour son ami des égards de frère. Jamais, au cours de la conversation, on ne remarqua dans ses paroles ou dans ses gestes ce petit air protecteur et précieux que s'arrogent les fils de famille noble ou parvenue vis-à-vis de leurs humbles collègues. D'ailleurs, Georges Marly était une âme aussi fière qu'aimante : il n'eût pas été d'humeur à supporter du côté de ces vieux préjugés sociaux la plus légère humiliation.

On verra plus loin que le marquis de Berneuil, au contraire, moins condescendant que son fils, manifestait à l'égard de ses nombreux visiteurs l'autorité d'un patricien. Sous le voile de formules de politesse, on voyait se dessiner assez clairement une indifférence dédaigneuse; et plus d'une fois l'habitué du salon de Berneuil prit pour de l'amabilité ce qui n'en avait que l'hypocrite apparence. Son sourire et son air amical ne venaient pas du cœur, mais de sa seigneuriale et paternelle sollicitude. Les rapports de ce représentant de la noblesse avec les autres hommes étaient considérés par lui non pas d'égal à égal, selon les mœurs du siècle, mais, comme sous l'ancien régime, de chef à subordonné. Ce vaniteux aristocrate se glorifiait de sauvegarder sous son aile

tous ceux qui venaient le visiter ou qui lui étaient
recommandés à des titres divers. Désirant se
vanter aussi longtemps que possible de couvrir de
sa haute et bienveillante protection ces pupilles
improvisés, ambitieux de les voir ramper à ses
pieds et de les faire mouvoir comme des jouets
ou des instruments, selon ses caprices, pour l'exécution de ses volontés arbitraires ou l'accomplissement de ses projets politiques, il ne se faisait
pas scrupule de chercher à étouffer chez eux ces
germes intellectuels et moraux, dont l'éclosion
donne à l'homme une notion encore incomplète
de ses droits, mais dont le développement fait le
citoyen libre et fier, je veux dire républicain :
résultat qui eût arraché à la tutelle de M. le marquis les mineurs qui lui étaient confiés. On dessé-
chait à son ombre. Le grand chêne aussi protège
le gazon qui rampe à ses pieds, mais, en retour,
il lui ôte les bienfaisants rayons du soleil de mai
et épuise tous les sucs nourriciers de la terre.
M. de Berneuil pouvait avoir la protection du
chêne, mais il en avait aussi l'égoïsme et la du-
reté. Il regardait comme fâcheux et indignes de
sa conversation tous ceux qui n'adoptaient pas
sans réplique ses opinions surannées. Il préférait
le brillant au solide, et faisait plus de cas de l'estime des hommes que des hommes mêmes. Il
avait une inclination à secourir le pauvre plutôt

pour rappeler au peuple le souvenir de quelque manoir bienfaisant d'autrefois que pour le bonheur de faire le bien : l'orgueil de donner dominait chez lui le plaisir d'être utile ; le cri de la douleur avait sur son cœur beaucoup moins d'empire que la voix de la flatterie. Somme toute, c'était un de ces hommes qu'on trouve plus sensibles à la satisfaction de leur vanité qu'au contentement de leur conscience.

II

Le 4 janvier 1886, Georges Marly, de retour des vacances de Noël, qu'il était allé passer à Védènes, se dirigeait précipitamment, sa valise à la main, vers la gare d'Avignon. C'était dans la matinée. L'horloge de la ville sonnait dix heures. Notre soleil de Provence, que le printemps fait luire si splendide, l'été si ardent, mais l'hiver si pâle, achevait à peine de percer de ses faibles rayons le brouillard qui tout à l'heure enveloppait totalement la ville. Tout promettait au jeune homme une de ces journées modérément froides, ou, pour mieux dire, tempérées, dont notre climat nous gratifie quelquefois en hiver, et qui font éprouver à celui qui voyage pendant la morte saison un plaisir semblable au plaisir de l'explorateur du désert qui rencontre une oasis dans ses excursions monotones.

Arrivé devant les plates-bandes qui entourent la statue de Philippe de Girard, Georges s'arrête ; l'horloge de la gare marque dix heures. Le départ pour Grenoble a lieu à dix heures et demie : notre voyageur aura donc une attente assez longue. Peu lui importe : dans quelques minutes, il pourra serrer la main à son collègue Roger de Berneuil, qui doit partir avec lui pour Grenoble. Dix minutes, un quart d'heure s'écoulent : Roger ne vient pas. Pourtant l'exactitude est une des qualités de son ami. Georges est sur le point de perdre espoir. Une indisposition peut seule expliquer l'absence de son collègue. C'est tout agité de cette pensée que le jeune homme se décide à entrer dans la salle pour prendre son billet. A peine en a-t-il franchi le seuil, soudain sur son visage la mauvaise humeur fait place à la sérénité. Déjà il a oublié Roger. Les regards pudiques d'une jeune fille adorablement belle se sont fixés sur les siens. La nature semble avoir répandu à profusion sur la gracieuse inconnue les fleurs les plus séduisantes de la jeunesse et de la beauté. Sa taille souple et svelte se dessine à merveille sous l'étreinte légère d'une robe simple mais élégante. Une chevelure noire comme le jais surmonte son front large et modeste pour

retomber sur la nuque en une longue tresse pendante. Sa joue d'un teint brun est encore humide
des vapeurs de la brume. Des lèvres fines et pures.
Au milieu du visage est harmonieusement posé un
petit nez aux formes chastes et délicates. Deux
grands yeux noirs animent cette physionomie
angélique, dont un peintre, amateur de la belle
nature, eût désiré reproduire fidèlement les traits.
Tout chez elle respire la santé, la grâce, la joie
naïve. Ajoutez à notre esquisse un sourire plein de
candeur qui éclaire constamment sa face placide.
Elle paraît être à cet âge où naissent les attraits de
la jeune fille, où, jalouse déjà d'une beauté impérieuse, toute son ambition est de plaire et d'attirer les regards sur son passage, où elle entend
dans son cœur les premières mélodies de l'amour,
où elle rêve, non, comme à vingt ans, sous la
provocation des élans passionnés et lascifs, les
jouissances sensuelles que procure la volupté,
mais la douceur calme et pure qu'engendre un
mutuel épanchement de cœur.

Cette apparition inattendue cause, comme
nous l'avons fait remarquer, un certain émoi au
jeune homme. La physionomie de l'inconnue n'est
pas loin de réaliser aux yeux de Georges l'idéal
que son âme poétique se fait depuis longtemps
d'une beauté parfaite. Il regrette de n'avoir pas
pénétré plus tôt dans la salle d'attente. Toujours

prêt à admirer le beau, il se prend instinctivement
à contempler la nouvelle Aglaé : il la couve des
yeux, et son regard constant paraît convoiter une
des œillades naïves de la charmante voyageuse.
Peut-être la belle brune a-t-elle conscience du désir de son admirateur : d'abord, elle sourit en regardant la dame richement parée qui l'accom-
pagne ; et il y a un je ne sais quoi de doux et
d'affectueux dans le mouvement de sa physionomie. Puis, toujours souriante, mais avec une
nuance de mélancolie, elle attache un long regard
sur Georges ; les yeux du jeune homme, fixés sur
le soleil de midi, seraient moins pénétrés de
l'éclat de ses rayons, que son cœur ne l'est en ce
moment des rayons de ce regard céleste. Ce coup
d'œil naïf embrasse peut-être les pensées de cette
jeune âme ; peut-être est-il l'interprète inconscient des sentiments d'un cœur virginal qui vient
de s'ouvrir pour la première fois aux délicieuses
émotions de l'amour. On ne s'étonnera point de
cette gracieuse audace chez notre héroïne. Ce peu
de réserve dans les regards caractérise à la fois
la prostitution et la virginité, l'âge où la jeune
fille éprouve le besoin d'aimer et d'être aimée et
celui où elle n'a encore qu'une vague notion de
l'amour. Dans le premier cas, c'est de l'efronte-
rie ; dans le second, de la naïveté. Si cette hardiesse est presque toujours dans une mondaine le

résultat d'habitudes vicieuses ou le symptôme de désirs charnels inassouvis, elle est, au contraire, le plus sûr garant de la vertu, l'indice de l'innocence dans une demoiselle de seize ans.

Une soudaine gaieté brille sur la figure de l'étudiant en droit, quand la compagne de son idole, qui, d'après la ressemblance des traits, parait être sa mère, s'avance avec la jeune fille sur la voie ferrée et se dirige vers le train qui passe à Grenoble. Elle s'installe dans un wagon de première classe. Après elle, sa fille monte, pleine d'agilité et de grâce, sur le marche-pied, et en un clin d'œil l'a rejointe. Dans dix minutes on partira. Georges, désireux de prolonger sa contemplation admirative aussi longtemps que le lui permettra le stationnement du train en gare, va et vient à pas comptés le long de la voie. La belle inconnue, une fois enfermée dans le compartiment choisi par sa mère, parait radieuse à la portière et jette de nouveau, flamboyants, ses deux grands yeux sur Georges. Enfin on annonce à haute voix le départ du train. Le jeune homme s'arrête : il voudrait la voir un moment encore avant de monter en voiture. Mais le sifflet de la locomotive retentit strident à son oreille. Il faut bien que l'amoureux s'arrache à l'attrait qui le tient immobile sur la voie. Forcé plutôt que résigné, il s'élance dans un wagon de troisième classe. Pourquoi ne pas voyager moins mesquinement? Ce n'est pas l'envie qui lui manque, c'est la fortune. La modicité du revenu est, pour ainsi dire, l'empêchement prohibitif de toutes les fantaisies.

Le train s'ébranle. L'étudiant rêve ; une tristesse bien concevable s'empare de lui. Hélas! il a la cruelle perspective qu'il ne tardera pas à perdre à jamais celle qu'il aime tant, celle qu'il adore, celle dont la pensée l'absorbe tout entier! Jusqu'alors il n'avait connu de l'amour que le nom. Un seul jour devait lui en faire éprouver les douceurs et les amertumes !

En faisant ces réflexions, il appuie son bras gauche sur la portière et prend une pose sombre et chagrine. Il pense que l'objet de son amour disparaîtra bientôt, comme une illusion, comme un songe : et son cœur, ce foyer de tendresse, se sent près de se briser sous le poids d'une crainte trop légitime. Un moment il a l'espoir (quel est l'amant qui n'espère point?) que la jeune fille s'arrêtera à Grenoble. Tout à coup le train ralentit sa course; puis il fait halte : c'est Grenoble. L'horloge vient de sonner cinq heures. Georges descend; mais la belle brune demeure ; elle doit porter plus loin le brillant de ses charmes et de ses appas.

Le jeune étudiant, la tête bouleversée, s'éloigne de la voie ferrée comme à regret et non sans jeter un dernier coup d'œil sur le wagon qui renferme la belle voyageuse. Mais la portière est fermée, car la nuit est sombre et froide. Georges sort de la gare et traverse rapidement la ville pour se rendre à son modeste logement situé dans un quartier assez retiré sur les boulevards. Il court inconsciemment plutôt qu'il ne marche. Bientôt il touche à son habitation : il gravit les degrés de sa chambre, y entre et tombe sur un fauteuil, écrasé sous le poids des émotions plutôt que sous le poids de la fatigue du voyage.

Dans son accablement, il rêve à cette nymphe fugitive qui a vraisemblablement disparu à ses yeux pour toujours. Le murmure des vents d'hiver, le silence de la maison qu'il habite, cette chambre muette et solitaire : tout le porte à la mélancolie et à l'ennui. Il ne verra peut-être plus cette vierge superbe, à la taille élancée comme une jolie bayadère, aux beaux yeux noirs, à la couleur brune la plus tentante, à la physionomie pleine de séduction et d'amour. Ne plus la voir, ne pas avoir seulement le bonheur de lui déclarer son amour par le regard, ne pas pouvoir déposer le baiser le plus chaste et le plus brûlant sur cette main suave : ces pensées lui déchirent le cœur. Il suit avec une certaine obstination le fil de ses tristes idées, quand soudain on frappe à sa porte. Il ouvre : c'est un de ses amis, Henri Flamen, qui, prévenu de son retour, vient prendre des nouvelles de son collègue. Il trouve Georges abattu : ce sont sans doute les secousses de la voiture pendant un long trajet qui l'ont mis dans cet état. Henri presse son ami de l'accompagner au théâtre municipal. L'amoureux refuse tout d'abord sous prétexte que le voyage l'a brisé et qu'il a besoin de repos. Flamen lui représente le spectacle comme le divertissement des oisifs, la distraction des affairés, le délassement des fatigues, le remède à tous les ennuis. Georges consent : il a été vaincu moins encore par les prières du visiteur que par son horreur naissante de la solitude. Le tumulte de l'auditoire pendant les entr'actes, la musique, les chants, l'apparition sur la scène de superbes figurantes, dissiperont peut-être ce nuage de tristesse qui couvre son front, cette ombre qui poursuit sans relâche sa jeune imagination, cette fumée des illusions qui l'enivre et la trouble.

On joue, ce soir-là, *Si j'étais roi!* Georges n'a jamais vu exécuter cet opéra ; mais il en a souvent entendu parler avec éloge. On ouvre la scène : l'orchestre fait résonner l'enceinte de ses mélodies ravissantes. Le visage de notre héros rayonne d'un vif plaisir ; la gaieté renaît sur sa physionomie. L'étudiant paraît heureux d'être venu à la soirée. Mais soudain le voilà replongé dans ses rêveries de tantôt : une voix mélancolique et plaintive, rendue plus harmonieuse par l'accord suave des instruments musicaux, chante le vers fameux :

J'ignorais son nom, sa naissance.

Une salve d'applaudissements accueille les débuts de la strophe. L'image de la belle inconnue d'Avignon apparaît à l'esprit de Georges. Le jeune étudiant ne peut s'empêcher de songer à Elle, dont il ignore le nom et la naissance. Il écoute plus attentif, s'émeut, s'attendrit. La voix du pêcheur est moins sonore que celle qui vibre dans son âme. Des larmes d'admiration et d'amour ruissellent sur ses joues. Ne dirait-on pas qu'il y a en ce monde je ne sais quelle fatalité qui se joue des hommes? Peut-être est-ce une Providence qui a voulu nous montrer que la douleur est toujours unie aux joies d'ici-bas, les soupirs aux voluptés, comme les dards du buisson entourent l'églantine. La dose de l'amertume est plus forte que celle de la douceur dans la coupe de la vie. Georges allait au spectacle pour faire diversion aux tourments de son âme, pour chasser en quelque sorte les chimères dont se repaissait son imagination. Il ne trouva au théâtre que le souvenir de sa belle Avignonaise.

Notre héros rentre chez lui à onze heures : sous

l'influence de la fatigue, il finit par s'endormir.
Mais l'amour ne l'épargne pas même pendant son
sommeil : de concert avec le génie des songes, il
lui montre la candide voyageuse. Elle est là :
Georges la voit; il croit pouvoir l'atteindre ; il
s'empresse; sa main va lui saisir la main. L'émotion l'éveille : affreux réveil qui l'arrache impitoyablement au bonheur et le ramène à la réalité! Mais
dans une imagination comme la sienne la rêverie
vient après le rêve, et agit plus tyrannique encore
et plus funeste.

Le lendemain, l'étudiant en droit court à la Faculté. Il regrette que Roger de Berneuil ne soit
point encore arrivé; il soupire après son retour.
Le récit d'une aventure aussi romanesque intéres-
sera vivement son ami ; et l'Avignonais lui donnera des détails sur la condition sociale des parents
de la jeune fille, s'il a le bonheur de les connaître ;
sinon, il le consolera dans sa passion malheureuse.
Roger paraît quelques jours après. Georges se propose de lui raconter tout au long ses impressions
de voyage, quand, au premier abord, un mot de
son collègue l'arrête et le fait tressaillir : « Le jour
que j'avais fixé pour mon départ, mon cher
Georges, dit-il, je n'ai pu franchir le seuil de la
porte à cause d'un malaise contracté à notre bal
de la veille. J'aurais dû te faire prévenir, mais
j'étais tellement assoupi qu'il ne me vint pas

l'idée de t'écrire un mot. Ton amitié me pardon-
nera cet oubli regrettable. Ce même jour, ma
mère, que je devais accompagner jusqu'à Grenoble, s'est vue dans l'obligation de partir seule
pour conduire ma sœur au couvent des Ursulines
de Lyon. »

La fin de cette déclaration produit sur Georges
la plus agréable des surprises. Le jeune homme
fait tous ses efforts pour étouffer son émotion,
afin de ne rien laisser soupçonner de son amour à
Roger de Berneuil. Tout à l'heure il se proposait
de faire à son ami une narration accidentée de
son voyage, et il voit maintenant toute parole
expirer sur ses lèvres glacées. Heureusement
Roger a ouvert la bouche le premier ; une minute
de plus, et Georges découvrait à Roger sa passion
naissante pour la sœur de son confident. Il était
loin de penser tantôt que la voyageuse inconnue
fût unie à son collègue par les liens du sang.
Désormais plus de doute. Ces quelques mots du
jeune Avignonais viennent de ranimer dans le
cœur de Georges toutes les espérances qui y semblaient éteintes ; son âme passe d'une extrême
affliction à une extrême joie.

Cet amour que Georges conçut soudainement
pour la sœur resserra les liens d'amitié qui l'attachaient au frère depuis un an. De plus, cette rencontre fortuite, qui semblait tout d'abord trop fri-

vole pour avoir des suites importantes, exerça,
comme on le verra bientôt, une très grande influence sur la vie de notre héros et sur ses relations avec la famille de Berneuil. Cette affection
subite qui s'était emparée de son âme avait favorisé sa propension à la rêverie et à l'ennui. Autrefois, il travaillait uniquement pour recueillir des
lauriers. Aujourd'hui, il pâlit sur les livres pour
obtenir une palme plus brillante à ses yeux : il
soupire après le couronnement de son amour.

Enfermé dans sa petite chambre comme un
anachorète, souvent il se disait, en regardant d'un
œil attristé la neige qui tombait à gros flocons :
Voilà le symbole de sa candeur, de sa pureté, de
son innocence ; mais n'est-ce pas aussi l'image de
sa froideur? Cependant il était loin de prévoir
alors, l'infortuné, combien son amour lui coûte-
rait de douleurs et lui attirerait de disgrâces. Les
poëtes ont eu raison de peindre l'amour aveugle.
Georges crut trop aux progrès du XIXᵉ siècle. Il
ne pensait pas qu'il y eût encore des personnes
assez peu civilisées pour adorer les vestiges de
l'ancien régime, pour se laisser guider par des
sentiments autres que ceux de l'égalité sociale ou
éblouir par le prestige suranné d'une noblesse héréditaire. Dans un moment d'affolement, cet enfant du siècle ne vit point l'auguste particule qui
précédait le nom de sa bien-aimée, ni les bar-

rières presque infranchissables qui le séparaient
de celle qu'il adorait. L'expérience de la vie lui
apprit plus tard combien nos mœurs privées se
ressentent peu des principes de 1789. L'orgueil
nobiliaire n'a-t-il souvent pas plus de prise sur le
cœur d'un père que la tendresse même? La plupart des nobles ne considèrent-ils pas leurs filles
comme autant d'étoiles, que le roturier, si intelligent qu'il soit, pourra seulement contempler?
La fureur de la particule et d'un titre aristocratique quelconque est, de nos jours, encore telle,
qu'on a pu voir des roturières ou plutôt des courtisanes parisiennes s'appeler comtesses et obtenir, grâce à ces titres inventés, assez de crédit
auprès de certain membre odieux de la Chambre
pour trafiquer des croix de la Légion d'honneur.
Ces comtesses de boudoirs immoraux s'imagi-
naient peut-être que l'on vendait les insignes de
la Légion d'honneur comme les parchemins de la
noblesse.

Georges n'avait pas encore vécu dans le monde ;
il ne pouvait en connaître les préjugés et les
vices. Il savait que la proclamation du principe
d'égalité datait de la première Révolution ; tous
les hommes lui apparaissaient au même niveau.
L'illusion et l'erreur hantent généralement les
cerveaux de dix-huit ans. Si la Révolution a pu
vaincre les principes politiques des privilégiés de

l'ancien régime, elle n'a pu abattre l'édifice de leurs principes sociaux.

L'amour aurait dû laisser vivre notre jeune ami dans son heureuse ignorance; mais il est fatal et frappe indistinctement autour de lui sans pitié. Georges vient de tomber sous ses coups. Le roturier sans fortune, le démocrate obstiné sera désormais audacieusement passionné pour une jeune fille de la plus haute noblesse du Comtat-Venaissin ! il oubliait qu'une certaine classe de gens ne pardonne jamais à la fille noble son amour pour un prolétaire, et que cet épanchement dérogatoire aux convenances n'est toléré que dans l'ombre des coulisses entre la patricienne mariée et l'amant qui n'a pu devenir son mari.

III

Durant l'année scolaire 1886, les deux jeunes Vauclusiens furent plus que jamais inséparables. Ils vivaient, pour ainsi dire, de la même vie. Il ne faudrait pas croire pourtant qn'il n'y eût aucune différence entre leurs caractères. Georges était une nature contemplative et rêveuse, une âme qui souffrait d'amour, un esprit qui se nourrissait d'illusions. Roger, plus jaloux de l'utile que de l'idéal, était vif, plein d'ardeur et d'animosité dans la discussion. Le rapprochement journalier opéra entre leurs caractères, en fait si dissemblables, une sorte de fusion, qui fit naître une entente réciproque et parfaite. Georges réprimait la fougue et l'emportement de Roger; Roger secouait la torpeur trop constante de Georges.

Sous le rapport de la moralité, les deux amis étaient, comme nous l'avons déjà fait observer, d'une retenue exemplaire et surprenante. Ils aimaient le plaisir, comme tous leurs collègues; mais le libertinage n'avait pas le privilège de leur sourire. Modérés dans leur conduite privée, comme au point de vue politique. Tous deux restaient indifférents aux séductions de la jolie grisette de Grenoble, qui cherche, gracieuse, au clair de lune, les jeunes étudiants. Ce n'est pas que la basoche ne trouve de l'attrait dans cette maîtresse, qui conserve, grâce à son indépendance et à sa parure, un certain prestige aux yeux de ses amants passagers, dont la plupart croient voir en elle une rose épanouie, respectée par le souffle flétrissant du hâle.

Mais, à en juger par le maintien des deux adolescents en présence des femmes mondaines, on eût cru que la passion brutale, compagne inséparable de la jeunesse, n'avait aucune prise sur

eux. Roger et Georges s'étaient glissés quelquefois dans des maisons de tolérance, non point,
comme tant d'autres, pour apaiser la révolte de
leurs instincts sensuels, mais pour faire connaissance avec ce monde où s'exploite la femme, où
se contracte ce monstrueux louage de la chair
humaine, qui consiste à faire jouir moyennant un
prix. Ils avaient vu dans ces lupanars des nym-
phes demi-nues, comme au temps des Saturnales,
les unes étendues mollement sur des couches qui
gémissaient cent fois le jour sous une pression
délirante, prêtes à être domptées par les bras
lascifs du coureur de guilledou, après l'avoir été
jadis par la misère ; les autres, vrais squelettes,
le corps maigre et desséché, la physionomie im-
pudente et dévergondée, le visage éclatant d'un
coloris artificiel, infortunées victimes des exigences sociales ! Ils avaient trouvé, au sein de
cette atmosphère lourde qui exhale le trafic de la
chair, des courtisanes, volages papillons dédaigneux de toutes les fleurs, qui touchaient à peine
de leurs lèvres froides les lèvres brûlantes des
visiteurs ; puis, après ces caresses de commande,
les étreignaient dans des enlacements énervés et
sans vigueur. Les contorsions voluptueuses épui-
sent vite : la prostituée ne tarde pas à devenir
insensible aux baisers passionnés des jeunes liber-
tins. Le plaisir s'émousse comme l'énergie. Plus

haut, dans un gynécée élégant, des filles encore belles s'évertuaient à trouver des poses plus ou moins excitantes : artifices inavouables pour faire éprouver aux clients des voluptés nouvelles.

Tous les sentiments sont éteints dans cette enceinte ; les qualités ont fait place aux vices. Hier, c'est la pudeur qui a disparu ; aujourd'hui, c'est le respect ; demain, c'est la sincérité. Alors tout est fini pour ces pauvres créatures ; plus moyen de revenir sur leurs pas. Une impérieuse nécessité les tient là attachées. On ne peut plus s'arrêter sur cette pente de la dégradation, quand on s'y est une fois lancé. Une voix se fait entendre : Tu mangeras ton pain à la sueur de ton corps, ô femme ! Et c'est la voix de la misère.

Non, ce n'est point la luxure, la soif de l'amour qui la fait se mouvoir entre les bras d'un inconnu, c'est l'intérêt, la soif de l'or ou la peur de la faim. Nous exceptons toutefois du nombre de ces affamées de pain tant d'adultères affamées de jouissances, modernes Messalines, qui ne trouvent pas dans le grand monde assez de complaisants pour assouvir la fureur de leurs passions.

Toutes ces tristes réalités avaient soulevé le cœur des deux jeunes étudiants. Ils s'apitoyèrent sur le sort de ces pauvres filles, qu'on ne songe point à condamner, mais à plaindre. La volupté, pourtant, ne put triompher de leur résistance ; ils

étaient restés impassibles, froids comme le marbre.
Certes, je n'ai point l'intention de présenter aux
lecteurs mes personnages comme des modèles de
vertu, qui mettaient, pudibonds, la chasteté au
nombre de leurs principes ; ce serait contraire aux
lois naturelles. Je veux dire seulement que c'était
la crainte qui les retenait dans le sentier des
bonnes mœurs. L'éclat de certaines mésaventures
déplorables arrivées à quelques-uns de leurs confrères imprudents les tenait en garde contre leurs
inclinations déréglées. Ils redoutaient de rencontrer l'épine sous la rose. Leur devise était celle
du sage : Fi du plaisir que la crainte peut corrompre! Georges et Roger aimaient mieux chercher leurs plaisirs dans des parages moins dangereux.

Pas plus que la fille soumise, l'attrayante
noctambule ou même la jeune coquette qui se
dandine sur le cours n'avaient d'empire sur leur
cœur. Ils les regardaient en passant, voilà tout.
Ils se défiaient de l'inconnu.

Un jour (c'était dans les premiers temps de leur
séjour à Grenoble), en se promenant sur un bou-
levard, les deux amis aperçurent une jeune fille
de la plus grande beauté. Ses traits étaient régu-
liers et séduisants. Un air de distinction éclatait
sur sa physionomie. D'une mise éblouissante. Sur
son front radieux était relevée une chevelure

noire des plus excitantes. La figure pleine d'une
grâce exquise. Un corset élégant emprisonnait son
sein, que soulevait par moments une sensation
secrète, et dont la forme aurait fait frissonner
l'homme le plus blasé. Qu'elle était ravissante à
voir dans sa robe de mousseline, dans sa démarche
légère et pleine d'attraits! On lui eût donné à
peine dix-huit ans. Roger, aux mouvements impétueux, aux émotions soudaines, en devient, à
première vue, éperdûment épris. On s'enflamme
vite à cet âge, que caractérisent l'irréflexion et la
témérité. Il faut la suivre : c'est la proposition
que Roger fait à Georges. Assurément, c'est une
fille de condition. Les deux étudiants s'attachent à
ses pas. La belle se dirige vers un quartier solitaire de la ville. C'est là probablement que se
cache, à l'abri des autans, cette fleur charmante,
comme la violette dont la présence sous le buisson
n'est trahie que par son parfum suave. L'hôtel de
l'inconnue doit être là, assis au fond de cette rue;
il doit être splendide pour être digne de recevoir
une aussi parfaite créature. Cependant, elle s'en-
fonce dans une rue étroite. Roger frémit. Elle va
sans doute entrer à cette maison de belle apparence qui fait le coin de la rue. La voilà qui s'arrête. Non... elle marche toujours. Elle entre au
n° 5 des maisons publiques! Nous renonçons à
dépeindre à la fois la surprise et le désenchan-

tement de nos amoureux. Cette aventure fut, pendant quelques jours, le thème risible et favori de leurs conversations.

— Voilà ta déesse, Roger, celle que ton imagination élevait jusqu'aux nues !

— Je suis tombé des nues avec elle, mon cher, devant une pareille méprise. Qui l'eût dit, Georges ?

— Pas elle, toujours, répond flegmatiquement son ami.

— Moi qui la prenais pour une jeune fille pure...

— Pure... prostituée !

La leçon qui leur fut donnée, cette fois-là, ne fut pas sans influence sur la conduite des deux collègues à l'avenir. Elle leur apprit à être plus avisés et plus réfléchis désormais et à ne jamais se fier aux apparences, soit au point de vue social, et ils en avaient fait l'expérience, soit au point de vue politique, et ils devaient, quelques années plus tard, se rendre compte de la facilité avec laquelle le peuple français cède à ses premières impressions et se laisse entraîner vers l'inconnu. Un homme, une faction nouvelle surgissent on ne sait d'où. Tout nouveau, tout beau. A l'instant on crie au sauveur, au prodige. On admire, on applaudit, on chante, on félicite, on porte des toasts frénétiques. On suit en aveugle.

On s'attache à cet homme, à ce nouveau parti,
comme l'adolescent à la trace de la jolie femme
qui le coudoie; on va, poussé par la curiosité, par
l'envie, sans avoir l'idée de chercher à connaître,
avant tout, le passé ni les prétentions des nouveaux venus. La femme du trottoir a perdu beaucoup d'hommes. La politique des tréteaux et de
la rue a perdu beaucoup de citoyens. Ces deux
fléaux de l'humanité, le politicien et la courtisane,
ont encore deux points de communs : tous deux
font appel à la convoitise, et tous deux agissent
dans leur intérêt, par amour du lucre.

Puisque nous sommes entrés dans la voie de la
politique, nous n'en sortirons point sans avoir fait
connaître à nos lecteurs, avec plus de précision et
de développements que nous ne l'avons déjà fait,
quelles étaient, à ce point de vue, les opinions
des deux jeunes étudiants. Imbus des brillants
souvenirs de Rome républicaine, ils s'étaient fait
inscrire comme membres actifs des conférences
de la Jeunesse démocratique de Grenoble. Tous
deux manifestaient un respect mêlé d'admiration
pour la mémoire des Girondins, les défenseurs du
modérantisme. Ils lisaient avec enthousiasme l'histoire de ces jeunes députés, dont le nom a été
immortalisé par les pages célèbres de Lamartine.
On n'a pas de peine à s'expliquer l'engouement
de Georges et de Roger pour ces hommes qui

aspiraient à rendre la France une par la politique et le patriotisme, pour ces hommes qui, dans ces périodes néfastes où la modération et la tolérance étaient des crimes, furent livrés au bourreau par les sanguinaires régénérateurs de la patrie ; apôtres et martyrs de la République ! Les deux collègues évoquaient souvent, dans leurs entretiens, le souvenir des Girondins : dans les élans de leur enthousiasme juvénile, ils sentaient monter à leurs yeux les larmes de l'admiration. L'histoire des divers régimes qui se sont succédé depuis la Révolution montrait suffisamment à nos deux amis que toutes les formes démocratiques autres que la République des Girondins ne sont que des impossibilités ou des injustices.

La présidence du cercle de la Jeunesse démocratique avait été confiée à un jeune avocat à la cour, déjà fort goûté dans le monde judiciaire. Georges Marly, à raison de son talent remarquable pour la parole, en fut élu vice-président ; Roger de Berneuil fut choisi pour secrétaire. Une fois par semaine les membres se réunissaient, et la séance était consacrée entièrement à la discussion de certaines questions économiques, sociales ou politiques. Georges Marly s'y distinguait par son attachement à la République tolérante ; Roger de Berneuil, le petit-fils des anciens seigneurs de Thouzon, par sa haine contre les institutions du passé.

Roger fut chargé, un soir, de parler sur la royauté. Il s'acquitta de sa tâche avec une violence dont personne ne l'aurait cru capable. Son langage un peu saccadé, mais logique, était plein d'ironie. « Entendez-vous, disait-il dans un passage de son discours, ces réactionnaires vous vanter la royauté à tort et à travers! Il y a de quoi faire sourire un enfant. Ah! vraiment, c'est bien dommage qu'il n'y ait plus de pouvoir personnel possible en France! Le peuple a raison de regretter ce régime, qui le rendait heureux. Il était libre, alors! Il pouvait dire hautement ce qu'il pensait. La Bastille n'abrita jamais que des voleurs ou des assassins. La sainte loi de l'égalité était respectée. Jamais le noble n'empiéta sur les droits sacrés du peuple. Toutes les classes pouvaient également aspirer aux dignités; le favoritisme n'était point encore érigé en loi! C'était l'âge d'or de la fraternité : cette vertu n'est-elle pas le complément nécessaire de l'égalité? »

C'est, on le voit, par antiphrase que le jeune orateur énumérait les principes d'un régime qui n'a enfanté que des calamités publiques. Sa phrase courte, mais incisive, donnait à penser tout le contraire de ce qu'elle exprimait. Je tenais à faire cette remarque, afin que le lecteur, qui a entendu quelquefois les regrets des panégyristes de l'ancien régime, ne confondît point, dans le discours de notre ami, l'esprit avec la lettre. On est exposé, de nos jours, à subir l'apologie du bon vieux temps. Au mois de mai 1889, alors que la France républicaine célébrait le glorieux Centenaire, des monarchistes ou conservateurs de la royauté ont prononcé, dans des assemblées provinciales, en souvenir des institutions anciennes, de longs et remarquables discours, pour démontrer l'excellence d'une forme de gouvernement abolie par la Révolution : véritables lamentations, déclamées sur le ton plaintif de celles de Jérémie, et composées de phrases analogues à celles du discours de Roger, moins l'ironie. Les 12 et 13 mai derniers, les éloges de la monarchie absolue n'ont pas tari; on a évoqué les ombres de nos rois sur les débris d'une royauté éteinte. Devant un pâle auditoire, composé de gens aussi inintelligents que les serfs du siècle dernier ou aussi intéressés à la contre-Révolution que le furent les seigneurs féodaux, des orateurs ont eu l'audace d'avancer que les principes de liberté, d'égalité et de fraternité étaient en honneur sous le régime déchu. Si l'on n'est pas plus attaché aux vestiges du passé, si l'on n'est pas plus ami des brigands d'autrefois, on n'est pas plus ennemi de la vérité. Et cependant, certains journaux d'applaudir, notamment cette feuille qui fait un trafic coupable du signe sacré de la ré-

demption. On ne saurait être plus profanateur
sous des dehors plus chrétiens!

Mais rendons la parole au jeune étudiant de
Grenoble et laissons-lui le soin de confondre les
royalistes qui font des vœux insensés, sinon criminels, pour le retour de l'ancienne monarchie et
de ses monstrueux accessoires.

La péroraison de Roger, sentant quelque peu la
rhétorique, fit cependant une impression profonde
sur les auditeurs : « Mais pourquoi, Messieurs,
parler si longtemps d'un régime contre lequel on
ne plaide plus, tant il a été toujours funeste aux
nations? Les événements parlent d'eux-mêmes, et
ne nous apprennent que trop, hélas! ce que c'est
que la royauté. L'étendue de nos frontières, dont
on lui fait un titre de gloire, ne peut nous dissimuler l'étendue de nos désastres et de nos maux.
Voulez-vous apprécier la valeur de ce droit qu'on
ose appeler sacré et héréditaire? faites comparaître devant le tribunal auguste et impartial de
l'histoire tous ces hommes que la flatterie qualifia
du titre de grand. Pesez-les dans la balance de la
Justice ; le plateau du bien l'emportera-t-il sur
celui du mal? Faisons le discernement des bons
et des mauvais rois. Seront flétris ceux qui ont cru
que le titre de grand suffisait pour excuser leurs
crimes ; seront flétris ceux qui ont édifié leur puissance en la faisant germer dans le sang des peuples;

seront flétris ceux qui ont préféré les horreurs de la guerre aux douceurs de la paix ; seront flétris les fratricides ; seront flétris ceux qui ont transformé la Cour en une maison de joie ; seront flétris les sodomistes ; seront flétris les adultères ; seront flétris les Sardanapales. Voilà la catégorie des mauvais rois. Mais où seront donc les bons, ceux qui méritent vraiment le titre de roi ? Combien y en a-t-il ? Le dirai-je à la honte de l'humanité ? Un seul, et ce roi c'est Louis IX, le justicier de Vincennes, dont la mémoire mérite le respect et l'admiration ! Le justicier est le seul juste au milieu de tant de brigands couronnés ! »

A cette violente invective, digne d'être lancée dans le club des Cordeliers, l'auditoire fut comme pétrifié : on avait peine à concevoir que des paroles si hardies et si véhémentes pussent sortir de la bouche d'un noble.

— Ce discours est indigne du fils du marquis de Berneuil, dit à haute voix un membre de la réunion.

— Et vous, mon honorable Mentor, répliqua Roger sans s'émouvoir, vous êtes indigne d'appartenir à cette conférence démocratique.

L'incident fut clos. Inutile d'ajouter que l'on commenta diversement cette diatribe. Les royalistes, amis du marquis de Berneuil, qui avaient cru jusqu'alors Roger fidèle à leur cause, indignés d'un pareil excès de langage et trompés dans les espérances que leur avait fait concevoir le jeune homme, cessèrent de fréquenter ce noble démocrate, comme ils l'appelaient ironiquement. Une lettre fut envoyée au marquis, à l'austère, à l'inflexible légitimiste d'Avignon pour le mettre au courant de ce qui s'était passé à la conférence. On l'engageait à faire de fortes remontrances à Roger sur une conduite qui avait toutes les allures d'une haine aussi violente qu'irréfléchie contre des institutions respectables et respectées. Un passage de cette lettre était ainsi conçu : « On croit généralement ici que la transformation de Roger est due à la fréquentation d'un jeune étudiant, nommé Georges Marly, de basse extraction, républicain effronté, distingué parmi les autres moins encore par son talent que par le, mauvais emploi qu'il en fait en dénigrant les causes politiques les plus saintes. Les rapports que votre fils a eus avec ce jeune homme ont exercé l'influence la plus désastreuse sur son esprit. Roger était loin d'avoir de telles opinions, de pareilles idées, lorsqu'il vint commencer son droit à Grenoble. *Dis-moi qui tu hantes et je te dirai qui tu es.* Notre ami ne peut que perdre en la compagnie de ce Marly. Vous agirez sagement, selon nous, en défendant à votre fils d'approcher cet étranger, qui pourrait le pervertir tant au point de vue moral qu'au point de vue politique. »

Le marquis de Berneuil, en recevant cette missive, fut glacé d'étonnement ; cette nouvelle du
revirement de Roger était bien de nature à le
surprendre douloureusement et à réveiller en lui
les colères du père sans autorité et du royaliste
sans espoir. Plus il réfléchissait sur le changement de son fils, plus le nom de Georges Marly se
présentait à son imagination courroucée : certainement c'était dans les relations de Roger avec
l'étudiant qu'on lui avait désigné au cours de la
lettre qu'il fallait en chercher la véritable cause.
Sous peu, la lumière serait faite, et le marquis
pourrait venger son honneur !

IV

Que le lecteur veuille bien nous suivre dans
notre visite à l'hôtel de Berneuil. Cette maison est
sans contredit l'une des plus somptueuses de la
vieille noblesse d'Avignon. L'air de vétusté la caractérise. Des murs épais que le temps a rendus
grisâtres en forment la façade. Entrons : si nous
n'étions introduits par le concierge, bientôt nous
nous croirions égarés comme dans un labyrinthe.
Pour arriver au cabinet de M. le marquis, il faut
traverser de vastes couloirs, où le bruit des pas

se perd dans l'épaisseur des tapis. De chaque
côté d'un long corridor intermédiaire s'étendent,
spacieuses, des salles magnifiquement meublées.
Les voûtes et les murs intérieurs éclatent de
sculptures anciennes, mais de bon goût. Là, dans
les salons, sont entassées pêle-mêle d'immenses
richesses qui peuvent donner une idée de l'opulence de certains privilégiés d'autrefois. On a étalé
dans les galeries et dans les pièces du centre
des fauteuils et des chaises dont le bois verni
brille d'une dorure moderne. Çà et là gisent,
magnifiques et voluptueux, des sophas qui vous
invitent au repos. Dans la tapisserie sont enchâs-
sées de nombreuses glaces où le visiteur vaniteux
peut se contempler des pieds à la tête.

Cette luxueuse maison appartenait au père de
la marquise, Alexis de Manerval ; il la donna en
dot à sa fille en la mariant à M. de Berneuil, alors
capitaine d'artillerie à Avignon. Florine de Manerval (c'est le nom de la marquise) était à cette
époque, au dire des contemporains, de toutes les
demoiselles de la ville la plus belle et la plus re-
cherchée. Le capitaine de Berneuil, ancien élève
de l'École polytechnique, ne tarda pas à être follement épris de la céleste Florine qu'Avignon
admirait autant pour son esprit que pour sa
beauté. Il l'aima, et eut le bonheur d'être aimé
d'elle. Le jeune officier était, d'ailleurs, poli dans

ses manières, et plein de charmes au physique ; sa taille haute se dessinait élégante et gracieuse ; un regard vif et intelligent animait sa physionomie.

Très apprécié déjà comme soldat, le marquis se signala encore par sa bonne conduite et même par sa bravoure pendant la funeste campagne de 1870. Lorsque la République fut proclamée, l'officier monarchiste, qui avait fait vœu de ne servir d'autre régime que le pouvoir personnel, fut mis en demeure par sa conscience de donner sa démission ; il venait d'être promu au grade de commandant. Il porta dans l'intérieur de la vie de famille la froideur de son caractère brusque et impératif ; et la marquise dut souvent s'incliner par résignation devant sa volonté de fer. Ancien officier d'artillerie, il grondait comme le canon.

Florine était de dix ans plus jeune que son mari. En 1886, elle était encore une femme des plus charmantes qu'il y eût à Avignon. Les ans et la maternité semblaient avoir épargné sa beauté parfaite. Il n'était pas douteux qu'aux beaux jours de sa jeunesse elle avait dû faire le caprice de tous les jeunes gens de bonne famille du département de Vaucluse. Sa fille, que le lecteur connaît déjà, et à qui on avait donné le prénom de Marceline, était son portrait vivant : peut-être l'idole de Georges Marly avait-elle encore plus de grâces que sa mère dans le jeu de sa physionomie. Son caractère se manifestait ferme et absolu, comme celui de son père; mais cette ténacité ne nuisait en rien à sa tendresse.

La marquise, née de parents légitimistes, se montrait une fervente adoratrice de la royauté. Bien souvent, depuis le 16 mai, époque où elle joua son rôle de femme politique, elle éprouvait des moments d'ennuis et de chagrins. Que de fois, nonchalamment assise dans l'embrasure d'une fenêtre, elle fixait longuement ses yeux humides de larmes sur les portraits des ancêtres de son mari et des siens, ornement le plus cher de son salon, qui, du sein de leurs cadres, projetaient sur elle des regards de grands seigneurs! Elle maudissait notre République, où M. de Berneuil ne pouvait désormais occuper aucun emploi brillant, par suite de ses compromissions au 16 Mai et de ses manifestations bruyantes contre l'ordre établi.

Florine se voyait aujourd'hui presque isolée. Les fonctionnaires d'Avignon n'osaient fréquenter son salon, de peur d'encourir la censure gouvernementale. Que les temps étaient changés! Avant le 16 Mai, lorsque son mari était préfet de G..., il donnait des fêtes grandioses, et c'était Florine qui faisait les honneurs de la maison. La belle marquise alors était glorieuse, triomphante, adorée; elle jouait le doux rôle d'intermédiaire entre le solliciteur et son mari; on venait l'implorer, on se jetait à ses pieds, pour qu'elle usât de son crédit auprès de M. le préfet. Elle nageait, pour ainsi dire, dans un océan de galanterie et de compliments. Reine d'un département, elle trônait, fière et majestueuse. Et aujourd'hui, par un triste retour de la fortune, elle était complètement délaissée, ensevelie, perdue au sein de cette petite ville d'Avignon. Comme la rose, image de sa beauté, elle n'avait brillé que d'un éclat éphémère. Maintenant cette vie cachée et son désespoir monarchique rendaient triste et morose ce visage naguère si gai. Le sérieux et la discrétion avaient remplacé chez elle cette coquetterie et cette curiosité, qui figuraient jadis parmi ses faiblesses de femme. Depuis la disgrâce de son mari, elle s'enfermait du matin au soir dans son appartement ; là, elle brodait ou lisait, selon le caprice du moment. Au mois d'août, quand, près de la porte de l'Oulle, sur le frais rivage du Rhône, l'Avignonais va sous les tilleuls savourer les mélodies de la musique militaire qui se mêlent au souffle de la brise du soir, on ne vit que rarement Mme de Berneuil, assise entre son fils et sa fille alors en vacances; et si, par hasard, elle était venue là, pour ne point trop résister aux sollicitations de ses enfants, on remarquait sur son visage un sourire qui le plissait ironiquement. Combien ce sourire ressemblait peu à celui, aimable et radieux, de la dame du préfet de Berneuil ! On ne la rencontrait presque plus dans les rues de la ville. Bien différente de ces grandes dames de province, qui trouvent leurs plaisirs de mère à promener leurs filles pompeusement parées sans autre but que d'exposer leurs atours et leurs charmes aux regards indiscrets des jeunes prétendants qui arpentent les rues du matin au soir, la badine à la main et la cigarette à la bouche.

Et cependant ce n'était point à un élan noble, à un sentiment louable que Mme de Berneuil obéissait alors ; sa transformation soudaine, sa vie sédentaire, son austérité résultaient de son amour-propre froissé, de son orgueil inassouvi. Elle préférait la solitude de son salon à l'indifférence du monde, aimant mieux rester enfouie dans son hôtel et y tenir le sceptre que paraître dans la société pour ne plus y être la reine. Au fond, sa nouvelle manière de vivre n'était pas en harmonie avec son caractère bruyant. Il y a des personnes que le trop de bruit importune ; ce qui était importun pour Mme de Berneuil, c'était l'isolement, c'était le dépit de ne plus vivre au milieu du bruit. Elle aimait le divertissement. Habituée, dès son enfance, à vivre dans la haute société et à assister aux brillants concerts des salons, elle devait se plaire dans ce tourbillon de fêtes et de plaisirs qui sont le seul passe-temps des riches. Elle était femme, en un mot ; elle aurait voulu qu'on parlât d'elle, de son influence d'autrefois, de son élévation aux honneurs, comme on parlait naguère de sa beauté et de sa puissance. Il n'en était rien, et sa vanité meurtrie la poussait vers cette tranquillité apparente. L'ascétisme, elle se l'était imposé le cœur brisé, et elle le subissait de mauvais gré ; car le silence, c'était l'oubli !

On avait raison à l'hôtel de Berneuil de regretter le temps passé. Il fut une époque, en effet, où le marquis Adolphe de Berneuil était tout-puissant. Nommé préfet, comme nous l'avons dit, il déploya une énergie vraiment martiale dans l'administration de son département. Pour triompher des ennemis de la monarchie, il mettait tout en œuvre, même la menace. Il écrivit à la municipalité de C... qu'il ferait marcher des troupes sur ce village, si sa population se montrait, comme par le passé, trop ouvertement hostile au rétablissement de la royauté. Plus désireux de contenter les caprices de son humeur batailleuse que de remplir ses devoirs d'administrateur. Un de ses arrêtés avait interdit le chant de la *Marseillaise* et le chœur des *Girondins*. Sur son ordre, un maire de village fit fermer tous les cafés républicains de sa localité. M. le préfet recrutait, en même temps, presque dans toutes les communes les plus

importantes, une petite troupe de filous, qu'il
soldait convenablement, et qui devaient jouer un
grand rôle au jour du scrutin. A coup sûr, aucun
préfet d'alors ne rendit plus de services au parti
conservateur. Mais il faut avouer que l'organisa-
tion ou l'encouragement de l'escamotage auprès
des urnes électorales n'étaient pas des moyens
bien licites et bien efficaces pour rendre à la
royauté l'éclat qu'elle avait perdu. Le soir, à la
préfecture, M. de Berneuil devisait joyeusement
avec ses amis sur les tours d'adresse de ses séides.
C'était l'amusement habituel de la veillée. Ces
mercenaires, jaloux de voir applaudir leur habileté et d'amuser un instant à qui mieux mieux
la marquise et sa fille, transformaient la salle
de réception en un théâtre de prestidigitation.
Adolphe les félicitait sur leur savoir-faire.

Tout moyen paraissait honnête au marquis,
pourvu qu'il eût pour but le renversement de la
République. C'est pourquoi, on vit, à cette époque,
tant de parasites à l'hôtel de la préfecture de G...
On remarqua même des hommes d'une tenue
grossière, en blouse, à la mine suspecte, qui
avaient leurs entrées libres chez M. le préfet.
Si le complot du 16 Mai n'avait pas manqué
son effet, M. de Berneuil fût devenu préfet de
police. Les royalistes obtinrent une écrasante
majorité dans son département. Mais le cri gé-

néral de la France fut un appel vers la République. M. de Berneuil tomba avec la satisfaction d'avoir déployé une activité incroyable, fait preuve d'un zèle ardent, et mis toute sa ruse et son intelligence au service de la cause monarchique. Grâce à son crédit passager, mais puissant, il fit nommer beaucoup de ses protégés aux fonctions de sous-préfets ou de magistrats. Aujourd'hui encore, dans la magistrature assise, beaucoup de titulaires doivent leur place à l'influence du préfet de Berneuil. Après sa révocation, il rentra à Avignon, où il resta ce qu'il était auparavant : royaliste jusqu'à la moelle des os. Son opinion était héréditaire ; son père, le marquis de Berneuil, mort en 1868, avait siégé à la Chambre des pairs à côté de M. de Chateaubriand.

Même rôle aux approches des élections législatives de 1885. Seulement, comme il n'a plus ni autorité ni crédit, M. de Berneuil se voit contraint d'agir dans l'ombre. Il conspire ; et ses efforts cachés ne furent pas impuissants, comme on pourrait le croire ; les conspirations sont plus redoutables pour un gouvernement que les agissements au grand jour. Le marquis fait une propagande acharnée en faveur de la réaction de Vaucluse. Il s'entoure de fervents adeptes de la légitimité, qu'il rémunère afin de les faire marcher à son gré. Son salon de la rue D... se rouvre, à cette époque, aux notabilités avignonaises et reprend son ancien éclat. Il est le rendez-vous de la réaction, le club de toutes les intrigues électorales, l'écho de toutes les calomnies contre les républicains.

C'est pendant cette période électorale que M. de Berneuil fut nommé président du comité de l'opposition. Les membres du bureau se réunissaient dans son salon. Le triomphe des conservateurs ne faisait pas l'ombre d'un doute pour ces gros bonnets. On s'appelait du titre de baron et de comte. Tout dans cette enceinte, jusqu'à la robe Pompadour, rappelait le siècle de Louis XV. C'était Mme la comtesse de N... qui présentait à la marquise de Berneuil M. le vicomte de C... son beau-frère, M. le baron de G... son oncle, et M. le comte de N... son mari. Pur charlatanisme ! Les dames s'accablaient de titres de noblesse et s'y disputaient à coups de blasons ; les messieurs y faisaient l'amour et y soupiraient en chevaliers. Fréquemment avaient lieu de grands dîners. Personne n'aime tant à festiner que la classe soi-disant noble : cet autre penchant déréglé se transmet, paraît-il, par voie d'hérédité. La conversation était invariablement mise par l'amphitryon Adolphe sur le pied de la politique. On a dit que le vin, ce nectar des preux, aiguisait l'appétit ; il est plus vrai de dire qu'il aiguise la

langue et la rend plus piquante. Les convives
déchiraient la République à belles dents avec
autant d'ardeur qu'ils en mettaient à déchirer la
chair d'un poulet. On tenait de longues conférences sur la grandeur du passé, sur les maux
du présent et sur les espérances de l'avenir. Sans
cesse les nouveaux chevaliers de la Table-Ronde
portaient des toasts enthousiastes à l'avènement
prochain du roi et au salut de la France. On
entonnait des chœurs royalistes. On vilipendait
les républicains. L'abîme appelle l'abîme, dit-on ;
il serait plus exact de dire : l'excès attire l'excès.
La raison peut-elle être saine et sauve après les
excès de table? De là des médisances, des calomnies, des injures grossières contre le gouvernement.

La fin du repas était généralement réservée
au drame : quoi de plus naturel après la comédie?
Le marquis racontait en larmoyant, devant des
auditeurs émus, la mort tragique de son aïeul sur
la place d'Orange en 1793. A la fin du récit,
c'étaient des murmures et des gémissements, des
paroles indignées, des menaces et des imprécations virulentes contre le régime actuel ou contre
le Conseil des ministres, qu'on traitait d'abomi-
nable canaille. Pour cette assemblée d'élite, tous
les démocrates formaient une même tourbe de
coupe-jarrets, et la dénomination de républicain

était synonyme d'homme sans aveu. Le marquis semblait ne pas trouver dans son répertoire d'ancien troupier de mots assez caractéristiques pour qualifier ses ennemis politiques : racaille, crapule, vermine, c'étaient les termes dont il se servait habituellement pour désigner le parti républicain. Au fort du festin, il appelait les ministres des gens repus. On voit bien qu'il s'oubliait lui-même ! Mais, chez les riches, l'ivresse fait pardonner la déraison, comme l'opulence fait pardonner la débauche.

Après le dîner et le long entretien qui le suivait, les clubistes se séparaient. Le riche comte de B..., le marquis de C..., le gros banquier L... erraient, fumant leurs cigares, à travers la campagne, dans le but, soit d'acquérir des suffrages à la réaction par le moyen des promesses, soit de les acheter par celui de l'argent. C'était à celui qui jetterait le plus adroitement l'alarme au sein des populations rurales. Ils parlaient de la prochaine effusion de sang et faisaient une description navrante du futur pillage des récoltes. Ces pauvres gens, sans expérience de la vie politique, étaient mornes d'effroi ; ils croyaient voir déjà supendue sur leurs têtes cette famine terrible dont on leur faisait la prédiction. La République était dépeinte sous les traits farouches d'un monstre déchaîné sur le sol de France, et prêt à le ravager et à l'inonder de sang. Le plus grave, c'est que nos corrupteurs prêchaient l'insurrection au milieu de ces paisibles populations qui ne demandent qu'à ne pas être troublées dans leur existence laborieuse. Étrange logique des partis extrêmes! On fait voir le mal; on montre la guerre civile comme près d'éclater; et, au lieu de chercher à mettre une entrave pacifique au désordre, on excite à la révolte. C'est prêcher la guerre civile pour éviter la guerre civile. Je me trompe : c'est vouloir par un mensonge odieux et criminel satisfaire son ambition.

L'instrument le plus docile du marquis dans son œuvre de propagande, c'était un paysan, fermier des terres que possède M. de Berneuil aux Valabres, sur le territoire d'Orange. Homme mercenaire, s'il en fût jamais, c'est lui qui devait mener la campagne réactionnaire dans l'arrondissement d'Orange. Son influence était grande dans la région. Il jouissait d'une réputation d'homme de poids; ce qui le mettait en relief au milieu de ces groupes de laboureurs. Cet homme était l'âme damnée du marquis. Il allait çà et là, à travers champs, affublé d'habits grossiers, sans avoir l'air le moins du monde de faire métier de corruption électorale. Partout où il passait, il semait les bruits les plus étranges. Ces populations naïves y ajoutaient foi. D'après lui, le succès des conservateurs était assuré dans la France entière. Il disait tenir de bonne source que les nouveaux élus du suffrage universel feraient revenir la culture de la garance, et avec elle les beaux jours reviendraient dans Vaucluse. On gagnerait gros, alors ! une loi défendrait aux industriels de se servir de toutes ces drogues qui remplacent aujourd'hui avantageusement l'alizarine. Il en était à regretter (et la plupart des gens de la campagne lui donnaient raison) les progrès de la science chimique.

Cette manière de voir et de juger les choses me fait penser à ce brave homme de mon village qui conduisait autrefois les diligences, et qui, depuis la création des voies ferrées dans la région, a dû renoncer à son premier état et chercher son gagne-pain dans l'instrument de labour. Il fut un temps où, toutes les fois qu'il me voyait, il me disait tristement en me montrant le train qui sillonnait la plaine : « C'est bien le siècle de fer ! Avez-vous lu sur le journal ?... Encore un accident ! Il a déraillé. Que maudit soit l'inventeur d'une pareille machine ! » L'autre jour, je rencontrai ce bonhomme. Je lui demandai à dessein des nouvelles de son fils. « Ah ! me répondit-il, il a une bonne place : il est homme d'équipe à la gare de T... Il gagne de quoi nourrir la famille. Il m'envoie vingt francs par mois, ce cher fils. Béni soit celui qui a inventé les chemins de fer ! »

Ce trait se passe de commentaires. Ainsi va le monde. Je ne serais pas étonné que l'emploi de

la vapeur comme force motrice ait tout d'abord
déplu au marquis de Berneuil, tant il est contraire et préjudiciable au bel art de la cavalerie,
dont il s'est toujours montré le zélé défenseur !
Pourtant, il a dû finir par faire l'éloge de ce qu'il
avait peut-être commencé par mépriser. Les chemins de fer lui ont rendu de réels services, au
cours de la période électorale, pour la célérité de
ses correspondances avec ses coreligionnaires
politiques.

Pendant que ses amis battaient toute la campagne pour *chasser* la République, le marquis, de
son côté, parcourait la ville : il prêtait de l'argent, afin de se faire des obligés ; il payait même
les électeurs rétifs pour obtenir leurs voix. C'était
la corruption électorale pratiquée sur une vaste
échelle.

Le garde particulier de M. de Berneuil surprit
un jour un malheureux en haillons à ramasser du
bois dans sa superbe forêt des Pinchinats. Le
marquis ordonna de faire comparaître le délin-
quant devant son tribunal ; alors, se composant
un visage de circonstance, il lui dit, les dents serrées : « Vous êtes heureux que vous pourrez réparer facilement votre délit et l'effacer à mes
yeux. Voici les élections : vous voterez pour la
liste de T... Si vous n'agissez pas selon mes ordres, lundi matin vous serez emprisonné pour

avoir coupé du bois dans ma propriété. » Le pauvre bûcheron promit tout tremblant ; et, le dimanche, le marquis le fit suivre ; il vota pour les conservateurs. Que lui importait, après tout, le succès de l'une ou de l'autre liste ? Quel que fût le résultat du vote, il ne changeait en rien sa situation personnelle : l'infortuné savait qu'il n'en devrait pas moins désormais, s'il voulait cuire ses aliments ou se chauffer, ramasser du bois dans la forêt d'autrui. Ce qui lui importait, c'était de ne pas aller en prison. Voter pour les conservateurs, c'était voter pour sa liberté !

Il fallait voir, au jour des élections, le mouvement, le tumulte, que suscitèrent dans la ville les menées odieuses de M. de Berneuil. On remarqua surtout, sur la place de l'Horloge, une voiture chargée de boiteux, d'aveugles, de paralytiques. L'automédon, c'était Robert, un affilié du marquis. A la porte de la mairie, on déposa les invalides, comme des fagots inertes. Après leur vote, pensez-vous qu'on les ramena chez eux ? Pas le moins du monde. Quand les infirmes sortirent de l'hôtel de ville, la voiture avait disparu. C'était l'ivrogne Robert qui, troublé par les fumées du vin, avait joué ce bon tour, au grand déplaisir de M. le marquis. Cette voiture est devenue célèbre à Avignon, on l'appelle la voiture des Aveugles, pour faire allusion, sans doute, à la cécité physique et intellectuelle des personnes qu'elle transporta un dimanche d'octobre 1885. Et le marquis fut qualifié par un jeune plaisant du titre de chef des royalistes incurables.

On sait quel échec éprouvèrent les conservateurs de Vaucluse au scrutin de ballottage. M. de Berneuil fut navré de la défaite de ses amis. Pour se consoler, il se présenta l'année suivante comme candidat au Conseil général dans le canton de V... Dans le territoire de cette commune, il a une fort belle métairie. Pour préparer ses élections et se rendre populaire, l'ardent royaliste occupa, à cette époque, dans ses plantations de vignes, une foule de paysans du canton pendant toute l'année qui précéda le renouvellement partiel du Conseil général. Aussi son succès ne fut-il pour personne un sujet d'étonnement.

Voilà l'homme que je devais faire connaître à mes lecteurs dans sa vie publique. M. de Berneuil avait fait paraître pendant les périodes d'élections cette humeur belliqueuse qui était bien la marque distinctive de son caractère, mais qui s'était développée chez lui sous l'influence de la vie des camps. On peut dire qu'il montra dans la lutte électorale autant d'acharnement et d'ardeur qu'il en avait déployé jadis sur le champ de bataille. Mais si sa fière attitude en face de l'ennemi lui fait honneur et constitue pour lui un titre de gloire que rien ne saurait désormais lui ravir, il n'en est pas de même de sa conduite devant ses ennemis politiques. Autant il avait fait preuve de loyauté au champ d'honneur, autant il fit preuve de déloyauté dans l'arène politique; citoyen sans respect de l'ordre ni de la justice, cherchant à faire triompher son parti, non par des moyens honnêtes ou tout au moins licites, mais par l'intrigue et la corruption.

Le grand tort de M. de Berneuil fut de ne pas poursuivre une carrière qu'il avait déjà si brillamment parcourue. En passant pour un soldat valeureux, il eût passé pour un honorable citoyen, brave homme autant qu'homme brave. Ce qui le détermina à quitter l'épée, c'est l'obligation dans laquelle il se trouvait de servir un régime qui lui déplaisait; ou peut-être aussi l'auréole qui entourait certains hommes politiques brillait-elle aux yeux du marquis plus éclatante que celle de la gloire militaire. Quoi qu'il en soit, ce changement ne fut pas heureux ; M. de Berneuil figure au nombre des illustres victimes de la politique.

La politique est un peu comme ces magiciennes célèbres qui attiraient les chevaliers par les charmes de leur voix enchanteresse, les fascinaient par leurs attraits irrésistibles, et les retenaient ainsi loin des camps, cherchant à leur faire ou-

blier par des breuvages enivrants le sentiment du
devoir et à émousser par le raffinement des voluptés un courage jusqu'alors invincible dans les
combats. Oui, la politique séduit et enivre. Sa victime est exaltée un instant par l'opinion publique. Elle est éblouie par toute sorte d'illusions
trompeuses. A ses yeux viennent miroiter l'éclat
du pouvoir, le prestige d'une grande renommée.
Et la flatterie fortifie encore cette déplorable
erreur, en attribuant à l'homme plus de grandeur
qu'il n'en a en réalité. De l'élévation au vertige,
du vertige à la chute, il n'y a pas loin. Une
faute... et adieu la gloire! Cette faute efface alors
aux yeux des hommes les plus grands mérites.
S'il faut de longues années d'épreuves pour acquérir une réputation d'honorabilité, il suffit d'une
minute d'oubli ou de relâchement pour la faire
perdre.

V

On ne s'étonnera plus, après les explications
que nous venons de donner, de la grande colère
du marquis de Berneuil quand il apprit que son
fils avait déserté le drapeau du royalisme. Pourtant, dans la première lettre qu'il lui écrivit, il

ne fit aucune allusion aux faits passés. Il masqua
son courroux de son mieux sous le voile de quelques phrases affectueuses et banales. C'est en
temps opportun qu'il se réservait de tancer d'im-
portance le félon Roger, qui s'était laissé entraîner comme un mouton de Panurge. Les vacances
approchaient. Le marquis les vit arriver avec une
certaine satisfaction, dans l'espérance de pouvoir
corriger son fils et le ramener dans le droit chemin. De leur côté, Roger et Georges Marly,
comme tous les étudiants, les désiraient ardemment, l'un par affection pour sa famille, l'autre
par amour pour la belle Avignonaise.

Vinrent enfin les grandes chaleurs, puis les
vacances universitaires. Les deux jeunes gens
regagnèrent, le cœur plein de joie, leurs pénates
chéris du Comtat.

Tant que Roger ne laissait rien transpirer de
son amitié pour Georges Marly ni de ses opinions
républicaines, M. de Berneuil n'osa rompre le
silence. Roger se tenait dans la plus grande réserve; il désirait retarder un éclat qu'il savait
être inévitable. Plusieurs mois s'écoulèrent ainsi.
Enfin, un jour qu'ils étaient seuls dans le grand
salon de l'hôtel, le marquis, voulant sonder son
fils, lui posa la question indirectement.

— As-tu lu, Roger, le superbe manifeste que le
comte de Paris vient d'adresser aux Français?

Tous les royalistes ont applaudi à cette œuvre d'une grande âme...

— Mon père, permettez-moi pour la première fois de ma vie de ne point partager vos opinions, de ne point penser comme vous. Pour tout ce qui concerne la vie privée, Roger est votre fils ; il donnerait sa vie pour sauver la vôtre. Mais, pour ce qui a rapport à la vie publique, si vous ne cessez d'être royaliste, Roger cessera de vous appartenir ; il ne peut vous sacrifier sa conscience, elle est son bien exclusif et inviolable, comme sa vie est le vôtre. Mon père, votre sang a fait bouillonner dans mes veines l'amour de l'honneur et de la justice ; mais les idées politiques ne se transmettent pas toujours par voie de génération. Qu'importe ? La différence de nos opinions politiques n'altérera en rien votre amour paternel ni ma tendresse filiale. Je vous dirai donc ma façon de penser sur ce manifeste et ne craindrai pas de vous contredire.

— Tu m'épouvantes, Roger ! Comment ! serais-tu... ? Serait-ce à la Faculté de droit que de pareilles idées... ?

— Non, non, mon père, détrompez-vous. Je les ai puisées dans l'histoire, expérience des siècles ; je les ai puisées dans ma conscience. Ce que j'ai dit n'est que l'écho de mes sentiments d'humanité et de justice.

— Je suis donc injuste, puisque je ne pense point comme toi?

— Non, vous n'êtes, comme tant d'autres, qu'un inconscient. Heureusement! car, si vous n'étiez le plus aveugle des hommes, vous en seriez le plus injuste.

— Comment! mon fils, tu oses ainsi parler à ton père, en présence des portraits de tes ancêtres?

— En ce moment-ci, ce n'est point à mon père que je parle, c'est au royaliste. Pour moi, la royauté est à jamais éteinte en France, depuis la mort du noble Exilé. Le comte de Chambord a-t-il désigné les princes d'Orléans pour ses successeurs? Non, il pensait qu'on était indigne de succéder à celui qu'on avait toujours voulu supplanter. Songez, mon père, que si la France avait été royaliste, c'est Henri V qu'elle aurait accepté pour roi.

— Le duc de Bordeaux était un débonnaire, mon fils, sans ambition, sans initiative. Il ne paraissait pas se soucier beaucoup des intérêts de la France, ni faire des vœux pour la grandeur de notre pays et du sien. Le comte de Paris, au contraire, a toutes les qualités requises pour être digne de tenir prochainement en mains les rênes du pouvoir. Tout le monde le reconnaît aujourd'hui pour le légitime héritier du trône.

— Que parlez-vous d'héritier du trône? La plupart des monarques y montent-ils autrement qu'en usurpateurs? Le comte de Chambord, à la mémoire de qui vous insultez, mon père, était un homme courageux, juste, éminent, qui comprenait la situation politique et prévoyait les dangers auxquels une audace imprudente de sa part exposerait la France. Immoler ses intérêts aux intérêts de la France lui parut plus grand que d'immoler un seul Français à ses intérêts. Les hardis sectaires de la réaction, au nombre desquels vous vous mettez parce que vous ignorez les sentiments qui les font agir, ont conspué le duc de Bordeaux; que dis-je, conspué? l'ont fait passer pour un lâche; que dis-je? ont désiré sa mort; que dis-je? l'ont peut-être fait assassiner! Voilà les hommes dont vous vous vantez d'être l'ami, et qui se proposent comme modèles à une nouvelle France royaliste! Ce nouveau Philippe le Hardi, ce chef qu'on aurait cru plus audacieux que le comte de Chambord, se fait encore attendre. Vain espoir! Car où serait donc l'expiation du crime de Frohsdorff, si elle n'était dans la ruine complète de la monarchie française?

Et pourtant, tout semblait alors sourire aux réactionnaires. L'année qui précéda l'empoisonnement du duc de Bordeaux, une autre victime, plus illustre encore, tombait sous les coups d'une main mystérieuse. Frappante coïncidence ! Ce tribun, en qui s'incarnait la République, eut le malheur de nuire à la réaction, comme Henri V eut le malheur de ne pas lui être utile. Et tous deux sont morts, Gambetta parce qu'il aimait trop la république, Henri V parce qu'il n'aimait pas assez la monarchie !

— Roger, écoute ton père une fois pour toutes. Je veux que tu saches bien que je ne t'ai pas envoyé à Grenoble pour y faire ton apprentissage de détracteur, et te former au vil métier de politicien.

— Pardonnez-moi mon père ! La défense des droits de l'humanité et des principes de justice, vous l'appelez un métier ? Je dis, au contraire, que c'est une charge pour les plus clairvoyants et les plus dignes d'entre les citoyens. Je me trompe, c'est un devoir et un honneur !

Puisque le comte de Paris est le dieu que vous adorez, permettez à votre fils de vous dire librement ce qu'il pense de votre maître. Est-il juste, équitable, honnête ? A-t-il les goûts militaires, une habileté stratégique remarquable ? Je veux bien le croire. Mais est-il homme d'État, capable de faire face à toutes les difficultés croissantes de l'intérieur comme du dehors, digne de régner sur une vaste puissance ? C'est ce qu'on ne pourrait apprendre que par l'expérience. Mais ces sortes d'essais sont presque toujours funestes à ceux qui ont assez d'imprudence pour les tenter. Si votre prétendu sauveur fait quelquefois des manifestes, comme celui que vous avez en main, c'est qu'il y est poussé par l'adage : Noblesse oblige. Ces écrits séditieux ont-ils jamais produit beaucoup d'effet en France ? Autant qu'en produirait, lancée d'Angleterre, une fusée qui viendrait s'éteindre dans les flots de la Manche. Confier les destinées de notre pays aux caprices des princes d'Orléans ou Bonapartes (je ne fais aucune distinction entre les prétendants), ce serait donner satisfaction à leur orgueil de race, à rien de plus. A la moindre épreuve, ces pilotes sans expérience n'abandonneraient-ils point le gouvernail? On a bien vu qu'après 1870 aucun d'eux n'a fait acte de prétendant, et pourtant, c'est dans ces circonstances critiques qu'il fallait se présenter : alors un effort de leur part pour prendre dans leurs mains la France blessée et panser ses plaies saignantes eût été honorable. Ils ont imité ces parasites qu'allèche la prospérité, mais qu'éloigne le malheur. Les princes ont laissé la République s'établir pacifiquement ; c'est d'ailleurs le gouvernement qui s'impose dans les heures d'angoisse. Leur politique maintenant, c'est de faire quelques manifestes ou proclamations de temps à autre et d'attendre paisiblement la Fortune dans leur lit. Ils s'imaginent qu'on viendra les chercher dans leurs foyers, comme il était d'usage à Rome quand on voulait mettre un grand citoyen au timon des affaires publiques. Peut-être une main providentielle les prendra-t-elle un beau jour pour les poser sur le trône, comme le directeur du théâtre des Marionnettes fait apparaître subitement sur la scène ses acteurs inanimés. Je vais jusqu'à supposer l'accomplissement de cet acte d'intronisation : le nouveau roitelet, mis à même d'apprécier de plus haut l'état de surexcitation des esprits français contre le pouvoir personnel, et de juger combien il est difficile de gérer les affaires d'une grande nation, n'attendrait pas, comme le vieux patriote Cincinnatus, que le gouvernement soit hors de danger et que le mauvais pas soit franchi ; il s'écrierait impatient : Laissez-moi retourner dans mon château, où je dormirai tranquille auprès de ma femme et de mes enfants !

— Tes ricanements odieux contre ce qu'il y a de plus saint, Roger, me feront mourir de douleur. Après avoir déployé contre la royauté une imprécation haineuse, tu déverses maintenant sur ses débris augustes le fiel de l'ironie et du ridicule ! Mon Dieu ! que je suis malheureux d'avoir un tel fils !

— J'en suis fâché, mon père, mais ce que je dis est l'écho des sentiments populaires.

— Il est des institutions qui sont au-dessus des satires d'un peuple : ces institutions nous viennent de Dieu, et la royauté en est une! Que me parles-tu du peuple, aussi inconscient qu'un enfant en bas-âge?

— Il fut un temps, oui, où le peuple était traité comme un enfant, pour ne pas dire un esclave, par un père despote, le roi. Mais, grâce à Dieu, ce temps est passé. Le peuple ne peut relever aujourd'hui ce qu'il brisa en 1789 dans sa haine contre une institution dont il avait eu horriblement à souffrir. La nature humaine est ainsi faite : on ne change point les idées profondément inculquées dans l'esprit et l'imagination des peuples. L'horreur que nous inspirait la royauté au jour de sa chute n'a fait que s'accroître avec le temps et les nouvelles calamités. La génération qui vient jurera sur l'autel de la patrie une haine implacable contre le pouvoir personnel. Déjà votre fils ne voit plus dans le roi qu'un monstre ou une inutilité, dans la cour qu'une maison de corruption, dans les royalistes qu'un ramassis de courtisans et d'esclaves. Aujourd'hui encore, ce n'est pas sans frémir qu'on songe aux injustices et aux barbaries que nos pères eurent à supporter d'une puissance aussi scélérate que brillante.

— Je proteste avec indignation contre de

pareilles faussetés. Tu mens, Roger ! Je ne te reconnais plus pour mon fils.

— L'histoire ne ment pas, mon père. Prenez-vous donc pour des romans ces mémoires où sont relatés les principaux épisodes de la vie publique et de la vie privée de nos rois? Les forfaits royaux, je le sais, sont traités de fables et même de bagatelles par les aristocrates, qui sont intéressés à défendre leurs prérogatives d'autrefois. Il importait peu à cette classe privilégiée qu'on fît souffrir le peuple : elle était l'instrument de son supplice. Le persécuteur a-t-il jamais eu de la pitié pour le persécuté? Oui, la plèbe était indignement sacrifiée par le souverain, qui allait jusqu'à applaudir aux vexations des seigneurs contre le prolétariat, comme si les coups qu'il lui portait lui-même n'eussent pas été suffisants pour satisfaire sa cruauté. Ah! si les royalistes venaient à ressaisir les rênes du pouvoir, combien le peuple serait encore à plaindre! Une supériorité basée sur des considérations autres que le mérite ne peut primer sans opprimer. Placés par le roi, à raison de leurs titres nobiliaires, dans une sphère élevée bien au-dessus du peuple, pour qu'ils n'en entendent point les plaintes, ces privilégiés sont encore éblouis par l'éclat des diamants de la couronne, afin qu'ils ne puissent voir les vices et les crimes de celui qui la porte.

— Mais, Roger, si l'homme nouveau qui personnifie la royauté est d'un caractère probe, honnête, loyal, plutôt père que roi...

— Je veux bien l'admettre avec vous. Cet homme ne souffrirait pas moins aujourd'hui de cette déconsidération générale, imposée par nos malheurs, et fût-il le plus juste des hommes, il sera sacrifié en souvenir des crimes de ses ancêtres, comme ces poitrinaires qui meurent victimes des débauches paternelles. D'ailleurs, les vices ne sont-ils pas inséparables de cette région élevée d'où les monarques contemplent avec sérénité les tristes mortels qui tremblent à leurs pieds? Beaucoup ne se sont servis de leur puissance que pour commettre des orgies de sybarites, ou des cruautés de tyrans. Et plus tard les innocents expieront ces folies continuelles et ces forfaits odieux qu'on couvrait du vain prétexte de raison d'État. On l'a bien vu sous le pauvre Louis XVI. Tandis que ses prédécesseurs avaient porté des couronnes d'or, lui, comme le Christ, reçut une couronne d'épines. Mais ce n'est point le roi qui fut condamné en 1793, c'est la royauté. Après moi le déluge! avait dit le scélérat de Louis XV. Ce fut un déluge de sang!

— Que le ciel excuse ta jeunesse, mon fils! Tes idées changeront avec l'âge, j'en suis persuadé. Mais je crains que les injures et les blasphèmes que tu vomis contre ce qu'il y a de plus sacré ne te portent malheur, Roger. Tu ne respectes plus mes cheveux blancs, qui ont vieilli dans le service de l'empereur ; tu ne respectes plus la mémoire de tes aïeux, puisque tu dénigres ce qu'ils ont vénéré. Si tu ne crains pas la voix de ton père, du moins crains celle de Dieu ! Fils parjure, tu fais la honte de ma famille en faisant la tienne propre. Mais tremble que tes imprécations ne retombent sur ta tête !

— Au jour de ma naissance, m'avez-vous fait faire un pacte avec la royauté et l'empire ou bien avec les sentiments d'honneur et de justice ? Ces sentiments, je les vois dans le parti républicain. Cessez, mon père, de dire que la royauté est de droit sacré ; car si vous étiez logique, il s'ensuivrait que la servitude d'avant la Révolution était légitime. Si la royauté est de droit divin, son gouvernement n'est plus une fonction, une magistrature, c'est une propriété. Jamais, jamais je ne pourrai admettre des théories aussi absurdes. Est-ce une raison pour dire que je ne vous respecte plus ? Vous pourrez me compter au nombre des enfants perdus, le jour où je déshonorerai votre nom par mes débauches ou par mes crimes, comme les fils des anciens privilégiés. Jusque-là, je suis Roger de Berneuil et je le reste.

— Mais, mon fils, je ne te parle point de la royauté de droit divin ; le roi de demain sera un roi constitutionnel...

— Savez-vous comment on a défini le roi constitutionnel? Une majestueuse inutilité de la Constitution. Vous admettez avec moi, et le manifeste du comte de Paris l'admet aussi, que la véritable royauté, la monarchie absolue, est désormais impossible en France. Or, accepter une demi-couronne, c'est se vouer à un échec constant qui doit entraîner une chute honteuse. Rien de moins noble, de moins royal que cette humiliation journalière où se trouve réduite la monarchie par l'effet de son antagonisme inévitable avec une Chambre élue par le suffrage universel. Le roi est le valet de la Chambre. Si les princes y réfléchissaient tant soit peu, ils préféreraient être les premiers dans leurs domaines que les seconds dans le gouvernement. Un trône où un prince s'assied comme pouvoir exécutif et non comme roi absolu cesse d'être un trône. Un prétendant peut bien être élu en France comme président de la République ou roi constitutionnel. Mais il lui sera désormais impossible d'y gouverner. Or, un fils de roi ne doit jamais monter sur un trône, quand c'est pour ne pas y être roi !

— Tous les honnêtes gens ont la ferme espérance de voir reluire les beaux jours sous le gou-

vernement du comte de Paris. Son manifeste
promet la politique la plus sage...

— S'il y a dans la République des côtés cho-
quants (et quel régime n'a pas ses imperfections!)
c'est une erreur de croire que l'élévation au trône
d'un prince quelconque changerait des mœurs qui
sont ·corrompues, un état de choses qui laisse à
désirer. Notre nation n'arrivera jamais à avoir le
bonheur social, tant que l'amour de l'équité et de
la justice ne régnera pas parmi les citoyens, tant
que les Français ne préféreront l'honorabilité et
la vertu à la fortune et au vice. Cherchons la
prospérité de l'État plutôt dans l'honorabilité que
dans la forme du gouvernement, plutôt dans le
règne de la probité que dans le règne d'un monarque constitutionnel.

— Puisque tu parles si mal de la royauté
constitutionnelle, peut-être la royauté absolue.te
sourit-elle?

— Cessez, mon père, votre amère ironie, qui
me prouve que vous ne parlez point votre pensée.
Vous ne savez que trop que j'abhorre la monarchie
despotique. Je ne veux reconnaître d'autre autorité que celle d'une Constitution librement discutée par les membres des deux Chambres. Mais,
cette Constitution une fois votée doit régner en
despote et le citoyen lui obéir en aveugle.

Si j'ai aujourd'hui des opinions qui sont l'an-

tipode de celles que ma race avait défendues
jusqu'ici, c'est que j'ai été instruit par l'histoire :
elle et mon expérience personnelle ont fait de
moi un républicain. Je me suis dit : Les royalistes
ont eu le pouvoir, les ministères, la justice, les
finances, l'instruction publique, l'armée ; qu'en
ont-ils fait? Un trafic. Les auraient-ils demain,
qu'en feraient-ils encore? Je ne sais. Peut-être
succomberaient-ils cette fois sous leur impuissance. Ne vaut-il pas mieux qu'ils fassent acte de
patriotisme et sacrifient leurs préférences personnelles sur l'autel d'une République modérée et
tolérante?

La République est, sans contredit, notre meilleur gouvernement et celui qui nous assure une
meilleure administration par les divers contrôles.
Examinez, mon père, combien peu d'intérêt s'attache aux divers régimes qui nous ont précédés.
Qu'a fait la monarchie de Juillet? Elle n'a cherché
qu'à avantager une certaine classe de la nation au
détriment de l'autre : de là des désordres et des
émeutes déplorables. Enfin, lasse d'exploiter le
peuple, elle tomba sous son mépris et sa risée.
L'Empire vint peu après et pour le malheur de la
France. La plaie est encore loin d'être cicatrisée.
Vous connaissez cette histoire mieux que moi,
depuis le couronnement jusqu'à la chute. Que
voulez vous que fasse un gouvernement issu d'un

crime? Le spectre de Baudin dut se présenter souvent aux yeux de l'impératrice pleurant le malheureux prince tué par les sauvages. Dieu a ses vengeances. Le régime né d'un attentat ne peut se maintenir que par la force ; mais il dure peu, et le monarque tombé est assailli par le remords de ses crimes. Si Napoléon le Grand, sur son rocher de Sainte-Hélène, n'avait trouvé un frein à son désespoir dans les pensées chrétiennes, ne se serait-il point précipité dans les flots de l'Océan, quand la vague lui jetait le nom de Condé? « La gloire efface tout, tout, excepté le crime! »

— Mais, Roger, le gouvernement républicain n'a-t-il pas aussi commis des fautes impardonnables ? Il tombera donc, comme tout gouvernement qui a offensé Dieu, et fera place à la monarchie du comte de Paris, qui ouvrira une ère nouvelle, l'ère de la vraie liberté.

— Le régime populaire, je vous l'accorde, a commis des fautes ; mais elles sont au moins réparables. Si des abus se sont glissés dans l'administration, ce n'est pas sur la République qu'il faut en faire retomber la responsabilité, mais sur certains mauvais républicains. Les gouvernements personnels sont conduits à leur ruine par une sorte de fatalité ou plutôt par la Providence, qui ne permet pas que le pauvre soit longtemps primé par le riche, le talent par la protection, et qu'une nation soit exploitée au delà d'une certaine mesure ; une révolution est alors la conséquence nécessaire, inévitable de cette odieuse politique. Mais, dans une puissance démocratique comme la nôtre, qu'a-t-on besoin de changer la forme du gouvernement, puisque le peuple a reçu de la Constitution le droit de choisir à son gré ses mandataires ? Le peuple français est aujourd'hui souverain ; c'est le peuple-roi ; et le jour où il reconnaîtra que les institutions en vigueur ne sont plus en rapport avec les nécessités sociales nouvelles ou les aspirations politiques du moment, il peut arriver par le seul et libre jeu du suffrage universel à faire reviser la Constitution. Peut-il y avoir un meilleur système de gouvernement, qui offre plus de garantie pour la liberté et la prospérité d'une nation ?

— Mais, mon fils, la République n'a jamais pu subsister longtemps en France, sans que le flot du mécontentement populaire l'ait entraînée vers sa ruine. L'esprit français est éminemment royaliste. Tout autre gouvernement que la monarchie est incompatible avec notre caractère. La République est aussi funeste pour nous que la robe du centaure pour le malheureux qui l'avait revêtue.

— Votre comparaison n'est point exacte, mon père ; il vous faudrait prouver, pour qu'elle le fût, que la République est un gouvernement ruineux pour les intérêts moraux et matériels d'une nation. La prospérité des États les plus jaloux de leur indépendance est un argument qui milite contre vous, irréfutable. Une République, d'ailleurs, n'accepte rien que par la volonté souveraine du peuple et après mûre délibération de ses représentants. Appliquez plutôt votre comparaison au système monarchique de l'ancien régime, voilà la vraie tunique de Nessus, et la nation a saigné en la portant. Le peuple, surexcité en 1789, la secoua de ses épaules longtemps paralysées et engourdies; elle tomba, et l'on put découvrir, à la lumière de la Révolution, combien de plaies elle recouvrait. La République a cherché depuis à les cicatriser. Oui, la royauté, c'est bien là la robe à laquelle vous faisiez allusion tantôt, belle en apparence, mais cachant sous ses plis fastueux le venin le plus mortel.

Le Français, d'après vous, n'aime point la République, il la subit. Ses mœurs et son caractère ne sont point républicains. Je crois que vous vous abusez. Les Suisses-Français se trouvent-ils, parce qu'ils sont Français, parce qu'ils ont notre sang et notre caractère, moins d'accord avec les Suisses-Allemands ou les Suisses-Italiens, et refusent-ils jamais d'accomplir le pacte politique républicain de la Confédération? Au contraire, ils vivent en paix, en véritables frères, oubliés de l'Europe, qui ne trouble point leur tranquillité.

Vous parliez de la République comme d'un gouvernement désastreux pour les intérêts de notre pays. La véritable ruine, aujourd'hui, trouve sa cause, non pas dans le régime démocratique, mais dans l'armement militaire dont la France est obligée de s'entourer pour la défense de sa suprématie et de sa grandeur. A qui la faute, sinon aux puissances rivales qui ne cessent de rugir à nos portes, et que la monarchie contraint à s'armer jusqu'aux dents? Qu'elles mettent bas les armes, et la France désarmera aussi! Si toutes ces nations étaient républicaines, la nôtre serait la première à donner l'exemple à l'univers; mais, devant des puissances autoritaires, d'autant plus à redouter qu'elles sont régies par un seul homme, ce ne serait pas sans danger que notre patrie donnerait des signes imprudents de son horreur pour la guerre. Ah! si, un jour, tombaient toutes les barrières despotiques qui s'opposent à la fraternité des peuples, si l'Europe secouait le joug de ses tyrans, nous ne tarderions pas à voir s'élever, sur les débris monarchiques, les États-Unis européens, libres, paisibles et prospères!

— Tu vois tout en rose, mon fils, interrompit M. de Berneuil en éclatant de rire; combien y a-t-il de républicains qui aient le désintéresse-

ment et le patriotisme que tu attribues aux partisans de la démocratie ?

— Il y en a plus que vous ne croyez, mon père ;
seulement, frappé d'une cécité volontaire, vous
vous refusez à regarder en face la lumière de la
vérité. Vous êtes semblable à l'homme qui se crè-
verait les yeux et qui se plaindrait après coup de
ne point voir la lumière du soleil. Bien différent
du royaliste, qui aime la France pour le roi et
pour lui personnellement, le vrai républicain (et
il y en a, Dieu merci !) est celui qui aime la patrie
pour elle-même et non pour lui.

— Tu parles comme Brutus, Roger. Aurais-tu
aussi sa férocité, puisque tu as son langage ?

— J'aurais son courage républicain. J'aime
trop la liberté pour ne pas aimer et défendre la
République ; et pour moi, l'insurrection serait le
plus saint des devoirs, si je sentais que cette liberté fût menacée d'être étouffée sous la botte
d'un soldat ou l'oppression d'un roi.

— Enfant terrible, déshonneur de ma race !
tonna M. de Berneuil écumant de rage, tu aurais
mérité de vivre sous un siècle révolutionnaire et
même sanguinaire ! Que n'es-tu venu au monde
en 1789 ! ou plutôt que ne fusses-tu jamais né !
Car, peut-être, alors, plus sauvage que Brutus,
dans ton implacable logique de jacobin et de ju-
riste, tu eusses plongé le couteau dans le sein de

tes ancêtres, et tu eusses épargné cette lâche
cruauté à Duprat d'Avignon, sous la Terreur !

— Ne me confondez pas avec les sanguinaires
factieux de 93, mon père. Vous interprétez mal
mes paroles. Je ne déplore pas moins que vous
les injustices et les crimes de cette époque. Mais,
après un siècle, nous devons oublier ce que notre
famille a souffert de la Révolution, pour ne penser
qu'aux avantages qu'elle a procurés à la France
entière, que dis-je? à l'Europe. Le Décalogue de
la Déclaration des Droits de l'homme et du citoyen
a été comme le phare de l'humanité. La Constituante ne fut-elle pas divinement inspirée? Véritable sibylle, elle rendit des oracles, et toutes les
nations de l'Europe vinrent s'agenouiller devant
son prétoire pour entendre ses sublimes proclamations de liberté, d'égalité et de justice. Précieuse
liberté ! Au début de ce siècle, les peuples européens inclinaient encore leurs têtes devant des
despotes, comme de frêles roseaux sous le souffle
violent de l'aquilon. Surgit soudain du sein d'une
France nouvelle un souffle révolutionnaire puissant qui vint redresser ces pauvres peuples cour-
bés par un pesant esclavage.

Enfin, mon père, abstraction faite de l'intérêt
personnel de quelques hommes, à part l'intérêt de
caste ou l'orgueil nobiliaire, pouvez-vous trouver
un homme réfléchi qui soit hostile au système

politique républicain, mais sincèrement, au fond
de son cœur et de sa conscience? C'est le système
républicain représentatif qui a perfectionné la morale, en enlevant aux femmes de cour la direction
des affaires publiques. C'est le système républicain qui rend compte des affaires politiques au
pauvre laboureur comme au bourgeois des villes.
C'est le système républicain qui a permis de
mettre en lumière la plèbe, que la royauté avait
toujours regardée comme une quantité négli-
geable. C'est le système républicain qui a élevé
aux honneurs le fils intelligent du pauvre, qui
prime souvent le fils prétentieux du riche et du
noble. « Après le pain, comme dit Danton, l'éducation est le premier besoin du peuple. » C'est le
système républicain qui nous a tant de fois pré-
servés des guerres du dehors, et qui, par là, a
contribué largement au bonheur de tous les peuples. La justice, la raison, l'humanité, l'intérêt
général plaident en faveur de ce régime politique,
qui est précieux au cœur de tout citoyen conscient de ses droits et de ses devoirs. Si les hommes
de l'opposition parvenaient un jour à renverser
le gouvernement actuel, ils verraient bien alors
que, pour être trop difficile à satisfaire, on finit
toujours par tomber de Charybde en Scylla.

Dès que Roger de Berneuil eut achevé ces mots,
le marquis se leva brusquement, comme un audi-

teur qui regrette d'avoir écouté trop longtemps un importun bavardage. Après avoir fait quelques pas dans le salon, il leva ses yeux baignés de larmes sur les portraits de son arrière-grand-père, de son aïeul et de son père, qui animaient la tapisserie luxueuse, et prononça ces paroles sur un ton de poignante et d'amère émotion :

— Souviens-toi de tes ancêtres, Roger ; ils vénéraient ce que tu viens de profaner. Ils jetaient des fleurs sur les institutions que tu viens de salir.

— Mes ancêtres, ricana d'une voix sombre et triste le fils du marquis, ont-ils toujours été justes et humains ?

— Tu te mêles de vouloir les juger, ils te jugeront à leur tour là-haut !

— Peut-on craindre des jugements étrangers, quand on a pour soi le témoignage de sa conscience ? Si mes aïeux sont au ciel, ils jugeront mes jugements autrement que vous, mon père !

Le marquis de Berneuil comprit qu'il était inutile de discuter plus longtemps avec ce fier démocrate. Le Rhône, pensa-t-il, remonterait plutôt vers sa source que Roger ne reviendrait aux idées de ses ancêtres, aux opinions de son enfance. Il sortit d'un pas grave et saccadé ; il se sentait faible devant son fils. En franchissant le seuil de

la porte, il grommela entre ses dents cette réminiscence de ses jours de collège : .

Comment en un plomb vil l'or pur s'est-il changé?

VI

Cette discussion si orageuse venait de se termi-
ner, quand Mme de Berneuil et sa fille, qui étaient
sorties ce jour-là, rentrèrent à l'hôtel. Le marquis
et Roger essayèrent de simuler le plus grand
calme, bien qu'au fond ils fussent en proie l'un
et l'autre à une surexcitation indicible. Malgré ses
efforts, le père ne parvint pas cependant à rendre
à son visage défait son humeur ordinaire, à son
front une sérénité au moins apparente, à sa voix
son assurance habituelle. Les deux femmes remar-
quèrent, au premier abord, l'émotion et la colère
que trahissait la physionomie de M. de Berneuil.
Mais, craignant qu'il n'assouvît sa mauvaise humeur sur elles par des murmures irréfléchis et
sans motif, elles jugèrent convenable de se tenir
dans un silence prudent. Adolphe vit qu'il ne
pourrait dissimuler plus longtemps son courroux
et qu'il serait obligé de faire à ces dames un aveu

pénible de ce qui venait de se passer, s'il ne se
dérobait promptement à leurs yeux scrutateurs.
Il sortit et courut s'enfermer dans son cabinet,
afin de permettre à ses esprits de se reposer, à
sa colère de s'adoucir.

M. de Berneuil était bien ce que le monde est
convenu d'appeler un honnête homme, mais c'était
un esclave enchaîné au vieux roc du passé par son
orgueil de race. Comme tous les hommes prévenus
contre un régime, il blâmait sans réserve tous les
actes du gouvernement républicain. Cette catégorie de gens ne juge pas sainement des choses.
Qu'un édifice social s'élève à l'admiration de
l'univers, ils le trouveront difforme, insolent, ou
même immoral; la seule pensée qu'il n'est pas
leur ouvrage ou celui de leurs devanciers suffit
à leurs yeux pour excuser, sinon pour rendre
légitime leur désapprobation. L'édifice serait-il
encore plus beau, plus imposant, plus parfait, il
n'est pour eux plus de repos qu'ils n'en aient
sapé les fondements. Mais ce qui est bâti ailleurs
que sur le sable peut défier les tempêtes. Il restera toujours debout, inébranlable. Et ce qui
irrite plus encore ces pauvres mineurs politiques,
c'est que l'édifice qu'ils ont vainement essayé
d'ébranler sera désormais comme un monument
de leur honteuse faiblesse.

Le marquis pouvait être compté au nombre de

ces esprits atteints de la monomanie du pessimisme, qu'engendre le dépit de voir triompher un gouvernement contraire à leurs désirs, et que la durée de ce régime ne fait ensuite qu'empirer, sous l'influence du désespoir et de la haine. Son imagination ennuyée lui représentait la nation républicaine comme une vaste et ténébreuse enceinte, dont la partie supérieure, celle occupée par la haute société d'autrefois, manquait d'air, mais dont la partie inférieure, celle réservée au bas peuple, était traversée par le souffle de la faveur. Le marquis se plaçait parmi ceux qui ne peuvent respirer en temps de République. La fierté d'un grand nom et le froissement de son amour-propre faisaient obstacle à ce qu'il consentît à reconnaître l'excellence incontestable du régime actuel. Ébloui par l'éclat trompeur de faux principes, il était aveuglé sur les vrais.

A tout propos, vous eussiez entendu le père de Roger crier à l'immoralité ou à l'injustice; mais qu'on le mît en demeure de s'expliquer sur sa motion, et l'on voyait que les causes de sa surexcitation étaient des riens. S'il entendait parler d'un assassinat, d'un vol, d'un attentat aux mœurs, il en rendait responsable le régime républicain. Notre siècle avait, d'après lui, enfanté des maux d'autant plus incurables que la République les entretenait. Erreur grossière! Les misères et les débauches que nous constatons aujourd'hui ont infesté le monde dans tous les temps. Il est écrit dans le grand livre des destinées que les générations se plaindront toujours de leur sort, tant qu'elles le compareront à celui des siècles passés, en s'éclairant des faibles lumières de l'histoire. Et, même aujourd'hui, ne peut-on pas dire que beaucoup de misères ont disparu de la société? Incontestablement. L'humanité panse les plaies saignantes, et l'intelligence emploie ses lumières à chercher des remèdes ou au moins des palliatifs à tous ces maux.

Le fils du marquis, ne se sentant pas la force de cacher plus longtemps aux regards soucieux de sa mère la perturbation de son esprit et l'émotion mal contenue qui le dominait, prit sa canne et sortit. Il monta au Rocher des Doms, afin d'y respirer cet air pur et rafraîchissant, si nécessaire alors à sa tête brûlante.

Un quart d'heure après sa sortie, le courrier de l'hôtel de Berneuil apporta une lettre à l'adresse de Roger. Elle venait de Védènes. M. de Berneuil, dans le transport de sa colère, se doutant que la missive émanait de Georges Marly, en déchira violemment l'enveloppe. La lettre était, en effet, de Georges. Elle apparut au marquis comme la clef de cette subite transformation de son fils. Elle était ainsi conçue :

Védènes, ce 3 octobre 1887.

« Mon très cher Roger,

« Nous inaugurons, le dimanche 15 du courant, notre Cercle démocratique de Védènes, dont les membres m'ont élu président. Je me repose sur toi du soin de prononcer le grand discours d'usage. Pourquoi, me diras-tu, ne fais-tu pas le speech toi-même? Réponse : Nul n'est prophète en son pays, ou si je le suis, ce n'est que pour te prédire un succès éclatant. Ta parole éloquente et sympathique fera plaisir à ces braves républicains, mes compatriotes. Les vieilles femmes de Védènes, dans leur enthousiasme pour un jeune orateur, vont te porter en triomphe.

« Tu possèdes au plus haut degré le talent de plaire et d'instruire à la fois. Pour leur plaire, cherche quelque anecdote piquante. Les habitants de Védènes sont comme tous les autres hommes, sont comme les Juifs, qui disaient au Christ : « Parlez-nous de choses qui nous amusent, et nous « vous écouterons. » Tu les instruiras en même temps, en leur apportant de sages maximes démocratiques. La France, en ce moment-ci, est extrêmement troublée. Tout semble compromis : nous

craignons un prochain naufrage de la forme républicaine. Ces pêcheurs de la Sorgues et du Rhône,
qui voient souvent des bateaux à vapeur sillon-
nant le fleuve, seraient émerveillés si tu compa-
rais la République à un vaisseau lancé sur les
flots de l'Océan. Horace l'a écrit. Pourquoi ne
prendrais-tu pas pour texte :

> O navis, referent in mare te novi fluctus :
> O! quid agis? Fortiter occupa portum.

Ces intelligences populaires conçoivent qu'un
vaisseau en pleine mer est tout naturellement à la
merci des vents. « Quelle mer n'a point de tem-
« pêtes? » dit un poète que tu aimes. Quel régime
ne subit point de tempêtes politiques? C'est plus
qu'il n'en faut pour s'attirer des applaudissements
frénétiques, d'autant plus mérités que c'est toi,
cher Roger, qui les obtiendras. Mais où m'entraîne
le plaisir de causer avec toi? Pourquoi te tracer
un canevas de discours? Que veux-tu? En parlant
à toi, il me semble que je parle à moi-même.
N'es-tu pas, d'ailleurs, la moitié de moi-même?
Depuis longtemps j'ai appris à confondre ton cœur
avec le mien, ton âme avec mon âme.

« Ne me refuse donc point ton concours : ta
présence est presque aussi nécessaire à notre fête
qu'elle l'est à mon cœur.

« J'irai à Avignon, dimanche, serrer la main au meilleur de mes amis, à celui dont le langage est aussi aimable que le cœur est aimant.

« Tout à toi.

« GEORGES MARLY. »

Le marquis parcourut plusieurs fois ces lignes ; en homme expérimenté, il crut lire le secret du changement de son fils. « Voilà le larron, se dit-il ; voilà le mauvais conseiller qui se découvre lui-même. Il lui dicte le discours qu'il aura à prononcer ; il peut tout aussi bien lui imposer ses sentiments républicains et ses théories démocratiques. Roger lui obéit certainement en aveugle ! » M. de Berneuil était, en quelque sorte, heureux de sa découverte. Il se promit de couper le mal dans sa racine. Il cacha soigneusement cette lettre dans une poche de son pardessus, remerciant la Providence d'avoir inspiré à Roger l'idée de sortir. Puis il rentra, triomphant, le front aussi serein qu'il était tantôt soucieux, dans l'appartement où se trouvaient Mme et Mlle de Berneuil. Il répétait machinalement ces mots incompréhensibles pour tout autre que lui-même : *Teneo lupum auribus !* Encore un souvenir de ses jours d'écolier. « Traduction: L'orage est passé », fit en souriant Marceline à l'oreille de Mme de Berneuil.

— Ou bien, repartit à voix basse sa mère, qui

savait un peu de latin, ces mots signifient : « Le loup-garou est redevenu homme. » Et de rire toutes deux. Le marquis était trop absorbé par ses pensées pour remarquer l'enfantine et inoffensive moquerie des deux femmes.

La semaine se passa assez paisiblement ; mais une certaine froideur régnait dans les rapports de M. de Berneuil avec son fils. Pourtant, de part et d'autre, on n'osait faire aucune allusion à la scène qui avait eu lieu. La plaie était encore trop ouverte pour qu'on songeât à l'envenimer par des coups de langue. Le temps semblait la cicatriser peu à peu. Trompeuse apparence ! M. de Berneuil avait déjà marqué l'heure de sa vengeance paternelle.

Cependant le dimanche arriva, où Georges Marly, selon sa promesse, devait venir serrer la main à Roger. Le fils du marquis, n'ayant point vu la lettre de Georges, ignorait complètement sa visite. M. de Berneuil, en habile politique, avait tout prévu. Désirant éloigner son fils de l'hôtel au moment où Georges paraîtrait, il avait prié un de ses amis de vouloir bien inviter Roger à une partie de chasse dans les collines des Angles. Roger, inconscient de la ruse de son père, se fit un plaisir d'accepter. Il sortit.

Peu à peu, Georges arrive et sonne. Il est très étonné de ne point voir son ami accourir au-devant de lui. Il se trouve même comme pétrifié quand il voit se dessiner derrière la porte, au lieu de la physionomie riante de Roger, la figure sombre du marquis. C'était la première fois que Georges venait à l'hôtel de la rue D... L'air sévère de M. de Berneuil le glace ; il se trouve déjà mal à son aise dans cette maison. Un léger tremblement le saisit. Pourtant il est bien dédommagé de sa première impression par l'apparition, sur la porte du salon, de l'angélique beauté qu'il avait suivie des yeux si obstinément à la gare d'Avignon et qu'il rêvait follement de posséder. A la vue de la jeune fille, un trouble subit s'empare de lui. Le marquis ne s'en aperçoit point, tant il est préoccupé de ses idées de vengeance. Georges se nomme, après avoir salué le père de Roger avec le plus grand respect ; puis il s'incline gracieusement devant Marceline. Elle, élégante et modeste, baisse la tête d'abord, ensuite relève les yeux sur Georges avec un certain étonnement ; elle paraît affligée de voir le visage de son père prendre cet air farouche. Le jeune homme la remercie d'un coup d'œil dans lequel un observateur eût pu lire l'amour le plus pur et le plus ardent. Le regard éblouissant et fascinateur de Marceline semble s'intéresser au nouveau venu. Ses mains, qu'on prendrait pour celles d'une vierge de Raphaël, travaillent à une broderie, qui s'agite pendante contre une robe de

bleu de ciel. Elle est dans cette attitude charmante et fière qui caractérise le beau sexe, mais
dans tout ce que cette pose a de plus adorable
pour le jeune homme, de plus excitant pour l'âge
mûr, de plus sensuel pour le vieillard.

Marceline, après avoir satisfait sa curiosité féminine, rentra au salon. De son côté, le marquis,
avec une politesse froide, conduisit Georges dans
son cabinet de travail. C'était une réception bizarre. Cette introduction sans exemple à l'hôtel de
la rue D... étonna grandement la jeune fille, qui
connaissait son père si fidèle observateur des convenances. Sa curiosité en fut piquée. Assurément
il y avait quelque chose d'inusité, d'anormal, de
secret dans l'entretien qui allait s'engager entre
son père et l'inconnu. Elle se glissa doucement,
légère comme une ombre, le long du corridor, et
s'adossa sans bruit au mur voisin de la porte du
cabinet. Là, elle prêta une oreille attentive. Le
marquis, peu défiant et bien loin de penser que
sa fille pût s'intéresser au jeune visiteur, ne prit
aucune précaution autre que celle de bien fermer
la porte, et se mit à parler sur un ton assez haut.
Marceline ne perdit pas une syllabe. Dès le premier moment qu'elle était aux écoutes, son beau
visage pâlit; elle venait d'entendre la voix rude et
menaçante de son père.

Une fois dans le cabinet, le marquis avait fait

asseoir Georges; lui se tenait debout, peut-être pour donner plus de solennité à ses gestes et à ses paroles. M. de Berneuil resta un moment embarrassé. Silence terrible pour le pauvre Georges! Pour lui, cette situation était inexplicable; il se demandait si vraiment ce n'était point un rêve qui l'obsédait. En quelques secondes, il avait passé de la joie la plus douce au tourment le plus cruel.

— Vous m'excuserez de vous recevoir ici, monsieur, dit enfin le marquis avec un sourire amer, cet appartement est assez convenable pour recevoir un homme qui m'a cruell ment offensé...

— Je ne vous comprends pas, monsieur de Berneuil, interrompit Georges troublé.

— Ne m'interrompez pas, et vous finirez par comprendre. Vous avez entraîné mon fils, Roger, dans une voie inavouable, charlatanesque, déshonorante pour le nom qu'il porte.

En achevant ces mots sur un ton glacial, il lui montra la fameuse lettre, celle que Georges avait écrite à Roger quelques jours auparavant. Le jeune Marly demeura quelques instants muet, terrifié, plus mort que vif. Puis il se leva : il venait de comprendre le motif du courroux de l'intraitable royaliste.

Le marquis continua, blême de colère :

— Je vous interdis l'accès de ma maison; je vous défends de fréquenter mon fils, jusqu'au jour où vous viendrez à mes pieds déplorer vos erreurs et vos fautes. C'est la première fois que vous entrez ici ; que ce soit aussi la dernière !

— Je m'incline devant votre volonté, répliqua Georges avec dépit : vous êtes maître chez vous. Mais je refuse de m'incliner devant le jugement que vous venez de porter sur moi. Laissez-moi me défendre d'une accusation aussi ridicule que mal fondée. Après, vous pourrez me juger.

— Écouter des raisonnements de sophiste ? oh ! non. Soyez donc plus fier et moins tenace, monsieur Marly : sortez sans réplique, vous dis-je.

— La ténacité n'est pas un crime ; mais la calomnie en est un grand. Je sors.

Le jeune homme regagna précipitamment la porte d'entrée. Le marquis ne daigna pas même l'accompagner. Quand l'infortuné visiteur fut arrivé dans le vaste couloir, devant le salon, la superbe jeune fille s'avança vers lui, souriante et mélancolique, et le reconduisit en silence jusqu'au seuil de la porte. Elle avait tout entendu, tout compris. Une pâleur mortelle couvrait ses joues ; mais Georges, dans son trouble, ne remarqua rien. De son côté, Marceline n'osa point avouer au jeune homme qu'elle savait tout ; et pourtant un seul mot sorti de ses lèvres adorables lui eût fait tant de bien ! Elle vit briller une larme sous la paupière du visiteur, et c'était une larme de désespoir.

Georges se voyait, dès son premier pas, complètement déçu dans ses espérances. Combien étaient
autres tout à l'heure l'état de son esprit, la dispo-
sition de son âme! Lui qui s'imaginait en entrant
dans cette maison entrer dans l'intimité de la
famille de Berneuil, le voilà maintenant tombé
du faîte de ses rêves d'or. Si on l'eût précipité
du haut de la colline des Doms ou de la Glacière,
son corps n'eût pas été plus cruellement meurtri
que l'était son âme en ce moment. Et cependant
toutes ses pensées étaient là, dans cette maison,
dont on venait de lui interdire l'accès, comme à
un homme indigne. Marceline, aussi tendre que
belle, avait essayé de rallumer l'espoir dans ce
cœur navré, quand elle avait répondu au salut
de Georges par un doux: *Au revoir!* Mais c'était
une maigre consolation pour le cœur aimant et
brisé du jeune homme, car ce gracieux souhait
n'avait pour lui qu'une seule signification, c'est
que Marceline ignorait complètement la conduite
rigoureuse et brutale de son père.

VII

Le lecteur connaît maintenant la raison pour
laquelle l'entrée à l'hôtel de Berneuil était inter-

dite à Georges Marly. Le jeune homme en déplorait encore la rigueur et l'injustice au mois de décembre 1888, comme on l'a vu au commencement de notre récit. Depuis un an et demi, il ne lui avait plus été permis de parler à Roger qu'à Grenoble ou en cachette à Avignon. Dans cette dernière ville, le lieu du rendez-vous était généralement le jardin des Doms. Nous les y avons trouvés, au début de cette histoire, causant familièrement bras dessus bras dessous, comme deux bons camarades. Leur entretien, pour être secret, n'avait rien perdu de son expansion d'autrefois. Le procédé brusque, dont M. de Berneuil s'était servi pour exclure Georges de son hôtel, semblait même avoir redoublé les liens d'amitié qui unissaient les deux collègues. L'amitié, comme l'amour, grandit dans la persécution. De plus en plus grandissait aussi leur républicanisme, et sa force nouvelle eut bientôt renversé les digues opposées par le marquis au torrent démocratique qui entraînait Roger. Adolphe de Berneuil ne tarda pas à s'apercevoir que plus lui-même se montrerait dur à l'égard de son fils, plus son fils serait porté à se révolter contre l'autorité paternelle. Il ne fallait plus le violenter. Il n'était plus temps de le redresser. L'arbre grandi rompt, mais ne plie pas. Le marquis avait pesé toutes ces raisons, et s'était relâché insensiblement de son ancienne rigueur. Désormais il se montra plus humain. Roger devint, à son tour, plus respectueux, et Marceline, plus tendre. Le frère et la sœur essayèrent de ramener par des paroles douces et affectueuses celui qu'ils n'avaient pu réduire par le blâme et l'indifférence à des sentiments plus conformes à la vie de famille. On affectait en sa présence de ne jamais parler de Georges Marly.

Jusqu'au premier jour de l'an 1889, jour mémorable où le Védénien put, comme nous le verrons bientôt, aux termes d'une décision du marquis, rentrer dans cet hôtel, objet de son amour et de sa haine, l'adorateur de Marceline n'avait rencontré qu'à de rares intervalles la fille de M. de Berneuil.

Un jour elle était en promenade avec une servante sur les bords verdoyants du Rhône. Georges venait de Sorgues. Comme il avait toujours été l'amant passionné de la belle nature avant de le devenir de la belle Marceline, il s'était détourné de la route pour suivre le petit chemin ombragé et parsemé de pâquerettes qui domine la rive droite du fleuve. Ainsi, pendant sa promenade solitaire, il se laissait aller plus librement au cours de ses pensées. C'était à la fin d'avril. La campagne s'apprêtait à reprendre sa parure des beaux jours. Au loin, dans la plaine du Pontet, ver-

doyaient les blés et les prairies. Sous le souffle
de la brise oscillait légèrement le feuillage naissant
des saules et des peupliers de la Barthelasse. La
violette cachée sous le buisson exhalait son parfum
délicieux. L'amandier fleuri lançait à travers
champs comme le premier sourire de la saison
printanière ; ce sourire rappelait à Georges le
premier regard de Marceline : il ne fut ni moins
candide ni moins doux. Ce rapprochement que se
plaisait à faire cette âme de poète l'absorbait
dans une rêverie suave. Le ciel était pur ; la nature avait pris son air de fête. C'était une de
ces soirées dont profitent les Avignonais opulents
pour faire une agréable excursion dans l'île de la
Barthelasse ou dans le territoire pittoresque de
Sorgues. Georges laissait errer ses regards non-
chalants sur le site admirable qui se déployait
devant lui : à droite, sur une colline parsemée de
thym, se dresse, en forme de géant, le vieux fort
Saint-André, qui semble protéger Villeneuve,
comme le Château des Papes domine, menaçant
et sublime, l'ancienne cité pontificale. A gauche
s'étendent, immenses, des terres de labour et des
forêts de chênes.

Le jeune homme suivait lentement le petit sentier, écoutant le bruit cadencé de l'eau qui vient,
impétueuse, clapoter sur les rives, quand soudain, au détour du bosquet qui ombrage le petit

7

pont de la Sorgue, il vit se dessiner la taille flexible de celle qu'il adorait. Il ne put comprimer les battements de son cœur, à la vue de cette beauté dont le souvenir l'avait absorbé pendant deux ans. Elle approchait. Lorsqu'ils furent à quelques pas l'un de l'autre, Georges la salua avec dignité ; Marceline lui adressa, à son tour, le plus gracieux des saluts. Ses joues se colorèrent d'une rougeur subite à la vue de Georges. Le jeune homme, profondément ému, n'osa lui parler autrement que par le regard, tant il se sentait embarrassé et peu maître de lui-même. Grâce à l'exiguïté du chemin, il frôla presque le bas de sa robe. Marceline passa, les yeux baissés. Georges, triste, la regarda s'éloigner et disparaître sous les bois charmants qui bordent le rivage, comme le poète contemple l'astre du jour qui va disparaître à l'horizon. Elle aussi s'était retournée, à plusieurs reprises, sous prétexte de cueillir une pâquerette sur le bord du sentier. Assurément, elle aimait ce jeune homme dont elle avait deviné la passion.

Après avoir marché un petit quart d'heure, Marceline et sa suivante arrivèrent à l'endroit, remarquable par ses oseraies et ses cascades, où le fleuve se sépare en deux branches pour former l'île de la Barthelasse. Là, à quelques mètres au-dessous du chemin, s'étend comme une nappe large et unie de sable fin. « Mademoiselle, s'écria brusquement d'une voix flûtée Léonie, la suivante, femme d'une trentaine d'années, mademoiselle, il me semble voir votre nom écrit là-bas sur le sable. » La jeune fille, tirée brusquement de sa rêverie, fixa les yeux sur la grève, et lut en gros caractères : Marceline! Elle eut un léger frisson. Qui avait écrit ce nom? Elle le devinait sans peine. Il lui semblait apercevoir Georges écrivant d'une main assoupie ces neuf lettres avec la pointe de sa canne. Un sourire mélancolique plissa ses lèvres fines. « C'est quelque berger galant qui s'est amusé à tracer le nom de sa fiancée, fit-elle attendrie. — Qui sait si ce n'est point ce jeune monsieur que nous avons rencontré tantôt? dit Léonie, sans arrière-pensée. — Je ne crois pas, » répondit Marceline en rougissant.

Un autre jour (c'était un dimanche), Georges, se trouvant à Avignon, aperçut la marquise et sa fille qui traversaient la place de l'Horloge. C'était l'heure des vêpres. Les deux femmes se dirigeaient du côté de Notre-Dame-des-Doms. Notre rêveur était comme perdu au milieu de l'affluence des promeneurs et ne pouvait être remarqué des dames de Berneuil. Il les suivit plutôt par entraînement que par volonté : la violence de son amour était irrésistible. Elles entrèrent dans l'église métropolitaine sur laquelle on raconte tant de légendes intéressantes. La façade et le dôme de cette basilique sont imposants par leur antiquité et leur grandeur. C'était, aux époques d'idolâtrie, un temple dédié à Diane chasseresse.

Georges entra quelques minutes après les dames de Berneuil. Elles avaient pris place dans une chapelle latérale. Le jeune homme les découvrit du regard, et s'adossa tranquillement à un pilier pour contempler à son aise sa bien-aimée. Son amour l'emportant sur sa piété, il prit une pose rêveuse qui tenait de l'extase. Je ne sais quelle étrange volupté venait le faire tressaillir de son souffle caressant. Sa taille, un peu au-dessus de la moyenne, mais frêle et charmante, était pliée légèrement contre la colonne de la chapelle. Sur son visage rayonnaient la jeunesse et la candeur. Ses cheveux châtains étaient relevés courts et négligés sur le haut du front. Ses yeux brillaient du vif éclat de son intelligence et de son amour.

Tout à coup on entonna les psaumes. Ce chant, rehaussé par les voix sonores des orgues, se répandit, majestueux et grave, en effluves d'harmonie à travers l'espace. Le jeune homme, qui avait l'âme sentimentale et rêveuse, éprouvait des émotions à la fois douces et mélancoliques. Mais il ne perdait pas un des mouvements de la jeune fille. Profondément jaloux, comme si déjà il possédait Marceline, il cherchait parfois d'un œil hagard dans la foule si quelque jeune homme de son âge ne souriait point à celle qu'il adorait. Tous la regardaient; mais elle ne daignait regarder personne.

Il arriva un moment où Marceline aperçut Georges. En se levant pour s'agenouiller sur son prie-Dieu, les regards de la jeune fille rencontrèrent par hasard ceux de son adorateur. Aussitôt une légère rougeur éclata sur ses joues. Elle dut se contenir, afin de réprimer un sourire qui eût pu la trahir. L'amoureux tressaillit : sa tête devint brûlante; son cœur battait avec une violence inaccoutumée.

L'office terminé, il prit les devants, de peur d'être aperçu par Mme de Berneuil. Lorsque les deux dames arrivèrent sur la place du Palais, l'amant se détourna du milieu de la populace, s'arrêta, et les regarda s'éloigner peu à peu, d'un œil triste et le cœur serré.

Au mois d'octobre 1888, Roger, désireux de se débarrasser au plus tôt du souci de son volontariat d'un an, se fit incorporer à Nîmes dans l'infanterie. Depuis cette époque jusqu'au jour où nous l'avons retrouvé, sous le costume militaire, causant au jardin de la ville avec son ami Georges, les deux collègues ne s'étaient plus revus. Alors Roger venait d'obtenir un congé de quinze jours. Nous avons dit qu'il avait promis à Georges de faire tout son possible auprès de

M. de Berneuil pour l'engager à rouvrir au Védénien les portes de l'hôtel de la rue D... Marly
comptait sur cette promesse. Dès ses débuts dans
la vie, la fortune ne lui souriait guère : elle s'achar-
nait même à le persécuter. Le jeune homme souffrait moralement de l'indigne traitement qu'il avait
subi de la part de M. de Berneuil. Mais l'espérance,
la compagne inséparable de tous les malheureux,
venait adoucir ses douleurs. L'espérance d'être
aimé de Marceline, l'espérance de la revoir bientôt,
l'espérance de la posséder un jour : voilà ce qui l'af-
fermissait dans cette lutte contre l'adversité.

Les fêtes de Noël se passèrent gaiement à l'hôtel
de Berneuil. Le marquis paraissait même, par les
éclats de son humeur joviale, vouloir faire oublier
sa rigidité habituelle. La conversation roula sur la
candidature du Général revisionniste à l'élection
législative de la Seine.

— Maintenant que tu es soldat, tu dois aimer le
Général...

— Le soldat n'aime pas plus ce Général que ce
Général n'aime le soldat.

— Cependant, Roger, le Général semble destiné
par la Providence à prendre les rênes du pouvoir
à la fin de ce monde politique.

— Vous croyez à la fin du monde républicain !
Je n'ai pas le même pressentiment. Je ne crois
point que le régime actuel soit aux abois. La Ré-

publique a vécu, d'après vous. Pour moi, elle doit durer jusqu'à la fin du monde. Quel système politique pourrait la remplacer? Mais, puisque nous voilà, selon vous, à la fin d'un monde, laissez-moi juger le Général.

Le marquis de Berneuil n'était pas encore partisan de la doctrine nouvelle : il tenait trop à ses principes de royalisme pour se laisser entraîner par un courant qui mène on ne sait où. Mais son mécontentement de royaliste vaincu devait l'y jeter quelques mois après. Imprudence! Les monarchistes pensent-ils donc pouvoir impunément repousser loin d'eux l'instrument vivant de leur fortune, après s'en être servis? Avec raison, l'instrument se retournera contre eux, et ils seront joués. Cependant le désespoir monarchique de M. de Berneuil et sa haine jurée contre le gouvernement républicain ne l'avaient point encore poussé à embrasser la cause des revisionnistes. Mais il était déjà sur la pente : encore un pas, et il ferait avec eux alliance destructive. Roger, voyant que son père penchait de ce côté et voulant le dissuader d'entrer dans un parti dont les opinions manquent de précision et de netteté, commença un vrai réquisitoire contre le Général.

— J'ai toujours entendu dire qu'il fallait se méfier des démolisseurs. Tout le monde sait abattre, tout le monde ne sait pas relever. C'est le privi-

lège exclusif d'une main habile. Voilà des gens
qui ont pour drapeau la dissolution, sans avoir
des doctrines fixes sur un régime de gouvernement. La fortune politique ne les ayant pas encore
favorisés, rien d'étonnant qu'ils n'aient point songé
pour le moment à élaborer un programme.

Voilà le Général indécis entre tel ou tel régime,
comme l'âne de Buridan entre deux picotins d'a-
voine qui le sollicitent également. Un grand
homme l'a dit : « Les partis ne savent pas d'abord
eux-mêmes tout ce qu'ils veulent : c'est le succès
qui le leur apprend. » Cette phrase renferme tout
le secret de la politique obscure du Général. Il
sera empereur, si les circonstances le permettent;
il ne sera que président de la République, si les
Français tiennent encore à leur liberté. Mais, mon
père, je vous le demande, qu'a fait de si remarquable ce Général, pour que son nom vole ainsi
de bouche en bouche à travers l'Europe, et que
ses partisans le mettent à la tête d'une faction
qualifiée du titre pompeux et vague de parti national? Quels sont ses titres ?

— Mais, Roger, son patriotisme n'est-il pas un
titre suffisant pour qu'il se fasse l'interprète,
non pas des intrigues d'une faction comme tu le
crois, mais du cri d'un peuple opprimé?

— Son patriotisme, dites-vous? Oui, j'avoue
que le patriotisme est un des titres les plus hono-

rables. Mais il n'est point patriote, celui qui a désobéi à son chef hiérarchique ; il n'est point patriote, l'ancien ministre dont les bravades furent sur le point de susciter l'Allemagne contre nous. Peut-être avez-vous, mon père, un autre criterium du patriotisme. Pour moi, voici brièvement les réflexions que j'ai toujours faites sur la conduite du Général. Je me suis dit : Si un homme déshonore l'uniforme militaire par son occupation constante de politique ; si un homme veut se mettre au-dessus des lois en se moquant de la discipline ; si un homme dénie impudemment sa propre signature ; si un homme indispose par ses fanfaronnades et son imprudence les nations étrangères ; et qu'un beau jour cet homme vienne à crier : Pour la patrie ! il faut bien se garder de le croire : cet homme, fût-il général, est un faux patriote. Il n'y a de vrai patriote que le bon citoyen.

— Puisque tu ne crois point à son patriotisme, tu dois croire au moins à sa valeur militaire. Aujourd'hui que la France devient plus que jamais une puissance militaire et que l'Europe entière est sous les armes, il ne me déplairait point de voir au gouvernement un homme qui regardât fièrement l'ennemi : je voudrais un sabre au lieu d'un sceptre.

— Vous vous faites grandement illusion, mon père, sur les aspirations de l'Europe. Croyez-vous qu'elle veuille la guerre? Non, la preuve, c'est qu'elle s'arme pour la prévenir. Quand un voleur de grand chemin rencontre un voyageur armé, le plus souvent il le laisse passer sans lui porter atteinte. Il en est de même entre nations : une mutuelle frayeur est la meilleure garantie de la paix. La concorde est assise, permettez-moi cette figure, sur le canon. Ainsi, de longtemps nous n'aurons pas de guerre, jusqu'au jour où le cri de la faim étouffera le cri de la conscience chez une nation voisine. En France, ce n'est pas tant une valeur guerrière qu'il nous faut qu'une valeur intellectuelle, ce n'est pas tant du courage et du sang-froid en face de l'ennemi qu'un esprit d'ordre et de justice pour diriger les affaires du pays. Le malheureux Frédéric III, mort tout récemment, dit quelque part dans ses *Mémoires* : « Il ne faut plus de guerre; il y a la question sociale. » Parole très juste, qui devrait servir de devise à son successeur. A la fin de ce siècle, la véritable intelligence ne consiste plus à mobiliser des bataillons, à faire de la stratégie, à deviner les secrets de campagne de nos voisins, à agrandir notre territoire d'une province volée à l'ennemi. Elle a un but plus noble : celui d'entretenir sans faiblesse la paix dans nos relations avec les autres puissances par l'entremise de nos agents diplomatiques, de faire régner la tranquillité dans nos foyers, de gérer avec un soin minutieux les affaires publiques, de soulager les malheureux et de favoriser l'agriculture. Voilà pour moi le programme d'un gouvernement vraiment républicain.

— Le Général est un honnête homme, quoi que tu en dises. Sa probité est au-dessus de tout soupçon. Il est homme d'honneur : l'honneur a toujours été le partage d'un homme d'épée.

— L'honneur, en effet, est une tradition militaire. Mais ces lettres au duc d'Aumale! qu'en pensez-vous? Il a eu l'impudence de nier leur authenticité. Et pourtant cette authenticité a été reconnue par un de ses amis dans un discours-programme du mois de septembre.

— J'excuse tout chez un homme qui est animé de bonnes intentions. Mon cher Roger, je m'aperçois avec peine que tu juges des hommes comme des choses avec toute l'inexpérience de la jeunesse, avec beaucoup de légèreté et peut-être même avec irréflexion. Tu te laisses emporter sur les ailes de ton imagination. C'est un défaut, le défaut de ton âge ; mais il convient de faire des efforts pour t'en corriger. Bien que je ne sois point au nombre des partisans du Général, j'applaudis à sa campagne contre le parlementarisme. Les excès du Parlement sont tels à l'heure actuelle qu'on serait presque obligé à en venir à l'usage rigoureux de l'ancienne clepsydre...

M. de Berneuil se piquait d'érudition. Comme on a pu le remarquer déjà, il se plaisait à évoquer ses vieux souvenirs classiques.

— N'oubliez pas, mon père, que l'homme que vous défendez est né malheureusement du parlementarisme. Et c'est au Parlement qu'il en veut en se couvrant du manteau républicain. S'il était vraiment républicain, aurait-il tant d'orgueil, donnerait-il son nom à un parti, quand la logique veut que le républicanisme soit impersonnel, s'entourerait-il de tant de sectaires pour se créer une popularité à travers la France? On ne crie pas : Vive le parti national! On crie seulement : Vive le Général! Eh! mon Dieu! il faut que tout le monde vive, comme disait un prince français. Beaucoup de personnes lui prêtent des idées de dictature. Si le Général a à cœur de tels principes, c'est un homme perdu d'honneur, un hypocrite. Quoi qu'il en soit, il est bon de se tenir loin d'un parti que l'on ne connaît pas. Quand le voyageur européen arrive en Amérique pour la première fois et qu'il trouve sur son passage un fruit inconnu, si beau qu'il soit, il se garde bien de le mettre à la bouche. Il peut être vénéneux comme exquis. Dans le doute, abstiens-toi, dit le proverbe. Il ne faut point se laisser prendre aux amorces trompeuses. L'hameçon prend au lieu d'être pris. Un parti de révolte promet toujours monts et merveilles pour obtenir les suffrages des mécontents et des irréfléchis. Il ne faut point se laisser éblouir par l'éclat d'un sabre luisant. Si le Général, monté sur son beau cheval noir, est brillant et poli comme la lame de son sabre, qu'on n'oublie point qu'il est tranchant comme elle, obscur comme l'intérieur de son fourreau. Il produit sur moi l'effet d'un de ces beaux paladins aventuriers qui recherchaient les combats et s'y battaient bien pour obtenir les applaudissements des dames.

A toutes ses promesses aussi vaines que brillantes, comme le verre qui n'est pas moins fragile qu'éclatant, vous répondrez : A d'autres, mauvais plaisant ! Souvenons-nous toujours de cette pensée d'un de nos hommes d'État : « Il ne faut jamais livrer la patrie à un homme, n'importe l'homme, n'importent les circonstances ! »

Le repas du soir s'acheva au milieu de cette dissertation politique. Mais, de part et d'autre, la lutte fut très pacifique. Dans cette joute oratoire, le marquis de Berneuil voulut montrer pour la première fois qu'il imitait la galanterie dont faisaient preuve les chevaliers de l'ancien régime dans les joutes et les tournois.

Après cette polémique, la conversation fut amenée par le marquis sur l'état militaire et sur la vie de caserne telle qu'elle était jadis et telle

qu'elle est aujourd'hui. Les projets d'avenir du
jeune homme défrayèrent le reste de la soirée.

M. de Berneuil, ce soir-là, était décidément de
bonne humeur. Il dégustait le vin de Madère avec
un plaisir inaccoutumé. Il but comme un gentilhomme du moyen âge. Peut-être ces souvenirs du
temps passé n'étaient-ils pas sans influence sur le
peu de sobriété du marquis. Roger applaudissait
du fond du cœur aux écarts de son père. Car cette
jovialité paternelle allait lui permettre d'aborder
plus facilement la partie la plus difficile de sa
tâche. On se rappelle qu'il avait promis à Georges
d'intercéder pour lui auprès de M. de Berneuil.
Quand il crut le moment propice pour tenter une
pareille démarche auprès d'un homme, dont peut-
être son ami avait, bien involontairement sans
doute, blessé les susceptibilités, et qui pardonnait
difficilement, Roger se recueillit un instant et
prit un visage qui exprimait la tendresse filiale;
puis, avec son sourire le plus aimant et de sa
voix la plus douce :

— J'ai une grâce à vous demander, mon père,
dit-il.

— Demande... Encore de l'argent, par hasard?

— Ma sollicitation a un but plus noble, mon
père. Elle a trait à mon ami Georges Marly. C'est
un pardon que je veux obtenir de vous...

— Georges Marly! Tout raccommodement entre nous est impossible, mon fils. Il est encore ton ami?

— Les amitiés vraies ne s'effacent pas, mon père.

Le marquis se prit à réfléchir un moment. Puis, comme s'il suivait dans son esprit le fil d'une idée à laquelle se rattachait un souvenir amer, les yeux fixés, inertes, sur la tapisserie de la salle :

— Oui, fit-il à voix basse, je reconnais que j'ai été peut-être un peu sévère à l'égard de ce jeune homme. Eh bien, Roger, écris-lui qu'il peut venir te voir. En souvenir des grands événements de la religion qui se sont passés la nuit de Noël, j'oublie généreusement tout le mal qu'il a fait sans le vouloir à mon cœur de père.

— Merci, mon père, répondit Roger. Vous aviez la bonne humeur d'un gentilhomme : vous en avez maintenant la générosité.

M. de Berneuil goûta fort ce petit compliment. Il était sensible à tout ce qui rappelait le bon vieux temps. Un éclair de joie brilla dans les yeux de Roger ; le jeune homme ne s'attendait pas à une victoire aussi facile sur le cœur endurci de son père. Marceline, de son côté, se livra à une hilarité qui eût paru indiscrète et déplacée, si sa famille ne l'eût attribuée à la satisfaction et

au bonheur que font éprouver les réunions de
Noël. Nul ne devina la cause de sa belle humeur,
si ce n'est peut-être le perspicace Roger, son
frère, qui avait remarqué l'attention intéressée de
la jeune fille chaque fois qu'il parlait de Georges
Marly. Mais il permettait largement à sa sœur de
concevoir de l'amour pour un jeune homme auquel il avait accordé toute son amitié.

Une affectueuse gaieté régna pendant le reste
de la veillée. La marquise même qui, en temps
ordinaire, portait sur sa physionomie je ne sais
quoi de rigide et de renfrogné de son époux,
se laissa entraîner à la plaisanterie et à l'enfantil-
lage. Tout respirait le contentement dans cette
maison. Le bonheur y avait, pour ainsi dire,
dressé sa tente, ce soir-là. Mais le bonheur
est un peu comme l'Arabe nomade : il enlève
le matin la tente qu'il a dressée le soir. On se
berçait d'illusions à l'hôtel de Berneuil sur l'avenir qui n'appartient qu'à Dieu. On ne prévoyait
point le terrible malheur qui devait bientôt jeter
dans la désolation cette famille entière. Les
hommes sont de grands enfants qui se jouent
sur des tombeaux. Beaucoup sèment les fleurs
qui orneront les abords de leur tombe. On s'en-
dort gaiement au son d'un piano : on s'éveille aux
sons d'un glas funèbre. Tristes revers des joies
humaines !

VIII

C'est le premier jour de l'an 1889 que Georges Marly, rentré en grâce avec M. de Berneuil, vint lui faire sa visite de remerciement et lui présenter, selon les exigences de la tradition, ses souhaits de nouvelle année. Il avait appris avec une joie bien vive la détermination de son ancien ennemi. Il aurait maintenant ses entrées libres dans cette maison, dont il vénérait le seuil, parce qu'elle renfermait ce qu'il aimait le plus au monde.

Il fut introduit par Roger, qui l'attendait avec impatience et qui le présenta à sa famille avec la plus exquise délicatesse et la plus touchante affabilité. A l'heure que Georges arriva, le salon était comble : des visiteurs de tout âge, en habit noir, venaient chacun à leur tour exprimer avec des mots recherchés et en termes aimables leurs vœux du nouvel an à M. et à Mme de Berneuil, à Mlle Marceline et à M. Roger. Les adorateurs secrets de la jeune fille profitaient de cet usage suranné pour affluer dans la demeure de la Belle.

Après les compliments de politesse entre Georges Marly et la famille de Berneuil, les deux collègues se retirèrent à l'écart dans le salon et causèrent

longuement. Le fils du marquis était réellement
heureux de la présence de son ami.

Les visites du jour de l'an pour ceux qui n'y
sont poussés ni par l'amour ni par l'amitié, mais
par simple convenance, n'ont qu'un avantage,
c'est d'être courtes. Les étrangers sortirent peu à
peu; et bientôt il ne resta plus dans le salon que
la famille de Berneuil et Georges Marly. De part et
d'autre, on parut avoir oublié complètement les
anciennes querelles. M. de Berneuil ne songeait
déjà plus à sa colère, ni Georges à sa disgrâce.
Mais on verra sous peu que cette réconciliation
n'était, pour ainsi dire, qu'un moment d'accalmie
au milieu de la tempête qui s'était déchaînée
contre le jeune Védénien dès ses premiers pas
dans la vie. Et, vœu dérisoire! on lui souhaitait
maintenant une bonne et heureuse année!

La marquise de Berneuil, toujours jalouse de
briller ou par elle-même ou par les siens, invita
sa fille à l'égayer de quelques airs de piano. C'était
une excellente musicienne que Mlle Marceline,
pianiste aussi enchanteresse qu'adorable personne. Elle se fit pourtant prier par deux fois.
Peut-être sa timidité provenait-elle de la présence
de Georges. Enfin elle se leva majestueuse et se
mit au piano. Déjà, pendant que ses doigts légers
préludaient sur les touches sonores, le Védénien,
âme poétique et sentimentale par excellence,

éprouvait des frissons passionnés, voluptueux, insolites. Rien de si puissant que la musique pour exciter à la volupté l'homme sensible. Marceline joua d'abord le *Pré aux Clercs*, fantaisie pleine d'une grâce capricieuse et d'un charme toujours nouveau. Cette mélodie pénétrait le cœur du jeune homme d'une de ces impressions impossibles à décrire. Jamais musique militaire exécutant le même morceau ne produisit sur son être pareille impression. Il est écrit que les femmes aimées feront toujours des miracles aux yeux de leurs amants. Georges, qui avait tant souffert moralement depuis sa disgrâce et pour qui Marceline était comme une étoile au milieu d'un ciel noir, se crut transporté dans un Eden. Bien qu'il n'eût pas l'habitude des grands salons et qu'il se sentît un peu dépaysé au milieu de ce monde aristocratique, cependant sa confiance en lui-même et sa fierté démocratique triomphèrent de son embarras; et nous pouvons affirmer qu'il ne fut pas au-dessous de ce qu'on pouvait attendre de son intelligence et de son jugement. Il fit à Mlle Marceline des compliments aussi galants que sincères. La jeune fille, malgré des marques de modestie apparente, les accepta avec une certaine satisfaction et le sourire aux lèvres.

Après qu'elle eut bercé ses auditeurs aux accents des plus suaves morceaux de musique, la pianiste fut prise de je ne sais quelle fantaisie. Heureuse improvisatrice, elle lança comme au hasard, à travers ce petit espace, un ensemble de notes capricieuses. Puis, adressant un coup d'œil significatif à Georges, elle se mit à jouer successivement, d'un doigt leste et délicat, l'air de *Marceau* et la marche des *Girondins*. Ces accords républicains sublimes plongèrent l'auditoire dans une sorte d'extase. La musicienne était ravissante à entendre, ravissante à voir. Quand le chant enthousiaste des Girondins vibrait sous ses doigts agiles, elle jetait des regards furtifs sur la figure blême et sévère de Georges. Peut-être cherchait-elle à lui faire entendre que deux amants peuvent se faire part de leur affection autrement que par le regard. Peut-être lui disait-elle dans ces élans républicains qui partaient pour la première fois du clavier que leurs deux âmes grandes et fières étaient depuis longtemps unies, inséparables, comme leurs cœurs. Mystérieuse déclaration d'amour ! Le cœur avait guidé la main sur les touches. Georges comprit ; et, pour la première fois, il espéra ; le bonheur lui souriait aujourd'hui dans le sourire de Marceline. Il respira plus librement dans cette froide enceinte où il se sentait aimé.

Ce furent les fiançailles secrètes des deux amants. Comme les accords qui montaient du piano vers la voûte de la salle, leurs cœurs battaient à l'unisson. Entre les goûts et les sentiments de ces deux êtres régnait une harmonie parfaite, pareille à celle qui résultait des diverses notes musicales qui résonnaient sous la main de Marceline.

Étrange contraste entre les membres de la famille de Berneuil! Si Monsieur le marquis et Madame la marquise n'avaient que peu de considération pour le Védénien, et le haïssaient même, dans une certaine mesure, c'était à cause de ses opinions politiques qui se trouvaient en complète contradiction avec leurs idées surannées. Si Roger et Marceline éprouvaient de l'affection pour Georges, c'est qu'il y avait entre eux mêmes aspirations, mêmes tendances, mêmes pensées. Le père et la mère restaient attachés, comme tous les vieillards, au passé; le fils et la fille étaient enfants du siècle. Les premiers avaient toujours les yeux tournés vers le passé; les seconds les avaient tournés vers l'avenir. La vieillesse voudrait reculer; la jeunesse, au contraire, veut avancer. Marceline aimait Georges, parce qu'elle était, comme lui, républicaine, républicaine de cœur, et elle le montrait bien par son amour pour un prolétaire; républicaine d'âme, et elle le montrait bien en partageant les opinions politiques de celui que le hasard ou peut-être la Providence lui avait donné pour fiancé. Tant il est vrai que

l'amour est essentiellement égalitaire! Il n'admet
d'autre supériorité que celle du mérite ou celle
qui repose sur le charme physique ou moral.

Cependant la marquise, voyant que son mari
s'attristait outre mesure en entendant jouer des
morceaux de ce genre, n'épargna point les reproches
à sa fille ; mais elle ne comprit point ce jeu inspiré
par le caractère inventif de l'amour : Marceline ne
répondit à sa mère que par une imperceptible inclination de tête en signe d'acquiescement. Elle
cessa de jouer des morceaux que l'on excluait impitoyablement de son répertoire. D'ailleurs, son
jeu était fini et elle se trouvait satisfaite de son
succès. Elle se leva soudain du piano, semblable à
une superbe nymphe. Qu'elle était belle! plus belle
encore que le jour où Georges la vit pour la première fois à la gare d'Avignon. Alors un seul regard avait dit bien des choses. Leurs cœurs, sous
l'empire de je ne sais quelle fatalité, se donnèrent
l'un à l'autre pour toujours.

M. et Mme de Berneuil étaient cependant bien
loin de soupçonner l'amour de Marceline pour
Georges, ni l'amour de Georges pour Marceline.
Cette révolte de tantôt contre l'autorité paternelle
ne pouvait être raisonnablement attribuée par eux
qu'à l'insouciance de l'âge, à cette légèreté naïve
qui est inséparable d'une jeune fille. Jamais ils
n'auraient pensé que ce fût l'amour qui eût sug-

géré cette ruse sentimentale à une jeune fille dépourvue d'expérience.

Après cette journée, qui fut un des plus beaux jours de sa vie, Georges reprit, le cœur plein de joie et d'espérance, le chemin de Védènes. Tout en marchant le long de cette route qu'il avait suivie tant de fois en proie à une amère tristesse, le jeune homme rêvait. La vie lui apparaissait maintenant tissue d'or et de soie. Une heure de bonheur fait bien vite oublier des années de tourments. Le réhabilité irait désormais fréquemment à cet hôtel dont la porte venait de lui être rouverte. Il aurait la joie de voir souvent Marceline qui était son unique pensée, sa principale préoccupation. Et même pourquoi ne dirait-il pas à Roger un mot de son amour? Roger n'aurait garde de lui refuser le titre de frère, après lui avoir si généreusement accordé le titre d'ami. Il accueillerait même sa demande avec la plus grande joie. Il n'aurait rien tant à cœur que de fortifier par une alliance les liens qui l'unissaient déjà si étroitement au démocrate. O bonheur incomparable ! Georges épouserait Marceline... Bercé de ces douces pensées, le jeune Védénien tressaillait déjà de plaisir et d'orgueil. Il voyait Marceline dans ses bras. Elle était d'une beauté supérieure; elle était riche; mais pour lui la richesse n'était qu'accessoire. Il préférait à la fortune les qualités du cœur et de l'esprit, et

sa fiancée les avait toutes. Il se disait qu'il l'épouserait quand même elle serait pauvre. Mais la dot ne
laissait pas de lui sourire. Que ne peut faire un
jeune homme sagement ambitieux avec les deniers
que lui apporte son épouse? Tandis que la médiocrité de ses ressources pécuniaires condamnerait
à la stérilité la supériorité de ses ressources intellectuelles, il pourrait, au contraire, s'il épousait
la fille du marquis, viser à la députation de Vaucluse. Et alors quelle joie pour la marquise, si
jalouse de la gloire et de l'éclat! Peut-être ces
considérations n'étaient-elles point étrangères à
l'imagination vive de Marceline... Combien ils
seraient heureux dans leur vie commune!

Tout en faisant ces réflexions, les yeux perdus
vaguement dans le bleu du ciel, il heurta une
pierre sur le bord du chemin. Mauvais présage!
se dit-il, rappelé à la réalité par cette secousse
soudaine. Son imagination lui représenta maintenant le revers de la médaille. Comment! l'intério-
rité de sa naissance ne serait-elle pas la pierre
d'achoppement de ce mariage? Jusqu'à présent,
n'avait-il pas raisonné comme un enfant? Ne
connaissait-il pas que trop l'esprit chatouilleux du
marquis sous le rapport du rang et de la naissance? Ce vieux descendant de la noblesse, qui
l'accusait d'avoir perverti son fils, lui refuserait
sa fille, sans aucun doute. Il l'avait déjà mis une

fois à la porte de sa demeure, sous le futile prétexte que c'était lui qui avait exercé la plus
grande influence sur l'esprit de Roger au point
de vue politique. Rien n'effacerait jamais cette
idée de l'imagination de M. de Berneuil. Voilà
donc l'hyménée impossible. Ces châteaux rêvés,
c'était bien des châteaux en Espagne ! Hélas ! plus
d'espoir : il ne posséderait jamais sa Marceline
adorée. La volonté inflexible du père serait plus
forte que la volonté de la fille; les menaces domp-
teraient les pleurs. M. de Berneuil n'était pas
homme à se laisser émouvoir par des larmes.

Le cœur gonflé de ces pensées désespérantes,
il approchait du hameau Le Pontet et jetait machinalement ses yeux inertes sur la fumée noirâtre
qui sortait de la longue cheminée de l'usine Saint-
Gobain. « O terrible destinée ! s'écria-t-il tout haut,
se parlant à lui-même. Je croyais posséder le
bonheur, et voilà qu'il m'échappe aussi rapidement
que cette fumée qui se dissipe dans le vague des
airs ! » Cette dernière réflexion le plongea dans
la plus douloureuse mélancolie. « Nous sommes
unis par le cœur, par la pensée, par les sentiments,
murmura-t-il encore d'une voix sombre; mais à
nos desseins s'opposent des barrières infranchissables : l'aristocratie, l'orgueil de caste, la politique. Hélas! je suis un pauvre enfant du peuple.
Elle est la fille d'un noble. Pourrai-je jamais

triompher de ces scrupules sociaux et politiques?
Cependant j'entreprendrai mon œuvre. Si je ne
réussis point, je mourrai, mais, au moins, j'aurai
la consolation d'emporter dans la tombe la preuve
de ma constance, de ma fidélité à mon premier et dernier amour! Je quitterai d'autant
plus volontiers cette terre que je n'y trouverai
alors plus d'autres satisfactions que celle de ma
conscience. Le sort en est jeté. J'irai à la conquête de ma bien-aimée. Si je reste sur le champ
de bataille, tué par la douleur et l'amour, son
cœur ne pourra pas me refuser une larme! »

En ce moment, Georges Marly atteignait Védènes. Ce village, pays natal du jeune homme, est
assis au pied d'une colline boisée à son sommet.
Il est bâti comme en amphithéâtre et porte l'empreinte des siècles reculés. Il y a très peu de bâ-
tisses neuves. Dans les environs, on remarque des
vestiges druidiques, des dolmens et des menhirs,
qui sont parfaitement reconnaissables. Sa modique
population est adonnée presque entière à la culture de la vigne et des céréales. Durant les
jours d'été, un silence absolu règne au sein
de ces groupes de maisons; c'est à peine si par
intervalles il est troublé par les miaulements
assoupis de quelques chats ou les monotones glous-
sements des poules éparses dans les rues désertes.

On prétend que l'origine de cette petite localité

remonte à la plus haute antiquité, et que l'endroit
où elle s'élève fut peuplé primitivement par une
horde nomade de l'Inde, qui transporta, proscrite
de ses foyers, ses pénates au pied de ce monticule.
Elle voguait depuis de longs jours sur la mer Mé-
diterranée, quand le hasard ou peut-être les tempêtes lui firent remonter le courant du Rhône;
et, lasse de naviguer, elle prit terre dans la plaine
de Sorgues, où elle dressa ses tentes mobiles.
Ces hommes errants, vaincus par les flots et la
misère, se dépouillèrent de leurs mœurs anciennes
et s'établirent définitivement dans cet endroit pai-
sible. Ils y implantèrent le culte de leur Véda ou
livre sacré. C'est le Véda qui a fait donner à notre
hameau le nom de Védènes. En effet, la pratique
des prescriptions du Véda y fut longtemps en honneur, au moins jusqu'à la confusion des races
indienne et gauloise. Parmi les coutumes singu-
lières des observateurs du Véda se trouvait l'usage
barbare qui faisait un devoir aux femmes de se
brûler sur le corps de leurs maris défunts. On
montre encore à Védènes l'emplacement où se pra-
tiquaient ces cruelles incinérations. Nous ne pouvons passer sous silence une autre coutume indienne bizarre qui fut en vigueur chez les primitifs
habitants de Védènes, mais qui, avec les progrès
de la civilisation, ne tarda pas à tomber sous la
risée publique : c'est la couvade. Quand la femme

venait de donner un fils au mari, celui-ci se mettait
au lit, comme s'il éprouvait les douleurs de
l'enfantement; il imitait les plaintes et les cris
de la femme en couches, et simulait les accès de
fièvre puerpérale. On s'explique facilement cette
bizarrerie chez des intelligences rudimentaires.
A ces époques d'irrégularité dans les rapports
sexuels, les hommes, ne se fiant qu'à leurs propres
sens, s'efforcent par ce ridicule procédé de créer
un lien paternel qui les rattache au nouveau-né.
Les peuples anciens présumaient l'infidélité de
l'épouse, les modernes présument sa fidélité. C'est
un progrès; mais ce progrès ne prouve point que
les peuples modernes aient raison; il est uniquement basé sur l'ordre public.

Les Brahmines, à la fois chefs et prêtres de la
tribu, avaient les prémices de la virginité des nouvelles mariées, et les époux Védéniens, fidèles
observateurs des formes, regardaient cette usur-
pation de leurs droits comme une faveur, tendant
à bénir et à faciliter leurs jouissances du lendemain. Plus tard, les seigneurs féodaux de Védènes
furent enchantés de trouver dans les archives une
pareille coutume, qui leur faisait un titre, indépendamment de celui qu'ils tenaient d'un usage
aristocratique constant; aussi ne tardèrent-ils pas à
faire appel aux traditions; mais il faut avouer, à leur
honte, que des coutumes des anciens habitants de

Védènes, ils ne conservèrent que l'impôt de la dé-
floration, le *pretium defloratæ virginis*. On sait
que la fleur de la virginité souriait aux seigneurs
de l'ancien régime, et qu'ils avaient le droit de la
cueillir, même dans la propriété du mari.

Mais cessons de nous occuper de ces vieux
souvenirs qui offrent peu d'intérêt, et rejoignons
notre rêveur que nous avons laissé dans le village, près de toucher à son habitation. Il faisait
nuit; et un vent se levait glacial et humide. Georges
commençait à grelotter. Personne dans les rues;
personne sur les portes. C'était l'heure où paysans
et bourgeois, en attendant le repas qu'on pré-
pare, causent joyeusement autour d'un bon feu de
ramures. Georges, les membres engourdis par le
froid, éprouve le besoin de se réchauffer. Suivons-
le. Il entre dans une maison de chétive apparence, située à l'une des extrémités du village.
L'obscurité du soir empêche d'en découvrir la
structure d'une simplicité rustique. La porte d'entrée donne sur une petite place. Elle est surmontée
d'une treille qui projette en été une ombre assez
épaisse sur les abords de la maison. Au côté
diamétralement opposé se trouve, clos de haies
vives, un petit jardin dans lequel on remarque
quelques figuiers et des pêchers; il est maintenant
sans verdure et porte le cachet de la désolation de
l'hiver. En plein jour, du haut des fenêtres du

premier étage donnant sur l'enclos, vous verriez se dérouler à vos yeux la plaine immense et fertile, et au loin, le village du Thor, les ruines du château de Thouzon, et l'asile des aliénés de Montvergues.

Là, dans cette maison un peu solitaire, un homme est assis, le front soucieux et morne, devant quelques bûches qui brûlent, attisées dans le foyer. L'appartement n'est éclairé que par la flamme qui se dégage du bois en combustion. Le pétillement du feu paraît être la seule distraction du vieillard pour l'heure présente. Mais soudain l'irruption de Georges attire son attention. « Il gèle, mon père, » fait Georges tremblant de froid ; et il s'avance vers le vieillard qu'il embrasse avec affection. M. Évariste Marly sourit en voyant enfin paraître son fils, qu'il attendait avec impatience depuis de longues heures, car il ne peut se passer de sa présence, qui est devenue pour lui aussi nécessaire que douce. Pourtant le vieil Évariste n'est que le père adoptif de Georges ; mais bien que les liens du sang ne l'unissent point au jeune homme, il l'aime comme un véritable père.

M. Marly est un homme de soixante-huit ans environ. Sa mise simple est celle que portent les propriétaires aisés qui habitent la campagne. Mais cette tenue est on ne peut plus correcte chez le père de Georges et dénote, avec un esprit d'ordre, un certain usage du monde. La tête est presque entièrement dénudée : l'âge et le chagrin n'y ont respecté que quelques rares cheveux blancs. Une barbe grisonnante descend jusqu'au milieu même de sa poitrine. Ce mélange bizarre répand sur sa physionomie un air imposant qui étonne. Son front est sillonné de quelques rides ; et ses joues amaigries, pâles et contractées, comme celles d'un ascète, accusent d'anciennes et longues épreuves. Une démarche encore libre et dégagée, en dépit de son grand âge. Ses épaules, jadis robustes, sont aujourd'hui légèrement courbées.

Au point de vue moral et intellectuel, M. Marly est un homme d'une probité au-dessus de tout soupçon, et son jugement et sa solide raison éclatent en jets lumineux dans ses appréciations agricoles, financières, sociales et même politiques. Son interlocuteur est grandement surpris de trouver chez un vieillard de cet âge et de cette condition tant de savoir, d'intelligence, de philosophie. Les Védéniens ne connaissent pas d'autre juge de paix que M. Marly, ni d'autre tribunal que sa maison. C'est sur lui que les villageois se reposent du soin de trancher leurs différends. C'est l'arbitre de toutes les contestations. Les litigants n'ont jamais hésité à le prendre pour expert. Il faut avouer, à la louange du père Marly, qu'il s'acquitte toujours de ses fonctions gratuites, comme si elles étaient de son devoir, avec une prudence, un tact, une loyauté admirables, ne se faisant jamais dans ses solutions que l'organe de la vérité et de la justice.

Mais ce qui caractérise surtout la physionomie de notre nouveau personnage, c'est un mélange de gravité et de tristesse, qui semble, pour ainsi dire, répandu à perpétuelle demeure sur son visage. Il s'y reflète une langueur expressive. On devine qu'un chagrin terrible, caché, dont tout le monde ignore la cause, mine sourdement cette nature si puissante autrefois. Les Védéniens attribuaient cette douleur constante à la perte cruelle de son épouse et de ses enfants, que la mort lui avait enlevés dans l'espace de quelques années. Son plus jeune avait succombé glorieusement au combat de Reischoffen. C'est à la suite de ses malheurs que le pauvre homme prit Georges chez lui pour l'adopter à sa majorité. Le trépas de sa famille était certainement de quelque poids sur la gravité de son humeur mélancolique. Mais, ce que nous pouvons affirmer, c'est qu'il n'en était pas la cause première ; la souffrance du vieillard était antérieure à la mort de ses enfants, et leur déplorable destin n'avait fait que l'aggraver. D'ailleurs, l'adoption de Georges avait déversé comme un baume réparateur sur les plaies du vieillard frappé dans ses affections. Mais le fils adoptif n'avait pu lui faire oublier cette idée latente, per-

sécutrice, véritable énigme, qui se traduisait au
dehors par un visage soucieux, ou, quand M. Marly
était seul, par une rage sourde et impuissante
qui montait en frémissements et en menaces de
son cœur à ses lèvres. Peut-être même la vue de
Georges qu'il adorait était-elle l'aliment de sa
douleur.

On faisait bien des conjectures sur le passé
de cet homme. Mais jamais Védénien n'avait pu
relever dans sa conduite une seule incorrection.
Les curieux indiscrets se heurtaient à des suppositions chimériques ou peu flatteuses pour le
vieillard. Une seule chose était certaine pour
tout le monde, c'est que le père Marly était absorbé, poursuivi, miné par une idée fixe, comme
le cœur d'un jeune homme qui se sent dominé,
rongé par une idée d'ambition. La différence,
c'est que l'idée du père de Georges, au lieu d'être
souriante, était lugubre et mélancolique et donnait à sa physionomie l'air souffrant et contracté
que nous remarquions il n'y a qu'un instant. Sa
vie passée était un mystère, dont personne n'avait
la clef, et qu'on avait toujours vainement essayé
de pénétrer.

Selon le vœu de la loi, en adoptant Georges, il
lui avait donné son nom. Son préféré était, d'après
l'opinion commune, un orphelin de bas étage.
Mais dès son enfance, il montra un caractère, un

cœur, une intelligence qui lui attirèrent les sympathies de tous. Devinant ses qualités brillantes, le tuteur officieux qui n'était pas riche, mais qui vivait dans une certaine aisance, se fit un devoir de lui donner une éducation relevée. Il le plaça pour le mettre à même de faire ses études classiques au collège de V..., où les maîtres joignent à l'enseignement scientifique l'enseignement religieux. M. Marly tenait beaucoup à ce que son pupille fût élevé dans les principes du christianisme. Il allait le voir souvent et le faisait sortir quelquefois. Les professeurs du collège ne tardèrent pas à s'apercevoir des progrès de l'enfant. Ses succès de fin d'année firent souvent pleurer de joie le vieux Marly. Georges était l'astre qu'il adorait. Après avoir subi brillamment les épreuves du baccalauréat ès lettres, le jeune homme conçut le désir de faire son droit. Son père ne put s'empêcher de lui témoigner sa répugnance pour des études aussi aléatoires que dispendieuses, car elles ne mènent à aucune position précise, parce qu'elles conduisent à toutes. Cependant, comme il n'avait pas l'habitude de contrarier les goûts de son idole, il dut s'imposer de lourds sacrifices pour l'entretenir pendant trois ans dans la ville de Grenoble. Georges, travaillant surtout pour faire plaisir à son père, vola de succès en succès; et les lauriers qu'il cueillit avaient eu pour seuls germes son intelligence et son application. N'ayant point recours pour parvenir, comme tant d'autres, à la recommandation, il ne fut protégé que par ses propres qualités et fut obligé, pour ainsi dire, de voler de ses propres ailes. Heureux père ! la réussite de Georges faisait oublier au vieillard les grosses dépenses que son éducation lui avait occasionnées.

En 1887, il se fit inscrire au barreau des avocats de N... Le jeune licencié obtint, dès ses débuts, quelques brillants succès aux assises. S'étant présenté au concours de 1888 pour l'admission de dix attachés d'ambassade, il fut reçu et désigné pour la résidence de Tunis. Mais le vieux Marly refusa de laisser partir son fils au moment où il avait surtout besoin de sa présence et de son soutien. Le jeune diplomate ne fut point rétif ; au fond, il ne demandait pas mieux, car son départ l'eût éloigné de sa chère Marceline. Il continua d'exercer la profession d'avocat à N..., où il gagnait assez pour vivre et s'habiller convenablement.

Georges était un de ces jeunes gens que l'idée d'un désir inassouvi, d'une ambition déçue mettait à la torture. Le refus ou même l'indifférence de sa bien-aimée eût été probablement sa condamnation à mort. Jusqu'alors, il avait figuré comme défenseur dans des affaires dont le retentissement

pût donner un certain relief à sa personne. Il
voulait se faire un nom dans le barreau ou dans
la politique ; cette ambition était bien légitime
chez un jeune homme grand admirateur d'Athènes.
Mais, depuis quelques mois, sa passion pour
Mlle Marceline avait sensiblement diminué sa passion pour la barre. Il était plus souvent à Védènes
qu'à N... Enchaîné, d'un côté, par les liens d'une
position honorable, de l'autre par les liens d'un
amour puissant, il rompait aveuglément les premiers pour rester esclave des seconds. Ses occupations, jadis si sérieuses, se réduisaient désormais, sauf quelques réserves, à composer des
élégies érotiques et brûlantes à la façon de Tibulle.
On peut cultiver à la fois les fleurs de l'amour et
les fleurs de la poésie, et elles sont même le plus
souvent semées dans un parterre commun. Mais
les fleurs de l'amour ne naissent guère au milieu
des épines de la jurisprudence. Georges' rêvait
maintenant sur les bords enchantés de la Sorgue,
comme le poète immortel de Vaucluse, avocat
lui aussi, qui négligeait également les causes du
barreau pour plaider la cause de son amour.

Voilà comment notre jeune ami, naguère esprit si
pratique, s'était transformé tout à coup sous l'empire d'une affection. Craignant de ne point réussir
dans la périlleuse démarche qu'il allait entre-
prendre en faveur de sa passion, il oubliait désor-

mais le soin de sa réputation, le souci de son avenir que la Providence semblait lui avoir tracé si brillant !

C'est dans ces conditions d'esprit que le jeune homme se trouvait au moment de sa réconciliation avec M. de Berneuil. Nous l'avons suivi, sur la route d'Avignon à Védènes, agité des sentiments les plus divers, et nous l'avons vu rentrer chez lui pâle et comme paralysé par le froid. Le vieux Marly lui demanda en souriant si Marceline lui avait fait bon accueil. Le père adoptif connaissait tous les secrets de Georges.

— Marceline me permet d'espérer, mon père, répondit Georges, mais le marquis ne voudra jamais de votre fils...

Le jeune homme avait des larmes dans la voix.

— Je crois, interrompit le vieillard d'une voix grêle, que M. de Berneuil destine sa fille à un certain vicomte originaire de Villeneuve-les-Avignon.

Une sueur glacée perla sur le front de l'amant. M. Marly continua :

— Je t'en prie, mon fils, ne pense plus à cette demoiselle. Le hasard vous a réunis, c'est vrai ; mais il y a entre vous un douloureux secret...

Le vieillard prononça ce dernier mot à voix basse et devint affreusement pâle. Peut-être se

repentait-il déjà d'avoir laissé échapper un mot
aussi terrible que vague.

— Un secret, fit l'avocat, tremblant de tous ses
membres.

— Oui, mon Georges, un secret dont le souvenir est cuisant et amer. Ce mystère met un abîme
entre Marceline et toi. Pour tout autre que ton
père, ces paroles sont énigmatiques. Les jeunes
gens ne doivent pas tout savoir. Plus tard tu
apprendras tout. J'ai mes raisons pour différer
cette confidence...

Georges vit que le vieillard ne se rendrait point à
ses supplications. Il ne prit pas la peine d'insister.
D'ailleurs, au fond, il désirait vivre dans l'ignorance d'un secret dont la révélation paraissait
avoir des conséquences funestes sur son amour
pour Marceline et peut-être même sur sa propre
existence. Cette déclaration ténébreuse devint le
plus affreux cauchemar de la vie de Georges.

— Je rendrai grâces à Dieu, mon cher enfant,
reprit le vieillard d'une voix saccadée, si le marquis de Berneuil te refuse sa fille en mariage, car,
alors plus tard, il ne pourra pas te reprocher ta
naissance.

M. Marly murmura encore entre ses dents
quelques paroles incompréhensibles et entrecou-
pées de soupirs. Puis le petit appartement redevint
silencieux.

Le jeune avocat crut soudain avoir deviné l'énigme : il pensa qu'il était fils naturel de M. de Berneuil, recueilli par Évariste Marly. Nous verrons plus loin qu'il était dans une complète erreur. Plein de ces noires idées, il cessa de questionner son père sur un chapitre aussi délicat. Cette demi-confidence l'avait rendu d'une pâleur cadavérique. Lui bâtard vouloir prétendre à la main de la fille légitime d'un noble, c'était une audace peu commune. Désormais il y avait entre lui et sa fiancée des barrières infranchissables. Tenter de les briser, c'était de la folie! Georges frémit : une sueur encore plus froide ruissela autour de ses tempes et un frisson nerveux lui parcourut tout le corps. Il se vit en un instant impitoyablement séparé de ce qu'il aimait le plus au monde, après M. Marly.

Abstraction faite des scrupules d'origine, et en dehors du cercle des préjugés, il faut bien avouer qu'il y avait de la présomption de la part de Georges à jeter son dévolu sur cette jeune fille, à la main de laquelle n'osaient prétendre les jeunes gens des plus riches et des plus honorables familles du département de Vaucluse. Marceline en était peut-être la plus belle et la plus riche héritière. Mais, à bien considérer, cette hardiesse de Georges était excusable. Ce n'était point, en effet, par la passion des richesses qu'il était poussé vers la fille de M. de Berneuil : non, il n'obéissait qu'à l'impulsion de son cœur épris d'amour. Là où d'autres auraient employé l'intrigue, lui ne fera usage que de la loyauté et de la seule force de son amour. Il avait l'âme trop noble et trop élevée pour chercher à ruser dans des affaires où la tromperie réussit trop souvent et où trop souvent aussi l'on ne s'aperçoit de la passion de la jeune fille qu'après sa chute.

M. Marly avait aperçu l'angoisse du jeune homme.

— Mon fils, j'ai eu tort, dit-il avec une émotion mal comprimée, de mettre ainsi ton esprit et ton imagination à la torture par un aveu qui avance à la fois trop et trop peu. Cesse, je t'en prie, de faire des suppositions dont la funeste influence compromettrait ta santé. Tu es issu d'une union très régulière...

L'avocat respira, comme si on lui ôtait un poids énorme de dessus la poitrine. Le vieillard passa une main décharnée et tremblante sur son front humide : il semblait vouloir en chasser un souvenir importun. Georges ne répondait point : il restait impassible, comme cloué à cette place qu'il avait prise dès son arrivée. M. Marly comprit ce qui se passait dans le cœur de son fils. Jusqu'alors, Georges avait travaillé obstinément pour parvenir à ses fins. Ce tenace ambitieux se laisserait-il arrêter dans sa marche par quelque obstacle? Non : il aimerait mieux périr que reculer. Le villageois entrevit combien il y avait d'amour dans ce cœur de vingt-trois ans, amour sincère et puissant, qui briserait toutes les résistances, qui lutterait jusqu'au dernier battement pour entrer en possession de ce qu'il convoitait.

— Tu vas poursuivre ton œuvre, je le sais, Georges chéri, continua le vieillard : je rends même grâce à ta fermeté et à ton attachement. Mais veille sur toi-même, et garde-toi d'aliéner ta liberté de pensée et d'action entre les mains du marquis, sous prétexte qu'il t'accorderait plus facilement la main de sa fille. Sois fort en politique, comme tu es fort en amour. Ne te range point par faiblesse du côté des réactionnaires. Ce serait une lâcheté que je ne te pardonnerais jamais. Depuis ton enfance, j'ai cherché à t'inspirer des principes démocratiques, en même temps que je te donnais des conseils sur la religion. Prends garde de sortir de ce cercle dans lequel j'ai comme circonscrit ton existence. Ne renie jamais les principes de ton éducation première.

En achevant ces mots, le vieillard releva fièrement sa tête blanche : il était d'une majesté incomparable.

— Mon fils, reprit-il d'un ton solennel, prête-moi une oreille attentive. Fils adoptif de la démocratie, tu serais ingrat si tu reniais ta mère...

— Jamais, jamais ! interrompit Georges d'une voix ferme et assurée.

— Tu vas te trouver dans des situations diffi-ciles. Placé entre ton amour et tes principes, entre tes passions et ton devoir, tu ne saurais recevoir trop de conseils et de recommandations. M. de Berneuil est l'homme avec lequel tu auras à lutter : lutte dont l'issue est bizarre, car si tu triomphes du marquis, sa fierté abaissée, mais non détruite, te refusera sa fille ; si, au contraire, tu es battu, à plus forte raison te chassera-t-il de chez lui. Tu ne peux guère espérer que dans une volonté obstinée de la part de Marceline. Je te confie à la Providence : elle a veillé sur ton en-fance ; je la supplie de veiller sur le reste de tes jours.

Au début de cette année 1889, il n'est peut-être pas inopportun pour toi d'écouter un conseil pater-nel qui pourra t'affermir dans la foi républicaine. Pour des raisons que tu sauras un jour, alors que, sur mon lit de mort, je te remettrai des papiers concernant ta famille, je t'ai pris dès le berceau et t'ai fait jurer une haine implacable contre tout ce qui respire le régime passé, comme cet ancien dont tu connais l'histoire, qui fit jurer à son fils une haine mortelle contre les Romains. Puisses-tu tenir ton serment comme ce héros ! Sache que tu as eu plus à souffrir des nobles que ce Carthagi-

nois n'avait eu à souffrir des Romains. Évite, par
conséquent, de mettre ton talent ou ta plume au
service de la cause que te proposera le marquis.
Sois, tant que tu voudras, l'avocat de tes amours;
refuse d'être le défenseur du pouvoir personnel.

M. de Berneuil est un de ces hommes qui voudraient être servis par la République sans vouloir
la servir. Son mécontentement et son ambition ne
tarderont pas à le lancer dans la voie nouvelle-
ment ouverte par le parti national. Garde-toi de
toute compromission de ce côté; et la compromission est d'autant plus facile, la pente d'autant
plus glissante, mon fils, que les alliés de la nouvelle doctrine ou plutôt de la nouvelle faction
endorment le peuple dans la douce illusion
qu'avec leur chef les intérêts matériels et moraux des populations monteront sur le siège
présidentiel.

Le Général sera probablement élu dans la Seine,
grâce aux voix des réactionnaires unis. Ce succès
décidera M. de Berneuil à se jeter dans un parti
dont les menées paraissent devoir faire naître un
désordre. Le chef du parti national se flatte de
vouloir régénérer la République : il désire plutôt
la faire dégénérer en dictature; et ses aspirations
apparentes vers la République ne sont que des
conspirations contre elle.

Pour le besoin de leur cause respective et la
sauvegarde de leurs principes, les prétendants
qu'il contribua à faire bannir par un ostracisme,
dont l'idée lui fut inspirée par d'ambitieux projets, viennent se jeter à ses pieds, comme les
courtisanes accourent aux pieds d'un riche débauché, afin de lui enlever une partie de sa fortune. Quelle farce ne jouerait-il pas, si, après
s'être servi des royalistes, il les rejetait d'un coup
de sa botte! La faction du Général, pour arriver
au pouvoir, exploite les maux inséparables de tout
régime. Elle parle de guerre, de tripotage, de
concussion. Elle n'apprécie notre régime actuel
que d'après la conduite de certains hommes ou
d'après certains faits regrettables qui se sont produits. Raisonnement aussi injuste qu'étroit! N'a-
t-on pas grossi les allégations de notre voisin, le
maire de Nîmes? Gilly paraissait le loup-garou de
nos représentants, le Cicéron de nouveaux Verrès.
De terrible qu'il devait être, il est tombé sous la
risée populaire. On s'attendait à voir s'agiter dans
ses mains les foudres de Jupiter tonnant. On n'a
trouvé qu'un pauvre tonnelier ne sachant fabriquer
que des foudres en bois. Infortuné député du
Gard! le ridicule l'a tué.

Pour l'homme honorable, intelligent, réfléchi,
la médisance ne déshonore point ses victimes,
mais son auteur. Ce qui fait la honte, ce n'est

point une calomnie, mais une flétrissure publique, judiciaire et méritée.

C'est avec des armes déloyales que les ennemis de la République marchent contre elle. Ils se sont groupés autour d'un casque, et forment comme une union, ou plutôt un assemblage grossier d'hommes de toutes nuances, qui n'ont de commun que la haine contre la République, la soif du pouvoir, l'ambition de dominer, le désir de détruire. Les aspirations du chef suprême sont moins de faire marcher la France dans l'ordre que de la faire marcher sous ses ordres.

Hélas! cette alliance jurée à la démolition peut faire beaucoup de mal à notre chère patrie. Que Dieu te préserve, mon fils, d'entrer dans cette voie, qui conduit inévitablement à la servitude! En vrai républicain, aime mieux mourir pour la liberté que vivre dans l'esclavage. Sois plus fier que tant de démocrates trompés qui rampent aux pieds du Général. Préfère te laisser impitoyablement miner par ce torrent que de le suivre de plein gré. Au moins, si la République tombe, tu tomberas avec elle en combattant sous son aile, et tu seras honorablement enseveli sous ses ruines.

Je suis une des victimes du Deux-Décembre, et, comme tel, j'ai le devoir de te dire : Mon fils, si jamais un audacieux tentait de gravir les degrés du trône, tu imiterais Baudin, dont on célébrait la

mémoire il y a quelques semaines. Ce martyr de
la liberté est bien le modèle que je te propose. Tu
dois avoir constamment sous les yeux l'image de
ce héros volant sur les barricades et faisant le
sacrifice de sa vie pour obstruer le passage au
pouvoir personnel. Après avoir manifesté une ardeur incomparable qui fit pâlir nos soldats, et avoir
donné un néfaste augure au tyran, Français, il fut
foudroyé d'une balle française. L'Empire s'ouvrait
sous les auspices de l'assassinat. Son attentat
consommait la ruine de la République. Mais, des
ruines sortent souvent des vengeurs. La liberté
eut son tour, même au prix du plus grand des
malheurs. Sedan fit écrouler l'édifice impérial
sous le poids de l'ignominie et de la haine. Si ce
Général arrivait, lui aussi, je me demanderais,
et j'en aurais le droit, si le peuple français a
conservé toute sa raison. A quoi donc nous ont
servi toutes nos Révolutions, 89, 48, 51, 70 ?
C'est donc en vain que nos ancêtres ont versé
leur sang pour conquérir les libertés que nous
possédons, si nous autres, leurs descendants, devons remettre le trésor de ces libertés entre les
mains d'un nouveau maître ! Que diraient nos
pères, ces fondateurs de la République, si, sortant
tout à coup de leurs tombeaux, ils nous voyaient
déposer entre les mains d'un homme ce qu'ils ont
enlevé à un homme au prix de leur sang et du

sien? « Vous n'êtes pas dignes d'être heureux, s'écrieraient-ils tristement, puisque vous ne savez pas quel est le prix de la liberté! »

— Je vous jure, mon père, d'être toujours fidèle aux principes démocratiques que vous n'avez cessé de me suggérer dès l'enfance. Mon devoir sera de les défendre. Je veux que mon courage soit digne du vôtre. La nouvelle politique est si équivoque, qu'on ne pourrait encore l'apprécier sainement. On verra plus tard si le Général veut adopter sincèrement le régime républicain. Tout le monde s'inclinera, ce jour-là, devant son désintéressement. Mais si le chef du parti national avait à cœur des idées césariennes, qu'il n'oublie point l'histoire! Récemment, pour attirer encore plus de popularité autour de leur drapeau, ses partisans sont allés en foule vénérer le monument de Baudin. Parmi les bonnes pensées qu'a dû leur inspirer cette inauguration, ils ne doivent point perdre de vue la principale : c'est qu'à côté des Césars il y a toujours des Brutus!

Après ce long entretien sur la politique, le vieux Marly et son fils prirent le repas du soir, qui leur fut servi dans une petite pièce attenante, à plain-pied, par une domestique d'un âge très avancé qui joignait à une laideur difforme la surdité la plus complète. Le dîner fut assez triste : les deux convives, soucieux, touchèrent à peine aux ali-

ments : ils suivaient en silence le fil des événements que l'avenir semblait leur réserver.
Georges avait sa pensée constamment tournée
vers la ravissante Marceline, qu'il avait crue un
instant, dans une heure de vertige, sa fiancée, et
que des considérations graves venaient de lui
arracher. Après le repas, ils causèrent quelques
instants encore, puis allèrent prendre un repos
qui leur était bien nécessaire après une journée
si pleine d'agitations de toute sorte. Nous n'au-
rions pas besoin d'ajouter que de nombreux cau-
chemars vinrent troubler le sommeil de l'amant
infortuné.

IX

Le lendemain, le fils du marquis de Berneuil
rejoignait son régiment. Il se trouvait en quelque
sorte heureux. Plus que huit mois de service à
faire. Il lui tardait d'obtenir son congé définitif;
il reprendrait alors ses études de droit et se lancerait dans la mêlée politique où on l'avait naguère
si applaudi. Comme Georges, il s'était fait inscrire
sur le tableau de l'Ordre des avocats stagiaires
de N... La correspondance entre les deux jeunes
avocats était très active. L'œil scrutateur du mili-

taire avait surpris l'amour de Georges pour sa
sœur, et son cœur y applaudissait en secret.
Roger connaissait la pureté des intentions de son
ami en même temps que son obstination habituelle
à mettre ses desseins à exécution et à poursuivre
son but coûte que coûte. Dans ses lettres, il l'invitait à aller fréquemment rendre visite à son
père. C'était lui fournir une occasion de voir Marceline. Cette alliance matrimoniale en perspective
réjouissait le fils du marquis, qui y voyait la con-
tinuation de cette espèce de vie commune, où
les jours avaient coulé pour lui si pleins de charme.
Mais il n'était pas sans redouter les résistances
d'un père, esclave des préjugés. Le marquis verrait certainement d'un œil défavorable ce projet
d'union. Peut-être même objecterait-il qu'un
noble ne doit jamais déroger et consentir à une
mésalliance. Comment son fils pourrait-il vaincre
ces scrupules? Encore si Marceline aimait Georges,
on pourrait arriver à un arrangement, en opposant
au refus obstiné du père l'inébranlable fermeté de
la jeune fille. Mais l'amour de Marceline pour
Georges était-il réfléchi, fondé, sérieux? Roger ne
savait qu'en penser. De peur de blesser les susceptibilités de sa sœur, jamais il n'avait osé amener
la conversation sur ce terrain scabreux. Qui pouvait savoir si Marceline ne préférerait point à
Georges le jeune vicomte de Givale, qui était si

10

prévenant pour elle? Cette autre alliance ne convenait que médiocrement à Roger. Le vicomte était riche, aimable, galant, mais sans ambition aucune. Tout son plaisir consistait dans des parties de chasse à travers les plaines des Angles ou de Roquemaure et sur les collines de Sauveterre. Ces goûts exclusivement cynégétiques étaient de nature à déplaire à Roger qui, dès l'enfance, avait montré une passion dominante pour l'étude et qui avait soif de gloire et d'honneur. Le fils du marquis était studieux et réservé autant que Raoul de Givale désœuvré et libertin. Toute cette intelligence que Georges et Roger auraient prodiguée pour obtenir l'acquittement d'un pauvre diable devant la Cour d'assises, Raoul l'employait à tendre des pièges aux perdrix, aux grives, aux renards de la région, ou à dresser des cachettes de ramures pour chasser à l'affût.

Le vicomte avait cependant le titre de licencié en droit; il avait eu de la veine, selon l'expression universitaire, pour réussir à des examens qu'il n'avait préparés que dans des memento. Afin de se donner un titre plus sonore et l'apparence d'une position, il s'était fait admettre au nombre des avocats de la ville de C... C'était, comme on en compte tant, un avocat sans cause, une nullité brillante, un de ces avocats qui ne plaident pas même leurs propres affaires. Si vous croyez qu'il n'avait pas autre chose à faire qu'à s'occuper des intérêts d'autrui! Allons donc! Il était trop riche pour cela. Toujours préoccupé de ses meutes et du progrès des armes à feu. A côté de ce goût prédominant de la chasse grondait en lui la passion, bien naturelle à un jeune homme charmant et riche, du beau sexe. Raoul avait un physique agréable, une stature très élevée. D'une figure assez gracieuse. Un sourire perpétuel sur les lèvres. Son attitude était d'un gentilhomme. Toujours vêtu comme un dandy : habit noir, cravate blanche, souliers vernis. Mais il avait un grand défaut, c'était de s'adoniser; comme Narcisse, on l'eût dit amoureux de sa personne. Aussi plein d'afféterie dans son langage que dans ses manières. Cependant, quand on l'examinait de près, on remarquait autour de ses yeux un demi-cercle noirâtre qui accusait des habitudes grossières. Le bruit de sa mauvaise réputation s'était répandu dans tout le territoire. Loup-garou des maris, ce Nemrod aimait à chasser sur les terres d'autrui, et faisait ses délices de tromper les époux défiants plus encore que de prendre un renard au piège.

Devant Mlle Marceline, sa démarche était pleine de légèreté, de souplesse et de grâce. Il affectait un air de pudeur qui lui était étranger. Au fond, c'était un cœur d'acier, un vrai don Juan, indifférent à tout ce qui n'est pas exercice du corps, chasse ou plaisir de la taverne.

Mais la bien-aimée de Georges ne s'y trompait pas. Un jour, la marquise de Berneuil lui vantait les qualités du vicomte.

— Raoul, dit-elle, est un jeune homme appartenant à l'une des familles les plus anciennes et les plus honorables. Il est, d'ailleurs, lui-même plein d'esprit...

— Non : c'est un bel esprit plein de lui-même, interrompit la spirituelle jeune fille.

Partant, le vicomte n'était pas dans les bonnes grâces de la sœur de Roger. Marceline avait remarqué la trace des cosmétiques et des poudres brillantes qui ressortaient constamment sur la figure de Raoul : témoignage irrécusable de sa vie déréglée. Au lendemain d'une orgie, l'empreinte des baisers nocturnes se manifestait, saillante, sur son pâle visage. Marceline lisait mieux que personne sur cette physionomie qui lui répugnait. La seule pensée d'être un jour entre les bras de ce débauché la faisait frémir. Par bonheur pour Georges, elle avait le caractère de Roger.

Mais si la manière de vivre du vicomte ne lui attirait les sympathies ni de Roger ni de Marceline, par contre, Raoul était l'homme du marquis, toujours pensant et disant comme lui. M. de Ber-

neuil accompagnait souvent son favori dans ses
chasses ou ses promenades en voiture.

— Si tu aimais la chasse comme le vicomte,
disait un jour le marquis à son fils d'un ton de
reproche, j'en rendrais grâces à Dieu : car ce goût
t'empêcherait de t'occuper constamment de politique ; et surtout tu n'aurais jamais eu l'idée de
défendre la politique républicaine. Que ne t'ai-je
mis entre les mains un fusil au lieu d'une plume !

Un gentilhomme de l'ancien régime n'aurait pu
mieux parler.

— Si le vicomte aimait l'étude comme moi,
répondait Roger en riant, il ne s'occuperait pas
exclusivement de la chasse. Si les seigneurs eussent
armé jadis leurs enfants de la plume au lieu de
l'épée ou du fusil, il n'y aurait pas eu de révolution en 1789.

Le vicomte était donc très goûté par le marquis de Berneuil.

— Quelque jour, disait Marceline avec malice,
cette passion du vicomte pour la chasse lui fera
oublier sa femme.

— Il ne faut pas médire de M. de Givale, Marceline, interrompait le père : je voudrais bien que
ton frère l'imitât. Au moins, il ne m'aurait pas
causé tant d'ennuis et de chagrins. Sois tranquille,
d'ailleurs : si son épouse s'appelle Marceline, il
n'aura garde de l'oublier !

On le voit : les intentions du marquis n'étaient pas douteuses : il voulait se donner pour gendre le vicomte Raoul de Givale. Roger le savait bien. Georges ne l'ignorait pas. Comment triompher de cette volonté de fer? C'était là le grand problème que se posait le jeune Marly et qui faisait son désespoir.

Un jour, le vicomte de Givale et Georges Marly se rencontrèrent par hasard dans le grand salon de l'hôtel de la rue D.., où tous deux venaient faire leur cour à la fille du marquis. M. de Berneuil s'y trouvait également. Le père de Marceline essaya de ridiculiser Georges, afin de le rendre odieux à sa fille : il lui fit des questions plus ou moins déplacées sur la politique et la religion. Grave imprudence! car, dans la discussion, Georges prit un nouveau lustre aux yeux de Marceline. Le jeune Védénien saisit cette occasion pour étaler devant sa bien-aimée les trésors de son cœur et de son âme.

— Monsieur Marly, commença le marquis en s'adressant à sa fille et au vicomte, est un de ces rares hommes qui pensent qu'un catholique peut être républicain. Il se dit bon chrétien, ou, du moins, il croit l'être.

Peut-on ouvrir une conversation d'une manière plus impertinente et plus malhonnête? Georges se contint; il ne vit point le ricaneur, il ne vit que le père de Marceline.

— République et religion, fit le vicomte, qui était peu dévot, mais qui tenait à tomber toujours d'accord avec le marquis, m'ont toujours paru incompatibles.

— République et religion, dit à son tour Marceline, sont deux choses absolument distinctes, mais qui ne s'excluent pas. Rien n'empêche qu'elles ne se donnent la main.

Encouragé par cette parole de la jeune fille, qui cherchait à lui venir en aide, Georges, ému, prit la parole.

— Mademoiselle a raison, dit-il. Le dogme républicain de la liberté, de l'égalité et de la fraternité, que tous les peuples sont unanimes à admirer, tire sa source de l'Évangile du Christ. L'asservissement des peuples est en contradiction manifeste avec les principes évangéliques. Le Christ nous enseigne que nous sommes tous égaux devant Dieu : le pauvre est autant que le riche, le petit que le grand, l'humble que l'orgueilleux, et même, le plus souvent, ces êtres qui paraissent infimes n'ont que plus de mérite devant le trône de Dieu. Celui qui a vraiment conscience de cette égalité doit pratiquer la fraternité, c'est-à-dire mettre en œuvre la charité, la condescendance, l'amour du prochain. Toutes ces vertus, que l'Évangile commande, font le bien d'une société, en même temps qu'elles sont agréables à

Dieu. Le vrai républicain pratique les devoirs de fraternité et, par suite, sert Dieu en servant l'État. La vraie République est donc née de l'Évangile : elle est, par conséquent, de droit divin.

Le vicomte se trouva ébahi en entendant ce raisonnement syllogistique. Il essayait de comprendre. Ce fut en vain. Raoul de Givale était plus versé dans la vénerie que dans la rhétorique, et c'est ce qui le faisait apprécier de M. de Berneuil. Le marquis, outré de ces paroles de Georges, s'écria avec emportement :

— Voilà ce qu'on leur apprend dans les écoles d'aujourd'hui, le sophisme, pour faire triompher des doctrines inavouables et pour combattre et souiller les vieilles institutions !

Le vicomte se sentait mal à l'aise dans cette conversation, qui prenait une tournure peu conforme à ses habitudes. Jamais peut-être, dans sa vie, il n'avait pris part à un entretien aussi sérieux.

— Je ne vante rien, je ne déconsidère rien, répliqua Georges piqué au vif. C'est d'elles-mêmes que les choses ou les institutions se font valoir ou détester. Veuillez réfléchir un instant. Je ne serais pas un sophiste, mais bien un fou, si je vous vantais la monarchie constitutionnelle. Vos éloges, monsieur le marquis, ne tariraient pas sur mon compte si j'avais avancé hypocritement, et pour vous être agréable, que ce régime est de droit divin. Mais en politique, pactiser avec vous, ce serait pour moi pactiser avec ma conscience.

— J'ai toujours dit qu'il était impossible de discuter avec des gens prévenus, de parti pris, dont toute la politique consiste à faire de l'opposition systématique.

— Et moi aussi! interrompit Raoul, désireux de placer un mot.

— Et moi aussi, j'ai toujours pensé de même! murmura Georges en éclatant de rire.

C'était une scène des plus comiques. Marceline seule resta muette.

— Monsieur Georges, continua le marquis, vous qui faites tant parade de vos inébranlables principes républicains, vous serez un des premiers, le jour prochain de l'avènement du comte de Paris, à aller au-devant de lui et à crier : Vive le roi!

— Je proteste. Nous n'avons pas les mêmes intérêts, monsieur le marquis. Celui qui crie : Vive le roi! crie : Vivent mes intérêts! Vive le roi! hélas! peut-il vivre à côté d'un Parlement? Heureusement que non. De deux choses l'une : ou la royauté imposera ses lois au Parlement, et le roi ne sera plus, en fait, constitutionnel, mais absolu; ou le Parlement imposera ses lois à la royauté, et le roi sera inutile. Dans le premier cas, il tombera sous le coup d'une révolution; dans le second, sous le coup du mépris. Le ridicule a toujours tué la monarchie constitutionnelle.

Eh bien, monsieur le marquis, c'est ce vain simulacre de roi, ce mannequin impuissant que vous désirez mettre à la place du président de la République! Où est donc ce bras de fer que vous voudriez voir s'agiter au-dessus de nos têtes? N'est-il pas cent fois plus sage de conserver notre président? Nous aurons, du moins, les mêmes avantages, sans avoir les mêmes inconvénients. Jamais fils idiot ne succédera à son père.

Le vicomte trépignait sur son fauteuil, comme si un feu invisible l'embrasait. Il n'était pas habitué à se mouvoir dans un cercle où l'on traitait des questions aussi délicates. Cependant, il fallait bien hasarder quelques paroles, sous peine de passer pour un sot.

— Mais, mon cher monsieur Georges, fit-il en bredouillant, il faudrait un homme à poigne pour présider la Chambre des députés. On s'y injurie, on s'y méprise, on est parfois près de s'y battre. Un délégué royal, un missus dominicus, qui agiterait la clochette, aurait certainement plus d'autorité pour rappeler à l'ordre que le président actuel.

— Naïveté!... pensa Georges.

Un sourire de pitié erra sur ses lèvres, puis il reprit tout haut :

— Qui sont ceux qui veulent obstruer la marche régulière du Parlement, qui jettent des bâtons dans les roues? Vos amis, messieurs. Oui, c'est de la Droite que vient tout le mal. Croyez-vous qu'avec ces incessantes perturbations, avec ce manque de tact et de franchise qui caractérise votre parti, le gouvernement puisse s'occuper avec liberté et réflexion des affaires intéressant l'État? Qu'ont-ils fait, les nombreux réactionnaires dont vous avez applaudi l'entrée à la Chambre en 1885? Empêcher, injurier, renverser : voilà leur politique en trois mots.

Transportez-vous un instant dans l'enceinte du Parlement. Un homme, que sa probité autant que sa science a fait élever aux honneurs, est à la tribune : c'est un ministre. Pendant qu'il développe son opinion sur les intérêts du pays et propose des innovations économiques, les injures pleuvent sur lui. D'où partent-elles? des bancs de la Droite, dont la frivolité égale l'hypocrisie. En même temps, une nuée de journalistes réactionnaires observent malicieusement la physionomie émue de notre homme d'État. N'a-t-elle point changé de couleur? De pourpre, n'est-elle pas devenue pâle, ou *vice versa?* Le ministre a-t-il pu faire aux interrupteurs une réplique pleine de fiel et d'éloquence?

Voilà la riante perspective des hommes de gouvernement. J'adjure les prétendants de venir occuper un instant cette place difficile. La vue de ces traits acérés qui sont suspendus sur les bancs ministériels leur ôterait pour toujours l'envie de s'y asseoir. Combien ils préféreraient leur tranquillité à cet embarras illustre! Car la partie réactionnaire à laquelle il n'aurait pas été donné satisfaction ne leur épargnerait point ses sarcasmes. Voilà cette faction, qui se dit si respectueuse des pouvoirs publics et qui devient tyrannique dans ses paroles quand elle ne peut plus l'être dans ses actes.

— S'il en est ainsi, monsieur Georges, répliqua Raoul d'un air et d'un ton flegmatiques, c'est désespérant. Je ne vois qu'un remède à tous ces abus, c'est de couper le mal dans sa racine en supprimant le Parlement.

— Si je blâme les excès du Parlement, dus aux intrigues du côté droit, je suis loin de désapprouver la contradiction quand, au lieu d'être systématique et importune, elle se montre loyale et plus jalouse de faire briller la justice que de briller elle-même. C'est du choc des opinions que jaillit, étincelante, la vérité. Malheur à une nation dont le Parlement sommeille, assoupi! Pendant le sommeil, il est plus facile d'enchaîner, de garrotter, de faire esclave.

Le Parlement est un peu comme l'histoire, qui

languit et ne fait aucune impression sur le lecteur, si ses pages ne sont animées par les passions de l'écrivain. Enlevez au Parlement la chaleur des discussions : vous ne serez plus en présence que d'un corps sans âme, sans vie. On reproche au Sénat d'être atteint d'un ramollissement général. On s'abuse et on oublie la tradition. Si la Chambre parle, le Sénat pense. Le caractère des pères conscrits est grave et vénérable. D'ailleurs, le feu de la Chambre Haute n'est éteint qu'en apparence. Il brille à certains jours. Le discours de Challemel-Lacour n'en fut-il pas récemment une des plus éclatantes étincelles ?

Il se fit un moment de silence. Chacun réfléchissait tout bas.

— Cette année 1889, murmura le vicomte, promet d'être fertile en événements. L'horizon en paraît bien noir.

— Je suis de votre avis : l'horizon est sombre et menaçant, répondit Georges, faisant peut-être allusion également à sa situation personnelle vis-à-vis du marquis et à son antagonisme avec le vicomte. Dès le début de cette année 1889, il semble que tous les éléments vont se déchaîner sur notre France. Mais des nuages ne peuvent-ils point passer sous le ciel sans en altérer la pureté ?

En achevant ces mots, il jeta sur Marceline un rapide regard et s'arrêta un instant.

— J'ai, reprit-il, une confiance inébranlable dans le salut de la République. L'espérance serait-elle bannie du cœur des autres Français, elle ne peut l'être du cœur des enfants de la démocratie. Les autans et les tempêtes seront impuissants contre notre esquif; et, après l'épreuve, si terrible qu'elle soit, j'espère que la colombe reviendra dans l'arche républicaine avec sa branche d'olivier, symbole de la paix!

Il prononça ces derniers mots d'une voix lente, douce, plaintive, et attacha de nouveau ses yeux sur sa bien-aimée. La jeune fille, plus perspicace que son père et le vicomte (l'amour ne fait-il pas deviner les plus secrètes pensées du cœur aimé?), comprit la double signification des paroles de Georges. Elle baissa la tête, comme en proie à une profonde tristesse : elle semblait prévoir l'avenir.

Ce jour-là, le vicomte Raoul de Givale fut vaincu, sans s'en douter, par le démocrate Georges Marly. Le duel avait eu lieu sur le terrain de la politique, et c'est en secret, dans le plus profond de son cœur, que Marceline prononça le jugement qui décidait de la victoire et de sa main. L'intelligence est un aimant irrésistible pour les cœurs, de même qu'elle règne en souveraine sur les esprits. Rien n'est plus périlleux pour un prétendant que de se mesurer avec un second en présence de la

femme adorée. L'amour grossit le mérite, comme
l'indifférence le diminue. Tandis que l'un des
amants gagne une valeur plus grande que celle
qu'il n'a en réalité, l'autre perd toute la sienne.
Pour Marceline, Georges fut, ce jour-là, à cent
coudées au-dessus du pauvre vicomte. C'est avec
sincérité que nous souhaitons à Raoul un peu plus
de bonheur dans ses parties de chasse que dans
ses assiduités à l'hôtel de Berneuil.

X

Le 2 février 1889, une nouvelle à sensation se
répand dans la ville : le fils de M. de Berneuil
vient de mourir ! Et ce bruit, aussi subit que
désolant, paraît être malheureusement fondé. Il y
a huit jours, le marquis et la marquise recevaient
un télégramme alarmant et partaient sur l'heure
pour Nîmes. Georges Marly se trouve, par hasard,
à Avignon, au moment où tout le monde s'entretient du trépas de son ami. Hors de lui, il s'in-
forme, il questionne, il apprend, et, sans trop ajouter foi à ces murmures de la foule, il se transporte,
éperdu, mourant, à l'hôtel de la rue D... Marceline est là, au salon, étendue dans une bergère,
sans connaissance et abîmée dans une angoisse

indicible. Les amis de la famille s'empressent, autour d'elle, de lui prodiguer leurs soins et de calmer l'irritation de sa douleur. Cependant elle reconnaît Georges ; elle se lève soudain, et, inconsciente, comme si elle avait aperçu son frère dans le nouveau venu, qui pleure à chaudes larmes, elle lui prend la main dans ses mains et la serre avec effusion. Roger n'est plus ! Georges comprend tout et se met à sangloter.

— Ah ! mon pauvre Roger !

C'est tout ce que peut dire le jeune homme, que l'émotion et la douleur oppressent. Marceline lui fait du doigt un signe désolé. Georges tourne les yeux et voit sur le guéridon la terrible dépêche signée : Adolphe de Berneuil. A côté, une lettre gît ouverte et humide de larmes : c'est un ami de M. de Berneuil qui écrit aux parents du marquis, pour leur raconter les diverses phases de la maladie de Roger et leur donner des détails sur ses derniers instants. L'avocat prend cette missive. Il hésite à la lire ; mais il veut tout savoir, et, au risque d'en avoir le cœur brisé, il en parcourt lentement les lignes, qu'il arrose de ses pleurs. Nous en mentionnons les principaux passages :

« Lorsque M. et Mme de Berneuil sont arrivés à Nîmes, leur fils gisait, méconnaissable, sur un lit de langueur, luttant contre la bronchite aiguë qu'il avait contractée dans une manœuvre militaire. On crut un instant que le mal était arrêté dans sa marche par les efforts de la science. Mais ce mieux était relatif. Roger avait, d'ailleurs, tellement de sollicitude pour sa famille que, de crainte de l'effrayer, il dissimulait son accablement. Une voiture couverte avait transporté le malade de l'hôpital dans une maison privée que le marquis de Berneuil venait d'acheter toute meublée dans la ville.

« Rien ne put conjurer les progrès du mal. Les docteurs les plus en renom, après avoir tenté vainement les remèdes qui leur paraissaient les plus efficaces, désespérèrent de l'art et firent même à M. de Berneuil l'aveu de leur impuissance devant l'acuité de l'emphysème. Tous les spectateurs fondirent en larmes; seul, le pauvre enfant ne faiblit point, et sur ses lèvres erra un sourire d'ange, unique reste de ses grâces d'autrefois. Il sourit à son arrêt de mort. C'est rare de mourir si paisiblement, à la fleur de l'âge, quand on envisage derrière soi tout ce qu'on laisse : des parents adorés, une belle fortune, un grand nom, un avenir brillant. Cette agonie est le privilège de ceux dont le passé est irréprochable.

« Durant tout le cours de sa maladie, qui a duré neuf jours, aucune plainte ne lui est échappée; son calme et sa résignation ont été surhumains.

« — Je ne suis point malade, disait-il à ceux

11

qui l'approchaient, pour leur éviter des larmes.

« Il s'oubliait pour ne penser qu'à sa famille, et on eût dit que son unique souffrance fût la douleur de la quitter bientôt. Il fut grand, comme pendant son adolescence.

« Les noms de Marceline et de Georges Marly revenaient souvent sur ses lèvres. Comme tout le monde pleurait autour de son lit funèbre : « Ne me plaignez point, murmura-t-il, je m'en vais sans avoir connu les peines de cette vie. »

« Le dénoûment fatal approchait. Alors, rassemblant ses dernières forces, il prononça d'une voix faible et entrecoupée ces deux noms : Marceline et Georges! emportant sa pensée dans la tombe. Ceux qui ont assisté à cette scène n'ont vu dans ces dernières paroles que l'expression du regret de ne pas avoir serré dans ses bras une fois encore sa sœur et son ami, avant de quitter ce monde. Bientôt une sueur glacée, sinistre avant-coureur du trépas, perla sur son visage; puis, le malade prit un regard immobile; sa figure devint pâle et livide; sa bouche s'ouvrit très grande une dernière fois. Il était mort!

« Mme de Berneuil, qui avait conservé l'espérance jusqu'au bout, sortit de la chambre en poussant un cri terrible, et s'évanouit sur la première marche d'escaliers. Elle revint à elle quelques instants après.

« Voilà quelques détails sur ce terrible malheur. Nous prenons part à vos angoisses sur une perte irréparable, dont on ne peut trouver d'atténuation que dans cette pensée que Roger est mort en chrétien. »

Georges Marly ne put achever la lecture de cette lettre. Il la déposa sur la table avec un désespoir qui se lisait sur sa physionomie et se rapprocha de la jeune fille. Combien grande était la douleur de Marceline, qui perdait en un jour son frère et toutes ses espérances ! Elle, dont les beaux yeux noirs n'avaient encore versé que des larmes de joie, de ces pleurs qui, loin d'empoisonner une existence, la rendent plus heureuse et plus douce, se trouvait maintenant dans la désolation la plus navrante, et des pleurs amers ruisselaient le long de ses joues pâlies par le chagrin et les veilles. Les deux amants restèrent pendant toute la soirée assis à côté l'un de l'autre, comme deux frères, pleurant en silence et suivant le fil de leurs lugubres pensées. Dans l'horreur de ces heures terribles, un silence non moins terrible s'impose. Toute parole de consolation ne sert qu'à envenimer la plaie ouverte. Mais on aime à n'être pas seul à pleurer. Aussi la présence de Georges était-elle comme un baume sur le cœur navré de la jeune fille. Lorsque le Védénien, craignant de l'importuner, manifesta l'intention de prendre

congé d'elle, un mot de Marceline le retint :
« Restez, Georges, je vous en supplie, » lui dit-
elle affectueusement. C'était la première fois
qu'elle l'appelait Georges tout court. Deux amants
trouvent dans leur tendresse et dans la confusion
de leurs larmes je ne sais quelle force en face d'un
malheur commun.

C'est le 1ᵉʳ février 1889 que la famille de Berneuil fut si cruellement éprouvée. Un mois à
peine s'était écoulé depuis la délicieuse journée
que Roger avait passée à l'hôtel de Berneuil en
compagnie de Georges Marly. Douloureuse vicis-
situde des choses humaines !

. Je n'ai pas à retracer la douleur profonde de
M. et de Mᵐᵉ de Berneuil, qui venaient de perdre
en Roger l'unique héritier de leur nom. La dépouille mortelle de l'infortuné militaire fut trans-
portée à Avignon. Le salon de l'hôtel de Berneuil
fut transformé en une chapelle ardente, où les
amis de la famille vinrent offrir leurs larmes au
défunt et leurs prières à Dieu.

Avignon fut unanime à déplorer le sort du jeune
avocat, moissonné à la fleur de l'âge. Impitoyable
destin ! Roger de Berneuil était un jeune homme
-accompli à tous les points de vue, d'une intelligence élevée, d'une politesse parfaite, d'une amabilité sans égale, d'un cœur d'or, d'un langage
sympathique et ennemi de toute équivoque.

Il fut aussi notre ami, à nous qui écrivons son histoire. Puissions-nous, dans ce récit, le faire aimer comme il était digne de l'être! Il nous quitta à l'âge de vingt-trois ans, alors que la destinée semble tisser les rêves les plus doux dans cette trame de la vie et que l'homme espère trouver le bonheur ici-bas. Il était écrit qu'il n'épuiserait point la coupe de cette vie et que ses lèvres en toucheraient à peine la lie amère.

Les obsèques eurent lieu le 4 février. Georges, qui avait composé, sous l'inspiration de la douleur, un éloge funèbre à la mémoire de Roger, n'eut pas la force d'accompagner la dépouille mortelle de son ami à sa dernière demeure. Il s'évanouit à l'hôtel de Berneuil. On prodigua les soins les plus minutieux à l'avocat. Ses espérances venaient d'être emportées par le souffle fatal de la destinée qui avait emporté la moitié de lui-même.

Le convoi fut des plus imposants. Tous ceux qui avaient connu le pauvre Roger s'empressèrent de venir lui rendre les devoirs suprêmes. Nous fûmes particulièrement invité, comme ami intime du défunt, à prononcer quelques mots sur sa tombe, à la place de Georges Marly, qui gisait sur un lit, sans force et le cœur brisé. Nous avons pleuré sur le cercueil du malheureux jeune homme, lorsque nous avons considéré que tant de brillantes qualités intellectuelles et morales al-

laient être enfermées sous une froide pierre.
Puisse-t-il là-haut avoir entendu nos regrets ! Ils
pouvaient être plus dignement exprimés ; ils ne
pouvaient être plus sincères. Ils partaient du
cœur.

Pendant tout le temps que dura la cérémonie
funèbre, on remarqua particulièrement une jeune
fille, de la plus grande beauté, qui pleurait à
chaudes larmes, en fixant des regards désespérés
sur le cercueil. La gracieuse désolée paraissait
avoir perdu dans Roger plus qu'un ami. C'était la
jeune Henriette de Manville. On disait qu'elle
aimait Roger et que le jeune homme était vivement épris d'elle. Il n'est guère opportun d'exa-
miner si c'est à la tendresse, à l'amitié ou à l'amour
qu'on doit attribuer les pleurs de la belle enfant.
D'ailleurs, c'est votre secret, belle Henriette ! Il
ne m'appartient pas. Je me repens d'en avoir trop
dit. Mais votre amabilité pour moi et votre amitié
pour lui me pardonneront cette indiscrétion.

La famille de Berneuil avait été bien éprouvée
depuis une vingtaine d'années. Elle qui, selon
toute apparence, dans l'ancien régime, avait
gagné ses titres dans le maniement du sabre et de
la lance sur le champ de bataille, semblait ne
point vouloir mourir autrement qu'en soldat ou en
brave, ne point choisir d'autre linceul que l'habit
militaire.

Le capitaine de cavalerie, Alphonse de Manerval,
frère de Mme de Berneuil, officier qui semblait
plein d'avenir, eut la tête fracassée par un obus à
la sanglante bataille de Gravelotte.

Le neveu du marquis de Berneuil, le jeune
lieutenant de Thouzon-Berneuil, qui avait demandé
comme une faveur de faire la campagne du Tonkin, tomba glorieusement au champ d'honneur,
dans cette guerre meurtrière où nos soldats
n'avaient pas seulement à combattre les agresseurs,
mais un ennemi plus cruel, les fièvres. La perte
déplorable du jeune officier fut un nouveau grief
pour la famille de Berneuil contre le régime
actuel. Haine irréfléchie ! La République s'oppose
par ses principes à toute guerre offensive. Les
malheurs de cette campagne serviront de leçons
à nos futurs hommes d'État. L'expérience est mère
de la sagesse. Les clameurs incessantes contre le
ministère, à cette époque, prouvent combien la
France est ennemie de toute lutte meurtrière.
Après l'élévation de cet homme d'État éminent,
l'on put croire que le ministère serait durable et
rendrait à la patrie sa prospérité et sa grandeur.
Mais M. Jules Ferry, trop confiant en son étoile,
ou poussé par un zèle excessif, conçut une idée
malheureuse : il crut voir l'agrandissement de
notre pays dans des expéditions lointaines. Aven-
tureuses spéculations! Et ce ministre, en qui s'in-

carnait la démocratie ; ce ministre, qui semblait
fait pour consolider la paix ; ce ministre, un moment l'arbitre des destinées de la France; ce
ministre, sur qui le monde eut un instant les
yeux fixés, se vit soudain précipité du faîte des
grandeurs : une dépêche du Tonkin vint le terrasser. Sa chute fut grave : il tomba avec la malé-
diction des familles. Mais la République lui pardonne sa faute ; elle veut oublier ce malheur en
raison des immenses services que cet homme
d'État a rendus à la démocratie. Il ne faut pas
être injuste envers lui. Sachons humainement faire
la part des circonstances. Il est des hommes que
le trop de zèle a perdus. En politique, comme en
philosophie, *in medio stat virtus*. L'idée de
M. Ferry fut excellente dans son principe, désastreuse dans ses conséquences. Si ses résultats néfastes ont tant surexcité l'opinion publique, c'est
qu'ils étaient imprévus. Étrange incohérence! On
poussa moins de gémissements après la funeste
campagne de Russie. Le chef de l'Opportunisme a
été plus malheureux que fautif, plus à plaindre
qu'à condamner. Quel homme politique peut se
vanter d'être infaillible ou seulement de pouvoir
conjurer un malheur?

M. Ferry est, d'ailleurs, un homme dont les
conseils peuvent être utiles au gouvernement. Au
mois de juin 1889, dans la discussion du budget

de l'instruction publique, ne s'est-il pas fait l'interprète applaudi de la majorité du peuple français? Ceux qui méprisent l'illustre disgracié n'auraient eu ni son talent d'homme d'État, à la tête du gouvernement, ni la sincérité de son repentir, après le désastre du Tonkin. Mais il est de tradition que l'on insultera toujours à l'homme qui tombe. Et il n'est pas sans intérêt de remarquer que ceux qui ont le plus crié *tolle* contre M. Ferry, à raison de la perte de quelques hommes, se montreront toujours les plus enthousiastes admirateurs d'un despote qui broie les générations et inonde la terre de sang.

Quand Georges quitta la maison mortuaire pour retourner à Védènes, c'est à peine si ses jambes pouvaient encore le porter. Il se traînait plutôt qu'il ne marchait dans les rues d'Avignon, faisant mille réflexions sur ce cruel service militaire qui venait de lui enlever son plus cher ami. Il pensait au sort du neveu de M. de Berneuil dont il avait entendu parler récemment, et donnait une larme au pauvre fils de son père Marly, tué à la bataille de Reischoffen. Il cheminait chancelant et désolé. « Maudit soit l'art destructeur de la guerre! murmurait-il tristement. Ce monstre, né du despotisme, ne sera dompté que quand les peuples auront dompté les despotes. Nous n'en sommes qu'à nos premiers pas dans la voie de la civilisation, puisque beaucoup de nos concitoyens mettent encore au nombre des vertus civiques cette haine de nation à nation, ce fléau que l'ambition couvre du titre menteur de patriotisme. » Il arriva à Védènes, tout agité par ces pensées. Le vieux Marly l'attendait sur sa porte, anxieux et les regards pleins de larmes. En le voyant paraître, il se précipita, en pleurant, dans les bras de son fils : « Encore une victime du service militaire ! murmura-t-il. Et mon pauvre Pierre, mort en brave à Reischoffen ! Et son ami Cyrille, le fils de notre voisin, tué à la bataille de Sedan ! Ah ! mon cher Georges, si leur bravoure est une consolation pour l'État, ce n'est pas une consolation pour la famille. Et si je ne t'avais pas eu, mon fils, pour cicatriser ou plutôt pour mettre un baume sur les blessures de mon cœur de père, je serais mort de douleur, comme ma pauvre femme et la pauvre Céleste, la mère de Cyrille. Pas de Sedan ! écrivait-on au mois de janvier, sur les murs de la capitale. Ah ! non, plus de Sedan, ni d'Austerlitz, ni même de Marengo ? Les plaies des familles ne se ferment pas aussi facilement que celles de la patrie.

Le vieillard s'arrêta : il versait d'abondantes larmes. Le deuil récent de la famille de Berneuil et le souvenir des parents du marquis morts au champ d'honneur venaient de lui renouveler ses propres douleurs de père.

« Mon pauvre Pierre, poursuivit-il, mon fils cadet, aussi intelligent que robuste, fut emporté par un boulet. J'appris cette terrible nouvelle d'un fuyard qui était à ses côtés et qui, voyant tomber tous ses collègues, prit honteusement la clef des champs. Je volais sur l'heure vers les plaines de Reischoffen. A mon arrivée, il n'y avait qu'une demi-journée que l'on avait mis fin au combat. Je fus terrifié quand je vis les monceaux de cadavres qui jonchaient la plaine immense. Ah! mon fils, c'est bien désolant, bien épouvantable, qu'un champ de combat après l'action. Au loin, j'entendis l'armée prussienne entonner des hymnes guerriers, des chants de victoire ; et là où j'étais, mon angoisse s'accrut : les derniers râlements et les suprêmes plaintes des moribonds vinrent déchirer mes oreilles. Frémissant de douleur et de rage, je cherchais les restes de mon malheureux Pierre : je soulevais à moitié les cadavres ; j'examinais leurs têtes méconnaissables, dont les yeux rougis sortaient de l'orbite. Désolé de mes vaines recherches, je passais, dans mon désespoir aveugle, sur les corps de ces pauvres guerriers qui mêlaient leur sang après avoir mêlé leurs larmes et leurs imprécations. Puis, là-bas, dans le lointain, à l'extrémité de la plaine, je vis s'abattre un vol de corbeaux ; j'accours : ils se disputaient un cadavre. Ils me voient ; ils s'envolent. Je m'approche du brave dont il ne restait plus que le milieu du corps et la tête fracassée. J'éprouvai un horrible frisson, et je reculai d'épouvante. Je crus reconnaître mon Pierre. Je dépouille de ses lambeaux de vêtements le sein ensanglanté du cadavre, et je trouve sur son cœur la médaille de Notre-Dame de Rochefort, que sa mère lui avait attachée pendante devant la poitrine, avant son départ pour la campagne.

En achevant ces mots, le vieillard se frappa la tête de ses deux mains. Son affliction était poignante.

— Mais, reprit-il, pourquoi te décrire un si noir tableau? Ce souvenir me fait frissonner et m'exaspère. Et encore, je suis impuissant à te le dépeindre avec toute l'horreur de la vérité.

Ah! si je l'avais tenu dans mes mains, cet empereur déchu, je l'aurais broyé dans ma fureur de père. Comme l'hyène, il avait soif de carnage, ce brigand couronné. Quand donc les peuples de l'univers sauront-ils que ce n'est point pour leur patrie qu'ils se battent, mais pour la gloire d'un seul homme, d'un despote? Le monarque qui veut la guerre est le premier criminel, le premier scélérat de sa nation; et il est du strict devoir des peuples de sacrifier ce prince des assassins avant qu'il ne les sacrifie eux-mêmes. Pourvu qu'il conquière une province et de la gloire, que lui importent les cris et les lamentations des mères qui viennent demander à ce nouveau Caïn les fils qu'il a arrachés à leur affection? Mais si les peuples sont assez oublieux de leurs devoirs pour ne pas se faire justice eux-mêmes, ces sacripants royaux doivent trembler à la pensée de la justice de Dieu.

Pouvons-nous avoir la paix, pouvons-nous ne pas éprouver des soupçons légitimes contre nos voisins et des craintes continuelles, tant que, dans leur aveuglement, ils se laisseront mener par des despotes sous le nom de rois?

Il est un principe de droit naturel que l'on peut formuler ainsi : Quand une guerre est due au caprice d'un seul homme, il rendra un grand service à l'humanité, le hardi sicaire qui la purgera au plus tôt d'un pareil monstre.

Il est temps que les peuples de l'Europe rompent leur léthargie et écrasent l'infâme qui, sous le titre de roi ou de ministre, désire la guerre. Et les mères viendront dans l'avenir répandre des fleurs et déposer des couronnes sur la tombe du sublime meurtrier.

Ah! cruelle Allemagne, qui m'avez enlevé mon fils, et qui vous montrez, par votre attitude hostile, l'ennemie jurée de la France, vous avez eu un intervalle de floraison sous le règne de Bismarck. Si la fraternité ne m'empêchait de vous souhaiter du mal pour le mal que vous m'avez causé, je vous dirais : Puisse la vengeance égaler le désastre !

A ces derniers mots, la figure du vieillard prit une expression enthousiaste et prophétique. Il s'interrompit ; puis il ajouta à voix basse, presque éteinte, ces quelques paroles :

— Mais l'heure de la justice divine a sonné déjà pour la Prusse. La famille royale expie les crimes de ses pères...

Il se tut, et dans l'appartement plana un long silence pendant lequel les deux hommes confondirent leurs larmes et leurs pensées.

— C'est la raison et la justice qui parlent par votre bouche, mon père, dit enfin Georges en sanglotant. On a peine à comprendre qu'arrivés apparemment à l'apogée de la civilisation, les hommes rêvent encore des guerres. On est écœuré d'entendre de nouveaux Tyrtées chanter la revanche. J'ai vu même quelquefois des citoyens se réjouir des bruits de guerre, dans l'espérance coupable qu'une nouvelle invasion débarrasserait la France de la République. Ce vœu serait le plus monstrueux et le plus barbare de tous les souhaits, si ceux qui le forment n'étaient les plus inintelligents des hommes. Jamais il ne saurait être juste de faire germer la prospérité d'un État en l'arrosant du sang des peuples. Pour ces abominables fratricides qui souhaitent à l'État un malheur infini, qui immolent la patrie à leurs intérêts personnels, la nouvelle des victoires de la République sur l'étranger serait aussi cruelle qu'à nos ennemis mêmes.

Il dit, et tous deux retombèrent dans leur silence habituel. Ils s'assirent, défaillants, pour prendre leur modeste repas. La domestique leur servit des mets qu'ils ne firent qu'effleurer, tant l'émotion les avait brisés.

Le vieillard et son fils adoptif ne se faisaient en réalité dans leurs imprécations contre un ordre de choses suranné que l'écho de la France républicaine. L'Europe sait aujourd'hui qu'une guerre doit rayer de la liste des nations la puissance vaincue. Un gouvernement républicain doit appliquer son intelligence à sauver la patrie des ennemis du dedans : car ce sont bien souvent nos querelles intestines qui sont l'occasion de l'irruption des ennemis sur notre territoire. Ce n'est pas à dire que la France ne soit obligée de s'armer, en entendant rugir ses rivales, régies par le despotisme. Malheur au peuple qui s'est livré à la merci des caprices d'un seul homme ! Les princes Rodolphe, qui sacrifient leur vie à une maîtresse, lui sacrifieraient, à plus forte raison, la vie de leurs sujets. Malheur aux nations qui remettent leur sort entre les mains de ces petits-maîtres ! Pour

eux, une Verscera vaut plus qu'un Empire, que
dis-je ? plus qu'eux-mêmes. Ils n'ont pas la force
de dompter leurs passions ; ils auront la force de
dompter les peuples. Mais si jamais les nations
cessaient d'être infestées par des despotes, le
monde cesserait d'être infesté par ces luttes
meurtrières. Les différends seraient vidés par
l'arbitrage international ; et l'on verrait peu à peu
disparaître ces effectifs de guerre aussi criminels
que formidables. Une paix basée sur l'armement
n'est guère moins ruineuse qu'une guerre. Une
paix armée est une guerre pacifique, désastreuse
pour les finances et pour les familles.

Honneur aux députés français qui ont récemment
eu l'idée généreuse d'assister à la réunion italienne
de la pacification européenne, qui ont porté les vœux
et les sentiments de notre patrie républicaine dans
la capitale de la Lombardie, pour y sceller le pacte
social de la paix !

Il viendra un temps où les princes ne se rendront visite que dans leurs propriétés privées,
sans pompe et sans provocation contre les puissances voisines ; c'est le jour où la démocratie
régnera souverainement sur l'Europe. Alors, les
peuples, rompant les barrières de la nationalité,
seront unanimes à se déclarer en faveur du peuple
pacifique contre le peuple menaçant et à se lever
comme un seul homme pour l'écraser. Une nation

despotique et guerrière n'a que l'apparence de la grandeur. La vraie grandeur se trouve dans l'épanouissement de la paix et de la liberté.

XI

Dans le cimetière imposant d'Avignon, à l'ombre mélancolique des ifs et sous un saule pleureur, l'ami du culte des morts peut lire, à l'heure actuelle, sur un tombeau dont la blancheur des pierres atteste un malheur récent, ces mots, écrits en gros carctères :

ICI REPOSE

MARIE-ROGER DE BERNEUIL

décédé le 1ᵉʳ février 1889

à l'âge de 23 ans

P. P. L.

Plus bas se trouve enchâssé dans la pierre tumulaire un portrait du jeune homme. Au-dessus, on lit, gravées en lettres d'or, ces deux strophes, inspirées par une douleur profonde et sorties de la plume de Georges Marly :

12

Tes amis, cher Roger, en voyant ton image,
Se reportent en deuil aux jours qui ne sont plus.

Fallait-il que la mort, sans pitié pour ton âge,
Comptât tes ans par tes vertus!

Et plus bas :

Ne pleure plus, ô famille chérie !
Il sert sous des drapeaux plus glorieux:
Car le Christ, par la voix de la patrie,
L'armait soldat du royaume des cieux !

Quittons la demeure désolée des morts et trans-portons-nous dans la demeure non moins désolée de M. de Berneuil. Là, tout respire la douleur et l'affliction. L'unique héritier du nom des Berneuil n'est plus. On pleure, on se lamente. La marquise, alitée, se trouve dans un état désespérant. On craint autour d'elle qu'elle ne puisse survivre à la perte de son fils. Tout, dans cette maison, lui parle de Roger, et c'est ce qui entretient l'angoisse de la pauvre mère. Qui a jamais pu retenir ses larmes, à ce langage muet, qui est comme le langage de ceux qui nous ont quittés? Le silence le plus profond régnerait dans les vastes corridors de l'hôtel, s'il n'était interrompu de temps en temps par les gémissements de la marquise et de sa fille.

Un mois s'écoule et la douleur n'est pas encore adoucie.

Le matin du 2 mars, un coup de clochette retentit dans le couloir. M. de Berneuil, qui est en
proie à la plus vive douleur et tient constamment
le chevet de sa femme, ne prête plus aucune attention aux bruits extérieurs. Marceline, seule, a la
force de se dominer et de maîtriser sa douleur.
Elle est dans le salon au moment où tinte la sonnette. La femme de chambre entre pour la prévenir de la visite de M. Georges Marly.

Introduisez-le ici, dit Marceline à la suivante.
Aussitôt exécuté que commandé. Georges paraît ;
il n'était plus venu à l'hôtel de Berneuil depuis la
mort de son ami. Il salue respectueusement la
jeune fille et lui demande des nouvelles de la
santé de M. et de Mme de Berneuil ; au même instant, quelques larmes perlent dans ses yeux. Marceline, en voyant l'émotion de Georges, ne peut
comprimer la sienne, qui éclate en sanglots. Puis
elle se rapproche de l'ami de son frère, et, par
un mouvement instinctif, involontaire, bizarre, lui
présente sa main. Peut-être voit-elle en Georges le
spectre de Roger. Le jeune homme saisit cette main
avec transport et la serre avec toute l'effusion de
la douleur et de l'amour. Alors, tous deux se
mettent à verser d'abondantes larmes, silencieux
comme des statues. Toute parole expire sur leurs
lèvres.

Après un moment d'émotion, la jeune fille essuie

ses beaux yeux noirs avec un linge de mousseline ;
la rougeur prononcée qui les colore leur donne
un air plus vif, plus enflammé, plus voluptueux.
Ses cheveux pendent, noirs comme du jais, en une
tresse unique sur la nuque, selon cette mode ga-
lante et préférée des jeunes filles. Elle est vêtue
d'une robe de satin noir; une magnifique pèlerine
flotte sur ses épaules délicates. La douleur inces-
sante qui l'a obsédée pendant un mois semble
avoir rehaussé sa beauté. Son teint est maintenant
pâle, mélancolique, languissant. Superbe dans sa
tristesse et sublime comme dans la vierge du
Stabat Mater. Un feu insolite resplendit dans ses
yeux humides. Tout dans cette physionomie in-
dique un naturel fier, énergique et résolu. Si le
malheur est comme une fournaise où l'âme se
purifie et devient plus belle, le creuset de la douleur transfigure ceux qu'elle éprouve et fait reluire
sur leur front une beauté surnaturelle. La fleur
n'est que plus brillante après l'orage, alors qu'elle
est parée de diamants liquides. La douleur est
souvent l'auréole de la beauté.

Marceline avait un caractère fort, plein d'expansion et d'enthousiasme. Son énergie et son
courage étaient au-dessus de son sexe. Pour tout
ce qui concernait l'intérieur de la maison, la toilette et la manière de vivre, elle suivait strictement
la volonté de son père ou de sa mère. Elle se

courbait toujours devant leur autorité. Ce n'est
que sur le choix d'un mari qu'elle se montrera
rétive et qu'elle préférera se briser que de s'incliner. Elle s'étalait comme une rose épanouie,
qui s'incline aux brises du soir et au souffle caressant du zéphir, mais qui se brise, s'effeuille au
souffle violent des autans. Bien différente de tant
de jeunes filles qui se laissent entraîner, éblouies
par l'éclat des projets ambitieux de leurs parents.
Marceline, au lieu de baisser la tête, la relèvera
fière, pour revendiquer ses droits et refusera toujours de se courber devant une de ces alliances
prétendues nécessaires. Ame républicaine et indépendante, elle avait plus de volonté que d'orgueil,
et son ambition était plutôt de bien vivre que de
vivre dans le grand monde. Elle mettait en principe que la fille trop respectueuse pour la volonté
paternelle en vue d'un mariage devient la plus
malheureuse des épouses, quand l'amour a été
forcé et qu'on a voulu unir ce qui ne devait pas
l'être. L'amour, comme l'admiration, ne s'impose
pas. Il naît spontanément; il est difficile de le
faire naître.

Marceline rompit enfin ce cruel silence. Avec
toute la délicatesse d'une jeune fille chaste et
d'une voix entrecoupée de soupirs, elle adressa
la parole à Georges.

— J'ose espérer, monsieur Georges, que l'ab-

sence de votre meilleur ami ne vous empêchera
pas de venir, comme par le passé, dans cette
maison, où vous retrouverez son souvenir et tout
ce qu'il aimait. Ce sera bien aimable de votre
part, et l'on vous recevra ici avec non moins
d'amabilité. De tous les souvenirs que laisse notre
infortuné Roger, vous êtes à nos yeux le plus
vivant. Quand vous êtes entré tout à l'heure, j'ai
cru voir en vous l'image de mon pauvre frère!

— Ah! pourrai-je l'oublier jamais? répondit le
jeune homme avec une émotion croissante à mesure qu'il parlait. Mon amitié pour celui qui n'est
plus était si grande, si désintéressée, si pure,
que je ne pourrai jamais cesser d'aimer tout ce
qui me rappellera sa mémoire et de chérir tout
ce qu'il chérissait. Chère ombre que je vois toutes
les nuits me sourire! C'est me faire trop d'honneur, mademoiselle, que de voir Roger dans son
ami. Je suis indigne de lui. Mais vous le voulez,
et c'est peut-être lui qui vous inspire : toute ma
vie n'aura plus désormais qu'une ambition, celle
de travailler à mettre mes facultés à la hauteur
de ce que vous attendez de moi.

— Merci, monsieur Georges, dit Marceline
d'une voix chevrotante. Vos paroles de consolation
seraient de nature à me rendre heureuse, si je
pouvais l'être encore désormais, après notre douloureuse blessure.

— Et pour moi, mademoiselle, répliqua le jeune homme, que la douleur rendait audacieux, il n'est plus désormais qu'un bonheur en ce monde : c'est d'avoir une place dans votre cœur, après avoir perdu celle que j'occupais dans le sien.

Georges laissa échapper un profond soupir. Un rigoureux silence fut observé quelques instants par les deux interlocuteurs. L'avocat, enhardi par les avances de la jeune fille, allait-il enfin laisser librement parler son cœur, ou bien la timidité l'empêcherait-elle de l'ouvrir à sa bien-aimée? C'est la question qui se pose tout naturellement à notre esprit, et c'est aussi celle qui s'agitait dans l'esprit du jeune homme. Le feu de la passion succéda à sa froide réserve. Il osa parler.

— Et même, reprit-il, pendant que j'avais pour le frère la plus vive sympathie, naissait dans mon cœur, parallèlement, un sentiment pour la sœur, mais plus passionné que celui de l'amitié. Vous souvient-il, mademoiselle, de notre première rencontre à la gare d'Avignon?

— Ah! interrompit Marceline. Je n'ai plus de secrets pour vous, monsieur Georges. Je n'aime point la coquetterie, et je dois tout vous dire. Ce souvenir de la gare d'Avignon laissa plus de traces encore dans mon cœur que dans ma mémoire.

L'avocat tressaillit; un morne sourire passa

légèrement sur sa lèvre crispée par la douleur. Il continua :

— Depuis ce jour, mon âme s'est tournée tout entière vers vous. Mon imagination n'a plus rêvé que vous. Mon cœur n'a plus soupiré qu'après vous. J'ai abandonné mes études de droit ; il n'y avait là rien qui pût me rappeler même de loin l'image de mon idéal. Je me suis livré uniquement à la lecture des romans les plus rêveurs, les plus mélancoliques, et leurs pages n'offraient rien d'agréable à mon esprit, qu'autant que les suaves descriptions de la beauté des héroïnes étaient en harmonie avec votre beauté. Hélas ! cette affection pour la sœur de mon meilleur ami m'a fait bien souffrir depuis lors ; et c'est cette souffrance continue qui me force aujourd'hui à vous faire cette confidence. Non, je ne pouvais plus vivre dans cette cruelle alternative d'espoir et d'angoisse. Il fallait que je parle, que je vous dise tout ; votre promesse mettra fin à mes tortures, votre refus à ma vie. Choisissez !

Mais, que dis-je ? insensé que je suis ! N'est-il pas facile de prévoir que la sentence de votre père sera ma condamnation à mort? M. le marquis consentira-t-il jamais à unir sa fille à un jeune avocat sans fortune, et, ce qui est un crime à ses yeux, républicain ? Et pourtant ce jeune homme vous aime éperdument, est à vous pour toujours, donnerait tout son sang pour racheter le vôtre. Mais une voix terrible, suivie de la voix plus lamentable encore de la mort, lui crie : Arrête ! Tu n'iras pas plus loin! Et ce jeune homme brisé, ne pouvant atteindre au but de sa vie, ira promptement rejoindre dans la tombe votre frère. Marasme moral plus lugubre encore que celui qui a couché son ami dans le tombeau !

Oui, cette mort me plaît, me sourit, et la victime sur son lit de langueur sera plus noble que les nobles qui l'auront condamnée.

Georges s'interrompit pour reprendre haleine. La jeune fille était d'une pâleur extrême : elle écoutait religieusement ces paroles dictées par la passion la plus pure et la plus violente.

— Et pendant que je me mourrai, continua-t-il, un autre atteindra ce but sans effort, sans peine, avec la plus légère manifestation de volonté. Celui-là sera plus heureux; et pourquoi? Parce qu'il portera un nom plus sonore que le nom de Marly, parce que l'opulence de son père fera ressortir la médiocrité du mien.

Ah! je ne rougis point de ma modeste condition. Mais je la déplore. Car si, au lieu de mon seul amour, je pouvais mettre à vos pieds les présents de la richesse et les blasons de l'aristocratie, je serais heureux et je pourrais espérer. Mais offrir une modeste fortune, une condition

plus modeste encore à une personne de votre
rang, n'est-ce point s'exposer à la risée publique
et se heurter inévitablement à un refus, pour ne
pas dire à un dédain honteux? Pour un certain
monde, l'amour est-il quelque chose sans le rang?

Le jeune homme prononça ces derniers mots
avec un sourire amer et provocateur. Mais il
reprit bien vite son premier état, et, faisant comme
un retour sur ce qu'il venait d'exprimer, il ne put
retenir ses larmes. Le désespoir se lisait dans ses
yeux; car c'était le désespoir qui lui avait donné
cette audace qui fait si souvent défaut aux amants
en présence de celle qu'ils adorent.

— Ah! que ne vit-il encore? s'écria soudain
l'avocat en proie à une violente émotion. Alors,
Georges pourrait vivre d'espérance. Oui, ta mort,
Roger, me condamne à mourir de douleur et
d'amour. Que ne puis-je, du moins, mourir avec
la consolation d'avoir été aimé de ta sœur!

Marceline comprit tout ce qu'il y avait de franc,
de sincère, de sentiment pur et ardent, dans ce
brusque emportement du jeune homme. Ce beau
désespoir lui faisait mal au cœur. Oubliant la
retenue de son sexe, tant elle n'était plus maîtresse d'elle-même, elle saisit avec convulsion la
main de Georges. L'avocat la porta à ses lèvres
brûlantes, la baisa avec ferveur, et, l'inondant de
ses larmes : « Vous me sauverez? » fit-il. La fille du

marquis baissa la tête légèrement en signe d'affirmation. Puis elle retira sa main d'entre celles du Védénien.

Georges dut faire appel à tout son sang-froid, à toute son énergie, à toute sa réserve ordinaire, pour résister à la violence de son amour. Il était près d'elle; il fut sur le point de l'entourer de ses bras nerveux. Peu s'en fallut qu'il ne la pressât ardemment contre sa poitrine pour lui faire entendre les battements de son cœur. Tous ses membres tremblaient sous le poids de l'émotion. Les souffles des deux amants allaient se confondre. Mais le sentiment du respect et des convenances fut plus fort chez Georges que celui de l'amour. Le jeune homme s'éloigna insensiblement de sa bien-aimée et revint à son état calme.

Quelques instants après, Marceline, craignant sans doute que l'arrivée de son père dans le salon ne la surprît seule avec Georges, se leva pour congédier le jeune homme. Le Védénien comprit la frayeur de la fille du marquis. Il se leva à son tour et se dirigea vers la porte. Marceline le suivit.

— Monsieur Georges, dit-elle à voix basse, en jetant sur lui un regard plein de tendresse, courage! espérez! Le désespoir ne sied point à un jeune homme tel que vous. Que venez-vous me parler de fortune ou de condition? J'ai appris à vous apprécier, et je vous aime. Je ne demande

qu'à partager votre existence, si humble qu'elle
soit. Les supériorités, basées sur d'autres considérations que sur les qualités du cœur et de l'esprit, n'ont pas le don de m'éblouir. Mon caractère
est plus noble et plus élevé. Je dois ajouter que,
depuis notre malheur, mon esprit s'est reporté
vers l'ami de mon pauvre frère, et mon affection
pour lui a grandi. Mon père, je le sais, se refusera
à couronner notre amour, mais le temps et la
réflexion l'emporteront sur son opiniâtreté. Allez,
Georges, et cessez de vous désespérer, en vous
souvenant que le suprême vœu d'un mourant est
aussi le vœu de Marceline !

L'avocat devant une résolution aussi énergique,
devant une déclaration si hardie, réprima un
faible sourire sur ses lèvres plissées par le trouble.
La fille de M. de Berneuil ne venait-elle pas de lui
faire un serment? ne venait-elle pas de lui faire
entendre qu'elle n'aurait jamais d'autre mari que
lui ? Le Védénien n'en croyait point ses oreilles.

— L'aveu que vous venez de me faire, mademoiselle, répondit-il enfin, m'a largement payé de
toutes les douleurs et de toutes les humiliations
que j'ai endurées patiemment jusqu'ici à cause
de mon amour. Votre promesse me fait vivre,
comme votre indifférence m'eût fait mourir. Vous
venez de prononcer ma grâce, merci! Je puis
vivre, et je dois vivre !

Puis, il la salua respectueusement, sortit et reprit le chemin de son village natal. Il lui tardait d'embrasser son père.

C'est une consolation, après un malheur, de pouvoir se dire : Nous nous aimons. Notre amour triomphera de la douleur. Oui, les ennuis et les afflictions s'adoucissent sous le baume de l'espérance. L'amour fait oublier la mort. Dans la vie conjugale, on supporte plus patiemment la perte des enfants par la force de cette affection qui domine le mariage. Il en est un peu ainsi entre fiancés : l'espoir d'un bonheur futur et d'une communion où ils partageront les joies et les peines du foyer est un soulagement à leurs maux. Cette considération explique qu'on puisse encore ici-bas couler des jours heureux, après les terribles épreuves de la vie. La solitude, au contraire, ne fait qu'envenimer les cuisantes douleurs. *Væ soli!* dit l'Ecclésiaste. Malheur à l'homme qui est seul!

XII

Le Général, comme on sait, s'était présenté le 27 janvier 1889 aux élections de la Seine. Il fut élu à une immense majorité; et, toutes réflexions

faites, il n'y avait pas lieu de s'en étonner. La
réaction devait se lever comme un seul homme et
voter pour ce soi-disant républicain. L'argent
tombait dans les caisses du Comité central comme
la manne chez les Hébreux; et ce numéraire
considérable, dont on .ignore au juste la prove-
nance, fit aisément face aux frais d'élections. La
propagande de cette faction consiste à semer l'argent comme les paroles.

Le marquis de Berneuil, comme tous les réactionnaires désespérés, s'était jeté corps et âme
dans ce nouveau parti, d': national, dénomination
vague qui convient parfaitement à cet amas confus
qui le compose.

Georges Marly, âme droite et loyale, n'aurait
jamais consenti à entrer dans cette faction, où
pourtant il pouvait avoir un avenir. Il était évident
que son adhésion à la nouvelle doctrine lui rendrait l'amitié et les bonnes grâces du père de
Marceline, qui était devenu, à Avignon, le représentant du Général, et qui aidait, et de son
influence et de sa fortune, au triomphe des revisionnistes. S'il eût suivit les impulsions de son
intérêt personnel, le Védénien se fût mis à la
remorque de cet homme singulier, à l'exemple
de tant de jeunes ambitieux. Mais il savait que le
nouveau parti ne devait son origine qu'à la convoitise de quelques politiciens et à la haine irré-

fléchie des dédaigneux ou des intransigeants.
Dans ces conditions, le jeune avocat aurait cru se
déshonorer en se mêlant aux flots des factieux qui
menacent d'engloutir la forme républicaine.

Il est triste de voir dans un État l'ambition, sous
les apparences du mécontentement, s'emparer
sans raison des fautes du gouvernement, les
grossir aux yeux du peuple et les faire servir à la
réalisation de ses desseins coupables. Et quel gouvernement ne commet pas de fautes? La critique
est aisée; et l'esprit de l'homme est malheureusement tourné du côté de la satire plutôt que du
côté de l'apologie. Le peuple, au caractère ver-
satile, est sujet à oublier les bienfaits d'un régime
pour ne se souvenir que d'une faute légère. Un
malheur accidentel, un insuccès, un oubli passager, font perdre à ses yeux le bénéfice de dix-huit
ans de bonne administration.

Les chefs du parti national ont contribué jadis
aux mesures qu'ils reprochent à la République
actuelle, et aujourd'hui, par une audace inqua-
lifiable, ils cherchent à faire retomber sur d'autres
les actes dont ils devraient prendre leur part de
responsabilité. Ils ont voté les lois d'exil, l'expul-
sion des congrégations, la fermeture des chapelles;
ils ont prêché la séparation de l'Église et de l'État,
et d'autres mesures violentes qui sont d'un grand
poids dans la balance du mécontentement; et

maintenant avec une désinvolture hardie, impu-
dente, inouïe, ces transfuges, qui ont fait le mal
ou contribué à le faire, reviennent de leurs
premières opinions et rejettent sur leurs confrères
d'alors les conséquences de leurs anciennes doctrines. Cette volte-face des radicaux du parti
national dépasse tout ce qu'on peut imaginer de
plus éhonté. C'est l'histoire de ce chirurgien fameux
qui, pour se faire des pratiques, blessait la nuit
les passants avec un stylet et se sauvait chez lui,
puis, quelques instants après, accourait aux cris
des victimes, les portait dans son cabinet et les
pansait de la même main qu'il les avait frappées.

Lorsque les meneurs du Comité national trai-
tent d'exploiteurs les députés opportunistes ou
radicaux, veulent-ils donner à supposer qu'ils ne
l'ont pas été eux-mêmes? Ils vont encore plus
loin, ils exploitent en ce moment-ci l'injustice de
leurs anciennes fautes, qu'ils mettent uniquement
sur le compte de leurs collègues. Si, comme ils
le déclament partout, les parlementaires sont des
voleurs, qu'ils n'oublient point qu'ils sont eux-
mêmes parlementaires. Entre eux et les autres, il
n'y aurait qu'une seule différence, c'est que les
membres du Comité national seraient les voleurs,
chassés de la bande, qui viendraient accuser leurs
complices devant le tribunal populaire.

Qu'on veuille bien se reporter aux premiers

jours de notre troisième République et qu'on jette un coup d'œil sur l'espace parcouru jusqu'en 1889, on verra un de ces exemples péremptoires qu'une République ne peut se fonder durable que si le suffrage universel envoie à la Chambre des hommes dévoués aux institutions démocratiques, qui n'aient à cœur que le bien de la France et non le triomphe d'un parti. On touchera du doigt par là même quelles sont les causes qui ont empêché notre République d'être prospère, comme les autres nations indépendantes. Du côté de la Gauche, des espérances de félicité ; de la Droite, des prophéties de malheurs ; d'ici, des blâmes ; de là, des applaudissements. Les monarchistes et les intransigeants ameutés, sans respect et sans loyauté, contre le gouvernement ; la présidence, un instant en proie aux injures et aux outrages, mais aujourd'hui, par un retour heureux, rendue à sa dignité d'autrefois ; la presse gémissant sous le poids des calomnies ; quelques représentants du peuple trafiquant de leur mandat ; la révolte d'un soldat, dont le mauvais exemple entraîne à la rébellion une partie de la masse populaire ; la majesté du Parlement profanée par les hommes mêmes dont il a fait la fortune ; la République indignement déconsidérée par des gens qui brûlent de venger des injures personnelles et qui cachent leurs tendances sous le voile du patriotisme. Nous

13

désespérerions de la France, si le suffrage universel n'était appelé bientôt à dégager la patrie
des étreintes révolutionnaires qui l'étouffent.

Il faut être juste : le gouvernement actuel n'a
pas été heureux sous certains ministères. *Inde
iræ...* Certains projets de loi ont accru encore le
nombre des mécontents. Le radicalisme, tout en
conservant la Chambre des députés, voulait faire
table rase des autres institutions. Il berçait une
partie du peuple dans l'espérance de certaines
réformes, excellentes en elles-mêmes, mais qui
avaient le tort de venir trop tôt dans un monde
républicain trop jeune. Il battait en brèche l'opportunisme, et, une fois arrivé au pouvoir, il a
compris qu'il ne pouvait s'y maintenir qu'en adoptant la politique girondine, la seule stable pour
l'heure présente. L'union s'impose entre les deux
camps républicains; c'est l'intérêt de la République, l'intérêt du pays qui la demande. Une
conciliation est, d'ailleurs, facile. On n'a pas
même besoin, pour l'effectuer, de renoncer à des
programmes qui pourront se réaliser à la suite du
temps. Mais un sacrifice passager est nécessaire;
sinon, c'en est fait de la République. Car, en ce
moment-ci, les électeurs voient dans les propaga-
teurs des opinions avancées un despotisme non
moins funeste et criminel que dans un monarque
ou un dictateur. Le passage des radicaux au pou-

voir, bien que très brillant, n'a pas laissé que d'être marqué par des murmures et des plaintes. Beaucoup de mécontents sont allés grossir le parti du Général, dont la politique avait tout d'abord pour seul mobile de tirer une vengeance éclatante des trente jours d'arrêt de Clermont.

Il y a chez les peuples comme un instinct de conservation qui les arrête au moment où ils vont se précipiter dans l'abîme. Quand un pays n'est pas mûr pour certaines réformes capitales, ce n'est pas impunément qu'on le lancerait dans des voies nouvelles. En somme, le mouvement national, bien que se proposant un but peu avouable, aura, au moins, l'avantage de montrer aux faiseurs de programmes excessifs la profondeur du précipice où des mouvements téméraires et inopportuns allaient les jeter.

Certes, nous ne sommes pas de ceux qui exigent la perfection dans les mœurs politiques et sociales. Nous connaissons trop la nature humaine et le caractère peu expansif et peu charitable des peuples. Nous ne croyons pas à l'âge d'or, non plus qu'au règne de Saturne. Toutefois, qu'il nous soit permis de remarquer que le système républicain n'a pas encore donné satisfact⸱ ⸱ ⸱outes les demandes raisonnables, à toute⸱ ⸱⸱⸱ ⸱xigences légitimes. Le reproche ne s'adresse point aux hommes préposés à la tête du gouvernement. Seuls, le

temps et l'expérience sont nos maîtres en politique. Mais ce n'est point dans les caprices d'un
soldat qu'il faut chercher le remède aux abus,
c'est dans nos institutions mêmes. Le remède que
nous proposent les charlatans du parti national
ne serait-il pas pire que le mal?

Beaucoup de mécontents s'élèvent avec indignation contre le Parlement, et, remarque curieuse!
ceux qui invoquent à l'appui de leurs blâmes les
scènes scandaleuses du Palais-Bourbon sont ceux
qui les provoquent. Nous ne nions pas que
la Chambre ne serve souvent de théâtre à de
vraies bacchanales. Passez le pont de la Concorde,
vous arriverez au Palais-Bourbon, où la discorde
préside, et non l'éminent M. Méline. Rien n'est
moins parlementaire que le langage parlementaire. Là où la courtoisie et la noble diction devraient dominer, on se bat déloyalement, on venge
en termes grossiers ses haines privées. Ah! ils
sont indignes de ce nom, les députés qui ne savent
point élever leurs âmes au-dessus de leurs inimi-
tiés personnelles et de leurs querelles de partis.

Avec ce manque de respect et d'égards, les
ministres peuvent-ils remplir dignement leurs
hautes fonctions? La Chambre éclate sans cesse
en menaces contre eux pour les renverser. Ils sont
acclamés aujourd'hui, sifflés demain, tombés
après-demain sous le souffle venimeux de quelques

politiciens. Sous le ministère Floquet on demandait la revision à l'illustre président du Conseil. Ne pas l'accorder, c'était fournir un prétexte à la guerre parlementaire. L'accorder, c'était fournir contre le ministère des armes et des moyens d'attaque, comme la forêt qui accorde un manche à la cognée du bûcheron.

Mais pourquoi reviser? Le mal n'est pas dans la Constitution ni dans la forme du gouvernement. Il est dans les mœurs. Le drapeau de la revision n'est arboré que pour enthousiasmer un parti, pour exciter la populace contre le régime actuel. Il y aura toujours des ambitieux qui, avant d'exploiter la faveur du peuple, exploiteront sa haine contre le gouvernement et lui feront accroire que la République est la seule cause de ses malheurs.

Non, le mal ne vient point du Parlement, mais de quelques parlementaires. La réaction trouvera toujours à redire et même à insulter aux actes d'un gouvernement qu'elle méprise avec impunité. Rien, semble-t-il, n'est moins sociable que la société. Les succès et la prospérité d'un citoyen sont vus d'un œil jaloux par ses concitoyens. On assiste avec une émotion pleine de volupté au spectacle d'une exécution capitale. L'homme aime à voir souffrir l'homme. *Homo homini lupus.* Notre siècle est affamé de calomnies et de nouvelles de

nature à compromettre la sécurité du pays. Beaucoup volent sur la place publique et demandent
d'une voix émotionnée : « Quelles nouvelles sur
l'incident germano-suisse? — L'affaire s'aplanit. »
Cette réponse ne les satisfait point. Que fau-
drait-il pour réjouir ces cœurs qui ont soif de
nouvelles graves et émouvantes, qui brûlent d'apprendre l'arrivée de quelque calamité? Une déclaration de guerre! Alors, ces cœurs palpiteraient
sous une émotion à la fois terrible et douce.

Comment veut-on qu'avec ces caprices coupables
et incessants un régime quelconque puisse être
stable? De là vient peut-être l'épouvantable ma-
chination des sectaires de 1793 pour la rénovation
du monde : ils voulaient faire table rase de la société, pour la réédifier sur les bases de la fraternité, implantées au-dessus des ruines de la dé-
fiance et de la calomnie. Ah! si les hommes
étaient aussi enclins à s'aimer qu'ils le sont à se
haïr, la société serait florissante et tout gouvernement serait inébranlable. Mais tout leur bonheur
est de se dénigrer, et la conduite dans laquelle ils
font consister les éléments de leur félicité est la
plus sûre garantie de leur misère. La société aime
la calomnie, le plus terrible cancer qui la dévore;
elle se complaît dans le mal qui la ronge; elle vé-
nère le grand moteur de sa dissolution et active
ainsi le feu de sa maladie. Semblable en cela au

jeune homme qui adore une moderne Phryné, dont le contact lui infiltre insensiblement son mal de désorganisation. Aujourd'hui, la médisance est surtout l'arme de la réaction et du parti national. Qui résisterait aux morsures empoisonnées de cette vipère!

Il est pourtant un homme protégé contre de pareilles attaques par sa vertu républicaine, qui forme autour de lui comme un bouclier dont l'éclat égale la solidité. La France ne pouvait élever à sa première magistrature un citoyen plus capable et plus intègre, et elle est unanime à reconnaître la dignité et le mérite du petit-fils de l'Organisateur de la victoire. Le sang républicain de 1789 coule dans ses veines. La patrie l'honore, parce qu'il honore la patrie. Voilà l'homme qui est appelé à conjurer les dangers qui menacent la République; sa voix éloquente et patriotique fera écho dans la France entière et la ramènera sous les drapeaux de la démocratie. Les réactionnaires veulent lui substituer le Général. Pourquoi? Parce qu'ils sont las de l'entendre toujours nommer le Juste.

Malheureusement le peuple français, comme ses ancêtres, les Gaulois, est extrêmement changeant et mobile, jaloux des révolutions. L'uniformité n'est pas dans son caractère. Il est comme ce voyageur qui, après avoir parcouru les sites les

plus pittoresques et les plus grandioses du globe,
en revient dégoûté. Irréfléchi, ennuyé même des
meilleures institutions, il obéit aveuglément à la
voix d'un soldat qui prétend le mener aux innovations. On ne regarde point les bévues et les fautes
de l'opposition. Il suffit à une nouvelle faction de
triompher une fois pour se faire de nombreux
adhérents. Le nouveau parti veut démolir, et le
peuple ne voit point que la République se trouvera sous les ruines.

La politique des monarchistes se réduit à favoriser l'élan révolutionnaire. Ils ont toujours été
partisans de cette théorie qu' « il faut du désordre
pour obtenir de l'ordre ». Affreux machiavélisme ! Tantôt ils soutiendront la candidature des
socialistes, tantôt celle des intransigeants, tantôt
celle des radicaux, et toujours afin de renverser
la République. La ruine du régime républicain
est le *delenda Carthago* de tous leurs discours et
de tous leurs efforts. La fin justifie les moyens. La
réaction désire le meurtre dans la rue, sous prétexte qu'on arrivera par là à une sécurité posté-
rieure; elle veut amener le peuple à laisser échapper le flot de son mécontentement; alors, le
gouvernement du pays pourrait revenir à la
royauté ou à la dictature. Pour les réactionnaires,
tous les instruments sont bons, pourvu qu'ils
tranchent.

— Le radical Floquet fait nos affaires, disait un membre de la Droite, le 31 janvier, dans la séance orageuse où eut lieu l'interpellation Jouvencel.

Mais la politique des monarchistes n'est pas d'aujourd'hui. Elle est héréditaire, comme leurs titres de noblesse. Elle se dessina clairement aux grands jours de la première Révolution. Le jeune Barnave, qui de jacobin était devenu royaliste constitutionnel, sous l'impression de la pitié produite sur son cœur par la vue du malheureux sort de la famille de Louis XVI, avait résolu de remonter le torrent révolutionnaire dont il avait tout d'abord contribué à briser les barrières. Et certainement son éloquence eût restauré l'autorité royale sous la forme constitutionnelle, sans le désistement des trois cents membres de la Droite, qui, aux instances de l'honorable Malouet, répondirent en termes injurieux et méprisants. Avec leur concours, la monarchie constitutionnelle était implantée sur le sol français ; et, en outre, s'ils eussent cédé au mouvement généreux de Barnave, ils eussent épargné à la France la mort du roi et l'effusion de sang. Mais ils préférèrent, dans leur jésuitisme, faire avorter son plan habile.

— S'unir à des factieux, répondirent-ils au noble appel de Barnave, c'est devenir factieux soi-même. Restaurer la royauté par les mains d'un Barnave, c'est dégrader le roi jusqu'à la reconnaissance envers un factieux. Nos espérances ne sont pas tombées si bas qu'il ne nous reste qu'à accepter un rôle dans une comédie de révolutionnaires effrayés. Nos espérances ne sont pas dans quelque amélioration au mal; elles sont dans le pire. Les excès du désordre puniront le désordre même. Le roi est aux Tuileries, mais la royauté n'y est pas : elle est sur tous les trônes de l'Europe. Les monarchies sont solidaires, elles sauront bien restaurer la monarchie française sans le concert de ceux qui l'ont renversée.

Et maintenant, peuple, instruis-toi! La Droite refuse, par d'abominables paroles, le rétablissement du roi sur le trône de ses ancêtres. Ces paroles devraient être écrites, comme épigraphe, à la préface de l'histoire tant dénigrée de la Révolution. De tout temps, chez les monarchistes, la passion et la haine ont remplacé la tolérance et la fraternité. Ainsi la royauté, sous la première Révolution, se vit détruire non moins activement par ses amis que par ses ennemis.

M. le marquis de Berneuil appartenait à cette secte de réactionnaires qui se distingue par son intransigeance et son esprit de parti, à laquelle il importe peu de compromettre les destinées de la France, pourvu qu'elle force la République à s'en démettre.

Monarchistes! vous faites sans cesse retentir

dans vos journaux le grand mot de patriotisme ; mais, je me le demande, où peut bien être le patriotisme dont vous vous glorifiez si haut ? Vous désirez sans relâche pousser aux excès, au déraillement, les exaltés des partis extrêmes, afin de guérir le mal par le mal. Est-ce là votre patriotisme ? C'est ainsi qu'ont agi les royalistes purs pendant la première Révolution. Ils préférèrent le renversement de la monarchie absolue au succès de la monarchie constitutionnelle. Leur politique fut dictée par l'orgueil, pour ne pas dire par la scélératesse. Ils aimèrent mieux mettre le sceptre entre les mains des Montagnards qu'entre celles d'un roi constitutionnel. Je ne sais de quel nom on doit les appeler pour les flétrir comme ils le méritent. Et vous, leurs descendants, dignes héritiers de leurs calculs machiavéliques, votre cœur n'est pas moins patriote que celui de vos pères, si la soif du désordre est du patriotisme. Vos ancêtres, encore, étaient excités à la haine de la Révolution par la perte récente de leurs innombrables privilèges ; leurs plaies étaient ouvertes, saignantes. Ils avaient une excuse pour haïr la République. Mais vous, les monarchistes de 1889, avez-vous d'autre titre pour nous haïr que votre esprit de secte ? Je me trompe, vous avez encore la rage. Vous avez conscience de votre impuissance, et ne pouvant, à cause de votre propre inhabileté, reprendre le pouvoir, vous évoquez à votre secours les furies de la guerre civile, afin d'en ressaisir les rênes au milieu du désordre. Nous vous reconnaissons là. Mais si l'on voit un jour une émeute dans la nation, on saura quels en sont les instigateurs. Arrière, abominables sectaires! Vos vœux pour le rétablissement d'une nouvelle branche de monarques fainéants, vous les faites reposer sur les crimes d'une faction et sur les malheurs de la patrie! Découragés, désespérés aujourd'hui, vous faites alliance avec le parti national, sans prendre garde que son chef, dont l'inanité égale la réputation, comme la matérialité d'une grosse caisse égale sa sonorité, divorcera avec vous, après avoir joui de votre appui.

Restera le dictateur. On est à se demander comment un homme qui ne sait pas diriger son foyer domestique pourrait maintenir la paix en Europe. Les séides qui l'entourent en rangs serrés brûlent de l'encens sur l'autel du nouveau Nabuchodonosor. Plaise à Dieu qu'il ne lui arrive pas le même sort qu'au roi de Babylone! Autour de lui, vous voyez groupés en bataillons rangés les calomnies, les rancunes contre le gouvernement, le désir des vengeances publiques ou privées, les haines les plus atroces contre la République, l'indiscipline, la prodigalité sans frein, la corruption, le dépit, l'orgueil froissé, l'ambition la plus dévorante, la perfidie, la trahison du mandat électoral, le revirement et l'inconstance, l'espoir du gain et du favoritisme, l'appât des fonctions publiques. Toutes ces tristes figures servent d'escorte au cavalier. Leur devise est celle des gens qui n'ont plus rien à attendre du gouvernement qu'ils outragent : vaincre ou fuir!

Les plus habiles acteurs de cette comédie vont à travers les départements, faisant sur un ton déclamatoire le procès du gouvernement. Ils représentent la République parlementaire comme un régime qui a fait son temps, qui a vécu, et beaucoup de citoyens ne voient point que la chute du Parlement entraînerait la ruine de nos libertés. Malheureusement, le peuple est plus sensible à la calomnie qu'à la vertu.

Que les électeurs aient conscience de leurs droits et n'oublient point leurs devoirs. Qu'ils aient toujours présent à l'esprit ce proverbe : « La première fois qu'un homme vous trompe, c'est lui qui a tort; la seconde, c'est vous. »

Peut-on se fier à cet ambitieux qui rampait jadis devant l'auguste personne du duc d'Aumale et qui, au jour où il eut atteint le grade supérieur, grâce à la faveur de ce prince, mordit son protecteur, comme un serpent? Il ose venir aujourd'hui demander au suffrage populaire la satisfaction de ses projets ambitieux. Après il conspuera le peuple, comme il a conspué le général d'Aumale, le jour où il n'aura plus rien à demander qu'à lui-même. C'est toujours l'ambition d'un homme qui nous a perdus.

Mais il faut espérer que les républicains triompheront. La force du suffrage universel en faveur de la République entraînera le parti national, comme un torrent emporte une barrière sur son passage. Notre gouvernement est destiné à vivre. Il peut seul se maintenir sans avoir besoin de s'appuyer sur le despotisme, tandis que les prétendants, pour rendre leur trône un moment stable, seraient obligés d'en venir à la violence et de supprimer les libertés publiques.

Depuis l'Assemblée constituante, l'expérience nous a appris que la République est le seul gouvernement possible en France. Cette Assemblée eut le tort de ne pas la proclamer dans sa première séance. Sa timidité fut très funeste au pays. Émue de pitié pour un monarque malheureux, elle décora Louis XVI du titre de roi constitutionnel, de fantôme de roi. Nouvelle fonction incompatible avec la Constitution et mettant, par là même, le roi dans la cruelle alternative de trahir ou d'abdiquer.

M. de Berneuil, comme chef de parti monarchiste dans Vaucluse, devait tout naturellement devenir un des principaux fauteurs de la nouvelle politique, préconisée par le parti national. Il basait sur le Général ses espérances royalistes, un instant assoupies. L'élu de la Seine ne travaillait point pour lui-même, mais pour les princes avec lesquels il avait souvent des entrevues. *Sic vos non vobis.* Le roi-sauveur devait surgir du triomphe du nouveau parti coalisé. Cette naïveté du marquis rappelait à Georges Marly l'histoire fabuleuse de Minerve sortant tout armée du cerveau de Jupiter. L'avocat ne croyait point, en outre, à la sincérité des actes de foi républicaine des hommes du nouveau parti. Une femme publique faisant des protestations de vertu eût produit sur son cœur la même émotion. Il ne voyait dans le fugitif que l'ambitieux aspirant à venger les injures de Clermont et à monter au faîte d'un pouvoir suprême.

XIII

Dans son engoûment pour le Général, le marquis de Berneuil, âme du mouvement revisionniste dans Avignon, avait, déjà dès le mois d'avril, transformé son salon en véritable club, où se tramaient chaque soir de petits complots

contre le gouvernement actuel. Le Général, dans
cette maison, devenait un fétiche. La marquise
croyait sa mission providentielle et le vénérait
comme un envoyé du ciel. Pour M. de Berneuil,
l'élu de la Seine, c'était l'Attila, le fléau du parlementarisme et le vengeur de la royauté de droit
divin. Lui seul planait dans cette atmosphère au
cours de la conversation sous les images les plus
séduisantes et les plus radieuses. C'était le cavalier habile et incomparablement majestueux, se
faisant admirer de la capitale entière. Quelle fermeté en face de l'ennemi prussien! C'était bien là
la fierté française des anciens chevaliers. Et maintenant quelles riantes promesses! Les persécutions complètent les grands hommes. Il fallait
bien que leur héros fût placé au-dessus des
autres mortels, pour être ainsi partout accompagné
des acclamations enthousiastes de la foule. Au début du règne de Louis XVI, tout était à la fronde.
De nos jours, tout était au Général. Jusqu'à un savon
qui porte son nom : ce qui faisait dire plaisam-
ment au marquis que le fabricant avait été très
bien inspiré, en représentant le Général comme
l'homme du nettoyage, puisque la nouvelle coalition dont il était la tête se proposait comme une
lessive des pouvoirs publics. Partout où il passait, n'attirait-il pas l'attention du peuple, n'ab-
sorbait-il pas à lui seul l'opinion publique? Nouvel

Alcibiade, couperait-il seulement une des mèches luxuriantes de la queue de son cheval, aussitôt toute la presse en tressaillerait, et les dames le féliciteraient de son bon goût. Assurément Dieu se servait de la popularité de bon aloi de ce soldat pour restaurer la monarchie française. Cette dernière considération ôtait de l'esprit du marquis de Berneuil toute inquiétude qu'auraient pu y faire naître les ovations prodiguées à cet homme singulier, pendant que les princes du sang, les descendants des rois n'excitaient plus la moindre curiosité sur leur passage.

Je parle d'ovations : le terme n'est point inexact. Qui peut ignorer que le Général veut singer les héros? Voyez-le se pavaner au milieu d'une affluence considérable. Il se transporte à grands frais d'un hôtel à l'autre, dans un landau attelé de superbes coursiers. Le peuple, curieux, inonde les rues qu'il doit traverser. Au moment où le véhicule se montre à l'horizon, il semble que le battement de toutes ces poitrines fasse entendre à l'unisson le cri : *Deus, ecce Deus !* La circulation est interrompue, tant la population se presse. On se coudoie, on se pousse, on se bouscule. On se bat même à qui aura la première place. Beaucoup en reviennent meurtris. Mais les coups ne sont rien, quand ils sont donnés pour la gloire d'un homme. En toutes choses, il faut juger des prin-

14

cipes et des commencements. Le choc des manifestants, cette lutte de primauté sont bien propres
à nous donner une image de ce qui se passerait
sous le gouvernement de cet homme.

Un jour, la roue du fameux landau écrase le
pied d'un nigaud qui criait à tue-tête : Vive le
Général! Malgré le tumulte, on entendit craquer
les chairs. L'enthousiaste poussa un cri terrible
et fixa sur la voiture qui s'éloignait un regard des
plus courroucés. « Aïe! mon pauvre pied! Le
Général m'a marché sur le pied! » On crut que
c'était un opportuniste qui se moquait du public.
Aucun des manifestants ne daigna s'approcher.
Notre homme fut laissé seul en proie à la douleur
et à la colère. Il ne criait plus : Vive le Général!
Son cœur gémissait : Vive moi-même!

Il faut dire qu'on aurait bien pu avoir un peu
plus d'égards pour ce pauvre hère. Mais en politique, on ne connaît des égards que leurs apparences. A partir de ce jour, il n'aima plus le Général, et son antipathie venait du pied. Le crime
du Général, c'était de lui avoir monté sur le pied.
Bagatelle! Où le Général ne montera-t-il pas?

Nous disions qu'à l'hôtel de Berneuil on vénérait l'élu de la Seine à l'égal d'un monarque. A la
fin des repas, on portait toujours un toast enthousiaste à la santé du sauveur. Son nom remplis-
sait les corridors et les salles, il y retentissait

comme le suprême cri d'espérance d'un monar-
chisme expirant. Oui, il fallait aux monarchistes
un cri de ralliement plus fort et plus sonore. Il
leur fallait un organe qui rendît des sons belliqueux et perçants, capables de remuer la France.
Ils ont choisi le Général, dont ils veulent se servir comme d'un olifant, pour adresser un appel
désespéré aux réactionnaires abattus et les secouer
de leur torpeur. La voix de leurs princes était
répercutée seulement dans le cœur de quelques
fidèles, sans pouvoir atteindre à la masse populaire : écho lointain et affaibli qui avait le désa-
vantage de faire supposer comme éteintes les
vieilles aspirations monarchiques. Ainsi, l'écho
d'une voix solitaire rend le désert plus triste et
plus désolé.

Croyant au désintéressement du Général après
son arrivée au pouvoir, ou peut-être aussi pensant
qu'en cas d'échec le désordre favoriserait le retour
à la monarchie, M. de Berneuil devait employer
toutes ses ressources intellectuelles et pécuniaires
pour faire triompher dans le Vaucluse la nouvelle
doctrine. Il savait que le Général était loin d'être
partisan des théories républicaines qu'il émettait
dans ses discours. D'après la théorie réactionnaire,
en politique, tout est permis pour arriver à ses
fins. Aussi le républicanisme de l'élu de Paris
n'était-il qu'un voile hypocrite pour accomplir

plus facilement ses vastes desseins. M. de Berneuil
donnait pour devise à ce prétendu précurseur :
Parate viam domini. Une bonne partie de ses
loisirs fut consumée à battre la campagne pour
faire des adhérents au parti national. En même
temps, l'élu de Paris recevait dans les caisses de
son comité les subsides du marquis, dont le
montant n'était pas à dédaigner. Se croyant moralement obligé, comme un des principaux aristocrates de France, d'apporter son obole au parti
nouveau, il le fit avec munificence et même avec
prodigalité. La marquise fut quelquefois sur le
point de lui faire des reproches sur cette profusion d'argent. M. de Berneuil légitimait facilement ses largesses, en répondant sur un ton pro-
verbial qu'il ne fallait jamais compter quand il
s'agissait du salut de la patrie. Florine s'inclinait
muette devant cette chevaleresque réplique, et finis-
sait par louer son mari sur sa générosité sans égale.

Le comité central remercia vivement le marquis par la plume d'un de ses membres les plus
autorisés. Une lettre lui arriva ainsi conçue :

« Monsieur le marquis,

« Le pouvoir tombera fatalement et à bref délai
entre nos mains. Le suffrage universel est pour
nous. On ne veut plus des gens qui exploitent,

déshonorent, salissent la France depuis trop longtemps. Je ne doute point que votre adhésion au
parti national n'ait entraîné beaucoup de vos
compatriotes chancelants à suivre votre exemple.
Le Général vous remercie personnellement de la
superbe offrande dont vous l'avez gratifié pour
subvenir aux frais de ses élections. Soyez persuadé que notre chef n'oubliera pas votre générosité, et qu'une fois arrivé au pouvoir, il la récom-
pensera comme elle le mérite.

« Nous ne saurions trop vous engager pour
l'avenir à user de tout votre crédit dans le département pour attacher les populations à notre cause,
qui est celle de la justice.

« Vous êtes trop intelligent et trop honnête pour
ajouter foi à toutes les calomnies que l'on sème
partout sur le compte de notre chef. D'ailleurs,
dans votre département, on les prendra comme
telles. Votre influence est considérable dans Vaucluse. Vous pouvez beaucoup pour le succès de
notre politique. Votre fidélité à notre cause n'est-
elle pas, du reste, aux yeux de cette population,
la meilleure garantie de la droiture et du patriotisme du parti national ?

« Votre ami : F. de V. »

M. de Berneuil fut frénétiquement enthousiasmé
en lisant cette missive qui flattait si fort son

amour-propre et ses tendances. Il n'en fallait pas
davantage pour réveiller ses instincts de frondeur
qui sommeillaient depuis plusieurs années. Il
montra cette lettre à tous ses amis. On s'empressa
de le féliciter sur son admission au nombre des
intimes d'un Général dont un comte s'estimait
heureux d'être le valet de chambre. Une joie soudaine éclata sur son pâle visage. Intérieurement,
il s'applaudissait de son succès et se comptait déjà
parmi les principaux instigateurs de la nouvelle
doctrine.

Quelques jours après, M. de Berneuil recevait
une dépêche du comité qui l'invitait à assister au
grand banquet qui aurait lieu à C... en l'honneur
du nouveau député de la Seine. Le marquis dut
se faire excuser, son deuil encore récent ne lui
permettait pas de prendre part à des fêtes de ce
genre.

Il est à remarquer que les ennemis du gouvernement aiment à banqueter. Peut-être trouvent-
ils dans les fumées du vin un moyen d'enthousiasmer les populations. L'ivresse est pour les
réactionnaires d'un grand secours aux époques
d'élections. L'appui de Bacchus en vaut bien un
autre. Il ne fut point dédaigné par le roi de l'Olympe
dans sa lutte contre les Géants. Il s'agissait également alors de savoir qui aurait le premier rang.
Au dessert, un bon discours, assaisonné de pro-

messes et d'agréables surprises, achève le vertige des convives, qui boivent les belles paroles presque aussi volontiers que le champagne. L'éloquence comme le nectar a le privilège d'enivrer. Heureux festin ! tout le monde y est abreuvé : les électeurs de vin et de bons mots, le Général d'éloges, l'orateur d'applaudissements, le gouvernement d'outrages.

Si encore du choc bruyant des verres, par lequel, sous le nom vague de revisionnistes, républicains et réactionnaires de toutes les nuances scellent le pacte d'une alliance destructive, on ne voyait jaillir des sentiments divers, des aspirations opposées! Choc muet d'intérêts contraires sous le couvert de l'amabilité !

Quelle nomenclature politique pourrait donner un qualificatif à ce mélange confus de tous les partis?

Sur cet océan de la politique, les passagers réactionnaires veulent tous prendre le Général pour pilote. La presse et la chanson l'ont célébré pour son expérience et son habileté. Les voyageurs gagnent le port. L'officier supérieur est là qui attend.

— Je veux aller à Rome, baiser les pieds du pape, lui dit à voix basse un curé du parti national.

— Je désire aller en Californie pour m'enrichir, lui communique un autre membre du même parti.

— C'est bien sans doute pour les États-Unis que vous mettez à la voile? interroge un républicain révisionniste. Je fais un voyage à Washington dans le but d'étudier la Constitution américaine.

— Vous me déposerez en Angleterre, auprès du comte de Paris, supplie à son tour un royaliste du même camp.

— J'ai appris que vous deviez faire voile vers les princes Bonapartes, grommelle enfin un partisan acharné du plébiscite.

Le nautonnier, qui se distingue par sa cupidité et son hypocrisie plus encore que par sa science, ne dédaignera point l'argent de tous ces amateurs d'excursions lointaines et leur promettra à chacun dans le tuyau de l'oreille de prendre terre aux lieux qu'ils ont indiqués. Le fret est passé, la convention est faite. Les voilà embarqués. Mais le dupeur connaît son chemin. A la faveur d'une nuit obscure et des vents qui les ballottent en aveugles sur les flots, il simulera un égarement et fera voile, le malin, vers la Turquie, où il désire prendre des leçons de politique auprès du sultan de Constantinople. Tout en voguant, il saluera respectueusement du sein de sa nacelle l'île Sainte-Marguerite, que le Sénat lui destine pour le récompenser d'avoir conduit ses passagers chacun à leur destination.

Les gens de l'équipage, qui se sont livrés à la merci des flots capricieux, et même, imprudence plus grave! à la merci d'un homme plus capricieux encore, finiront, après de longs jours de navigation, par reconnaître le danger et par s'apercevoir qu'ils ont fait fausse route. L'alerte sera vive. Le Général aura beau faire peser la responsabilité sur la nuit et la tempête; il aura beau dire qu'il va à la découverte d'une nouvelle République. A d'autres! lui criera-t-on de toutes parts. Il perdra la confiance de tous. Mais qui mettre au gouvernail? Où faire voile? Cruelle anxiété. Les uns veulent regagner le port, les autres aller en avant. Je n'ai pas besoin d'ajouter que ce ne seront ni les vagues ni les bourrasques qui briseront le frêle esquif. Un écueil redoutable l'attendait, impossible à éviter, en pleine mer : le choc des opinions contraires et des intérêts différents.

Pour comble de malheur, les infortunés vont rencontrer le vaisseau bien équipé du parti républicain. « En avant! clamera soudain le Général. Voici l'ennemi! Oublions nos querelles, et ralliez-vous à mon panache. Vous êtes avec un César et sa fortune! » Mais la République qu'ils ont déshonorée, conspuée, est mère indulgente avant tout. Elle aura pitié de ces pauvres dupes qui sont à deux doigts de leur perte. Et l'arche républicaine sera encore leur dernière planche de salut. Les passagers seront sauvés du naufrage : mais ils pourront du haut de l'esquif sauveur mesurer la profondeur de l'abîme où les passions téméraires et les mouvements irréfléchis allaient les précipiter ; et le Général, la tête baissée, assistera au naufrage de sa fortune.

Alors, humbles et repentants, les naufragés diront entre eux : « Qu'allions-nous faire dans cette galère ? » Puis, le navire touchera au port, et le boulangisme à sa fin !

XIV

Par une froide matinée de la fin de mars dernier, le marquis de Berneuil accompagnait sa femme et sa fille qui se rendaient à Notre-Dame-des-Doms pour entendre la messe. Au moment où le petit groupe arrivait sous le porche de l'église métropolitaine, une jeune fille d'une quinzaine d'années, qui était assise sur le seuil de la porte, se releva à demi et tendit la main à Marceline, comme pour lui demander l'aumône. Près d'elle, à genoux sur la froide pierre, se tenait, muette et sombre, une femme encore jeune, mais la figure flétrie par la misère ou par une dégradante passion. Malgré son avilissement, sa physionomie trahissait encore quelques vestiges des charmes d'autrefois.

Le marquis jeta un coup d'œil furtif sur la misérable en haillons et recula soudain comme si un spectre se dressait devant lui. Il frémissait. Cette étrange émotion ne fut pourtant pas aperçue de la marquise, qui regardait distraitement le sol, toujours en proie à des pensées lugubres depuis le trépas de son fils. M. de Berneuil, pâle, haletant, mit la main à sa poche et en sortit une pièce de cinq francs qu'il déposa en détournant la tête dans la petite main de la quêteuse. Les spectateurs de cette scène publièrent toute la journée la bienfaisance et la charité sans pareilles du marquis de Berneuil. L'enfant, la bouche souriante, s'empressa, dans un élan de joie et de triomphe, de montrer la pièce de monnaie à sa mère. Mais la femme au teint hâlé ne fut que légèrement touchée du don généreux de M. de Berneuil. Un instant sa lèvre inerte jusqu'alors se crispa d'un sourire sournois et sardonique. La famille de Berneuil passa : et, pendant tout le temps que dura l'office, le marquis demeura rêveur.

Le soir, à l'hôtel de la rue D..., rendez-vous du parti national d'Avignon et de la noblesse de la ville, la conversation roula, comme de coutume, sur les fautes du régime républicain. M. de Berneuil ne cessait de s'élever contre les tendances du gouvernement à fonder des écoles normales et des lycées de filles. « Les demoiselles qui sortent

de ces établissements, grommelait-il, ne savent
que faire leur toilette ou prendre des maintiens
plus ou moins voluptueux. Pour tout le reste,
elles sont inutiles à la société. Leur carrière est
toute tracée : elle commence par la lecture du
roman et finit par la prostitution. »

Inutiles à la société! Une telle exagération n'a
pas besoin d'être réfutée. Mais pareille allégation
serait-elle fondée, nous pourrions signaler une
infinité de couvents où les demoiselles n'apprennent pas autre chose qu'à être de belles et
grandioses inutilités.

Jamais l'éducation par elle seule n'a été une
cause de dégradation. Les vices, la corruption,
les penchants déréglés ont leurs racines dans le
cœur. Et c'est à l'éducation de les extirper ou
d'en modérer les élans. L'éducation est la première des nécessités sociales.

M. de Berneuil rendait donc responsable de l'in-
continence de tant de jeunes filles le gouvernement
républicain : c'était assurément ce régime pourri,
selon ses expressions, qui inspirait à tant de femmes
le criminel projet de vendre aux enchères leur
honneur et même le fruit de leurs entrailles.

Un habitué du salon, M. de M..., prit la parole
après le marquis. Il désirait sans doute impres-
sionner l'assistance, comme on peut en juger par
le petit trait qu'il raconta :

— L'autre soir, commença-t-il, je me promenais, à la fraîcheur de la nuit, sur la place de l'Horloge, quand je me vis accoster par une mère de famille qui me dit en me présentant sa fille, petite brune de seize ans : « Monsieur, je m'appelle Cécilia Martini, n° 70, rue Colombe. »

En entendant ce nom, M. de Berneuil blêmit. Mais l'auditoire était trop attentif au récit de M. de M... pour remarquer le trouble du marquis.

Après une légère pause, le narrateur poursuivit :

— Cette femme ajouta : « Je suis obligée pour vivre de vendre ce que j'ai de plus cher au monde : la vertu de ma fille. Elle est assez jolie. Vous la verrez mieux tout à l'heure, si vous avez quelque pitié de ma misère. Vous pouvez nous suivre à l'instant même, mon bon monsieur. Agnès, ma fille, sois gentille pour monsieur, si tu veux lui plaire. Donne-lui la main. » Et la petite, inconsciente et naïve, me présenta sa main. Tout en m'inclinant devant la candeur de ce bel ange, encore innocent, je ne pus supporter plus longtemps l'aspect froid et sauvage de cette mère dénaturée. Je détournai la tête avec dégoût et répulsion et je vociférai quelques paroles de blâme sur une pareille conduite.

Voilà, acheva M. de M..., les mœurs du siècle !

Un frémissement parcourut l'auditoire. Horrible! tel fut le cri unanime. Le marquis seul garda le silence et demeura pensif.

La proposition de cette mère était cynique, odieuse, lamentable, j'y souscris. Mais l'homme qui avait vu ce spectacle navrant sans en être ému, qu'était-il? Devait-il se contenter de vomir des injures contre cette femme et des imprécations contre le gouvernement? Son impression partait-elle du cœur? Non : car le cœur eût dirigé la main vers la main qui lui était tendue pour y déposer un denier, seul moyen de ramener dans la droite voie ces misérables trafiquantes. M. de M... se montra monstre d'avarice en présence d'un monstre de prostitution.

Cependant le marquis ne respirait plus librement dans cette enceinte. Il ne prenait plus aucune part active à la conversation. On attribua sa tristesse et son silence à l'horreur que lui inspiraient de pareils actes. Qu'y avait-il donc dans le récit de son ami pour le jeter dans cet état de prostration? Y avait-il un secret douloureux entre lui et cette Cécilia? Il dissimula sa pâleur et son agitation fébrile en cachant son visage sous les plis d'un journal. Mais son maintien et son air gêné eussent facilement révélé à un scrutateur habile le trouble de son âme. De plus en plus surexcité, il se plaça par une manœuvre adroite sous la discrétion d'une demi-obscurité : le dos tourné à la lumière, il était moins exposé à se trahir. Il n'avait pas fini d'être sur des charbons ardents. Ce fut le tour de la marquise à rallumer son tourment.

— Ce matin, dit Florine, nous avons aperçu sous le porche de Notre-Dame-des-Doms une femme encore dans la force de l'âge qui faisait demander l'aumône par sa fille, âgée de seize ans environ. Il me semble qu'elles pourraient bien travailler pour gagner leur vie. Elles ne possèdent rien, parce que la fainéantise les possède. Cette vie de bohème leur plaît. Elles vivent au jour le jour, sans nul souci du lendemain, allant par les rues et ramassant quelques sous qu'on leur jette. Ou peut-être se nourrissent-elles du fruit de leurs honteux trafics.

Elle en parlait à son aise, Mme la marquise, alors paresseusement plongée dans un fauteuil moelleux. Elle ne savait pas que la misère donne bien souvent la main à la dégradation et que le cri des entrailles à jeun étouffe le cri de la conscience. Est-ce un crime de n'avoir point de demeure fixe? Non, pas plus que d'être indigent. La patrie du pauvre est partout. Mais si on lui ferme toutes les portes, qu'on lui ouvre du moins celle du cœur.

M. de Berneuil, en entendant les paroles de sa femme, se mordit les lèvres jusqu'au sang.

Sa physionomie accablée devint livide. Il passa machinalement la main sur son front comme pour en chasser un cuisant souvenir. Mais, grâce à la promptitude avec laquelle il s'était placé dans l'obscurité, son animation et son angoisse furent couvertes par l'ombre bienveillante des vacillations de la lumière.

Le lendemain matin, quelques coups de sonnette retentissaient violents dans le couloir. Le marquis avait, par un hasard fort heureux, aperçu de sa fenêtre la personne qui avait agité la clochette si impoliment. Il courut lui-même ouvrir la porte. Une femme attendait. M. de Berneuil la fit entrer rapidement dans son cabinet, comme si elle venait prendre ses conseils.

Quand ils furent assis :

— Adolphe, commença-t-elle en jetant sur le marquis un regard méchant, je comprends que tu ne m'aimes plus : je sais la cause de ta rupture. Je suis trop vieille maintenant pour rester ta maîtresse. Dénuée de grâces, parce que je suis dénuée d'argent. Vois les résultats de l'abandon dans lequel tu laisses celle que tu appelais jadis ta Cécilia. Tu es l'auteur de mon abaissement, de ma dépravation, de ma misère. J'étais belle alors : pauvre fleur ! Après m'avoir cueillie et avoir satisfait sur moi tes passions brutales, tu me jettes ! Je t'excuse : les riches peuvent se passer tous les jours de pareils caprices. Aussi suis-je venue t'offrir une fleur qui te rappellera ma mémoire : ma fille Agnès satisfera mieux que sa mère tes goûts et ta soif de jouissances !

En achevant ces mots, le regard de la visiteuse s'éclaira d'une lueur sinistre. Le marquis devint affreusement pâle.

— Agnès !! comment ! répondit-il, respirant à peine. Tu oses profaner ainsi... ! tu oublies tout, malheureuse ! Faire une pareille proposition à son père naturel ! Est-ce la colère ou la détresse qui te fait perdre la raison ? L'offrande que j'ai faite hier à ta fille n'aurait-elle pas dû te montrer combien je désire protéger cette enfant comme elle le mérite et selon toutes les exigences de la loi morale ?

Il dit ; puis, ouvrant une cassette d'où il tira une poignée d'or, il en gratifia son ancienne maîtresse : — Voilà pour le moment, ajouta-t-il ; ton intérêt est de garder le silence le plus absolu et de ne plus remettre les pieds dans cette maison.

Cécilia sortit sans même saluer le marquis : son esprit était tout absorbé par la pensée de la bonne aubaine qu'elle venait de rencontrer.

Le lendemain, grâce à l'influence de M. de Berneuil, cette femme obtenait une place dans un des meilleurs ateliers de couture d'Avignon, et

15

Agnès était envoyée, aux frais du marquis, au pensionnat des religieuses de G...

Cet écart de jeunesse était le remords de la vie de M. de Berneuil, et c'était peut-être à ce souvenir qu'il fallait attribuer la mauvaise humeur qui se dépeignait constamment sur son visage. N'était-ce pas lui qui avait précipité cette créature dans la mauvaise voie, dans la débauche, dans le dénûment? Cette pensée était devenue le cauchemar de son existence, depuis le jour qu'il avait vu, étendue navrante sur le pavé, en proie à une misère criante, et furieuse de provocation, celle qu'il avait aimée pleine de jeunesse et d'élégance. Par une détermination prudente plus encore que généreuse, il résolut de mettre un terme à la pénurie accusatrice de cette femme, au péril qui était suspendu, imminent, au-dessus de son foyer domestique, et aux terreurs qui ne cessaient de l'obséder.

Aujourd'hui, on vante beaucoup à Avignon la bienfaisance à nulle autre pareille du marquis de Berneuil. Tout le monde sait qu'il a fait placer Agnès, mais sans en deviner le motif secret. Les amis du marquis n'y voient que de la charité; ses ennemis n'y voient qu'un but politique : celui de se faire de nombreux adhérents aux élections générales du mois d'octobre. On n'est pas sans savoir que M. de Berneuil faisait

l'aumône moins en riche charitable qu'en politique orgueilleux, et que ses bienfaits avaient
pour principal mobile le désir d'attirer le peuple
dans le camp réactionnaire. Personne n'a deviné
l'intention expiatoire du marquis dans la tutelle
officieuse dont il entoure la jeune Agnès. Pour
qui sait la vérité, M. de Berneuil est loin de mériter les éloges que la flatterie lui prodigue sur ses
soins compatissants. Il n'a fait qu'accomplir un
devoir qui lui incombait comme père naturel.
Mais, s'il n'y a pas grand mérite pour le voleur à
devenir dans la suite le bienfaiteur du volé, pourtant notre société est telle qu'ils sont rares, ceux
qui ont la magnanimité de réparer leur délit. On
est encore obligé de s'incliner devant eux.

Le soir de cette journée si mouvementée pour
le marquis, la famille de Berneuil reçut la visite
du vicomte Raoul de Givale, le prétendant destiné
à la main de Marceline. Le fiancé de Mlle de Berneuil avait laissé passer plusieurs jours sans faire
son apparition habituelle à l'hôtel de la rue D...
Il était, par suite, attendu avec impatience. Sa
visite devait être courte. Après une conversation
indifférente et froide avec sa fiancée, il prétexta
quelques affaires pressantes et sortit tout mal
impressionné. La fille du marquis paraissait faire
peu de cas de celui qu'on lui imposait pour
amant. Marceline, une de ces natures excessive-

ment indépendantes et fières, n'épargnait point
les sarcasmes à l'infortuné vicomte, qui avait
embrassé la cause du parti national, afin de
pouvoir plus facilement obtenir la main de celle
qu'il aimait. Il est des jeunes gens qui, pour
faire plus aisément la conquête de la fille, se
laissent préalablement conquérir eux-mêmes par
le père. Paris vaut bien une messe. Marceline
valait bien un acte de foi boulangiste. Raoul avait
adopté les yeux fermés toutes les opinions de
M. de Berneuil ; et, comme il connaissait la volonté de fer du marquis, il pensait que son autorité briserait toutes les résistances de Marceline.
Faire plaisir au père, c'était le plus sûr moyen
pour arriver à la possession de la fille. Aussi le
vicomte avait-il le soin de décorer le faîte de
son veston d'un œillet rouge, chaque fois qu'il
venait saluer son futur beau-père. La politique
et l'amour n'avaient pour lui qu'un but : le
mariage.

Marceline, qui avait des idées et même des allures libérales, comprit que le vicomte jouait une
comédie peu honorable dans ses relations avec elle.
Raoul simulait la politique ; pourquoi ne pouvait-
il pas simuler l'amour ? Qui est hypocrite dans un
sens peut l'être dans un autre. Les liens matri-
moniaux qui uniraient Raoul à Marceline seraient
peut-être de même nature que les liens qui l'atta-

chaient à la cause politique de M. de Berneuil.
Le jeune homme voyait dans la politique le mariage ; qui pouvait savoir s'il ne voyait point dans
le mariage la dot?

Marceline faisait ces réflexions, et elle avait fini
par détester cet amant dont on lui faisait une nécessité. Elle le piquait parfois de mots cruels d'une
façon, il faut bien le dire, peu charitable, et se
faisait même un plaisir de le poursuivre de son
esprit mordant. Elle aurait voulu lui inspirer de
la haine pour elle. Lorsqu'il eut pris congé de
Mme et de Mlle de Berneuil, la marquise, qui estimait fort le vicomte, demanda à sa fille si elle n'é-
tait point inquiète du départ si subit de Raoul :
« Ah! fit, boudeuse, l'intraitable Marceline, si son
absence avait le pouvoir de m'attrister autant que
son absence d'esprit, je l'épouserais certainement ! »

Il y avait pourtant une considération dans la
personnalité de son futur gendre qui déplaisait un
peu à la marquise de Berneuil. Le bruit courait à
Avignon que le vicomte n'était pas le fils de son
père légal. On disait que M. de Givale avait subi
le sort déplorable de tant de mal mariés et que la
comtesse, son épouse, lui avait préféré son valet de
chambre, Thomas, jeune homme aussi spirituel
que robuste. Aussi, beaucoup d'Avignonais, à la
langue de vipère, parlaient-ils du vicomte de Tho-

mas. Mais la classe aristocratique rejetait de pareilles allégations comme mensongères et calomnieuses. Cette caste, dont la réserve donne encore une idée de celle qu'elle manifestait dans les siècles passés, ne pouvait croire que la comtesse eût fait des infidélités à son mari.

Néanmoins, le vicomte avait nom Raoul de Givale; et, dans le monde, la particule avait, du moins, l'avantage de corroborer la présomption du Code civil, en faisant passer Raoul pour le fils de son père.

Mais tous ces misérables cancans eussent été d'un poids léger dans la balance de l'amour, si Marceline en eût éprouvé pour Raoul. Malheureusement pour lui, elle le détestait de toutes les forces de son âme, autant qu'elle aimait Georges Marly. Dans ces conditions, une union conjugale avec le vicomte lui apparaissait triste, terrible. Bien désolants, en effet, ces sortes de mariage. Après la prononciation du redoutable monosyllabe, des liens chrétiennement indissolubles enchaînent l'une à l'autre les destinées de deux êtres; et, le soir, la fille mariée sans amour, précipitée dans le lit nuptial, l'arrosera de ses larmes, au moment horrible où elle devient femme malgré elle. Et le mari les prendra pour des larmes d'émotion et d'amour. Pauvre femme, triste victime, sacrifiée aux préjugés du rang, aux prétendues exigences de la

fortune, lancée par un père barbare toute frémis-
sante entre les bras d'un homme qu'elle n'aime
point, que dis-je, qu'elle abhorre, parce qu'elle
en aime un autre !

XV

Quelques jours après, on lisait avec effroi dans
les journaux cette fameuse protestation des chefs
de la Ligue des patriotes. Le marquis de Berneuil,
qui en était membre gradé, approuva la conduite
du comité de Paris. Tout ce qui pouvait lui rappeler la fronde avait de l'attrait pour lui. La ligue
qui s'était créée sous l'inspiration d'une idée pu-
rement patriotique, avait dégénéré et n'était plus
désormais qu'une armée de réserve mise à la dis-
position du Général et composée de sectaires toujours prêts à l'émeute. On a blâmé le gouvernement sur les poursuites qu'il a exercées contre les
délinquants. Un gouvernement a toujours le droit
de se défendre, il en a même le devoir, quand il
se sent menacé ou discrédité injustement. D'ailleurs, la protestation était plutôt un désir de vengeance contre le gouvernement républicain qu'une
indignation en faveur des victimes de la mission
Atchinoff; et elle pouvait avoir de très graves

conséquences au point de vue de nos relations ex-
térieures, si la Russie n'avait connu le mobile
qui guida la main des signataires. Mais la puissance amie de la France sait ce que parler veut
dire : elle a lu entre les lignes de la protestation
et s'est arrêtée à l'esprit sans tenir compte de la
lettre. On s'étonne que le comité national, dans
la grande émotion que lui causa la nouvelle du
bombardement de Sagallo, n'ait point suspendu
ses banquets et se soit mis à festiner sur l'heure.

Le comité de la Ligue des patriotes a insti-
tué à Paris, depuis sa transformation en ligue
des mécontents, une espèce de banque de dépôts.
On y reçoit l'or et l'argent de tout le monde : et
la compagnie s'engage à rembourser au centuple
au jour de la liquidation générale. L'élu du
27 janvier, qui en est le directeur honoraire, a
reçu de très importantes sommes de la part des
familles princières et de tous les riches ennemis
de la République. Il est leur obligé. Il lui faut de
l'argent pour fonder une République ouverte à
tous, comme une maison publique. Ma comparaison ne cloche point. Faire reposer une République
sur des royalistes, c'est la prostituer. Lorsque le
Général sera directeur de ce lupanar, il récom-
pensera largement ses innombrables obligataires.
Les membres du comité qui ne peuvent contribuer
par le numéraire apportent dans l'entreprise le

secours de leur éloquence ou de leur propagande.
Tel sera ministre de l'intérieur, tel autre des tra-
vaux publics, celui-ci de la justice, celui-là de
l'instruction publique. Si nous descendons l'échelle
du parti national, les uns nous apparaissent aspirant aux fonctions de magistrats, les autres à une
perception ou à un bureau de tabac. Les confédé-
rés chantent déjà victoire : il est juste que le futur
vainqueur partage par anticipation les lambeaux
de la propriété du vaincu. Voilà quels seront les
dividendes de cette société de commerce qui vend
de la fumée, exploite la crédulité publique et fa-
brique de la poudre pour la jeter aux yeux du
peuple. Mais les associés doivent se tenir sur leurs
gardes et ne point perdre de vue le bilan du Général. En fait, il y a encore des sociétés léonines.
Le grand syndic, qui combat les abus, pourrait
bien commettre un abus de confiance au préjudice
de ses fournisseurs aristocratiques. Il a pu mettre
la frontière entre la loi pénale et lui ; ne pouvant
traiter de même la loi civile, son sabre trancherait
le mieux les différends entre lui et ses obligataires.
Quand on promet tout, c'est qu'on pense ne devoir
rien accorder.

Nous avons dit plus haut que M. de Berneuil
était un des meilleurs clients de la haute Banque
électorale. Mais non content de se faire remarquer par ses libéralités, il se distinguait encore

par son zèle et se livrait à une propagande active
dans la ville et la campagne.

Pour prendre un exemple entre mille, un soir
de la fin de mars dernier, le marquis, étant en
cours de chasse dans les marais de Sorgues,
équipé de ses longues bottes en cuir imperméable,
entra, sous prétexte de soif, dans une ferme solitaire, appelée la Cortasse. Là se dressaient, au
milieu, une table qui semblait à peine tenir debout, et, tout autour, éparses, quelques chaises
grossières. Dans le fond apparaissait un vieux
coffre en mauvais état. Mais l'appartement était
d'une propreté surprenante. Dans l'âtre noir
brûlaient, paresseuses, quelques bûches. Près du
feu, une bonne vieille rapiéçait des pantalons dont
la lessive avait presque effacé la couleur bleue.
A côté d'elle, un vieillard de soixante-dix ans à
peu près, le dos voûté, fumait tranquillement sa
pipe en terre cuite. Debout, un jeune homme
robuste réprimandait deux marmots qui pleurni-
chaient.

Nos campagnards répondirent en patois au salut de M. de Berneuil qu'ils ne connaissaient
point, et fixèrent sur lui de gros yeux étonnés. Les
enfants, le toisant de pied en cap, admiraient,
ébahis, ses grandes bottes. L'aspect du nouveau venu fit cesser leurs pleurs. L'homme, qui
entrait dans l'âge mûr, présenta une chaise au

chasseur. L'Avignonais s'assit. Un moment de silence.

— Je rôde depuis ce matin, dit tout à coup le marquis, et j'éprouvais le besoin de me reposer quelques minutes et de boire un verre d'eau.

Il s'arrêta essoufflé.

— Il n'y a pas de gibier cette année. Il était écrit que je retournerais presque bredouille. Je n'ai vu qu'une poule d'eau dans les joncs du marais voisin, et j'ai été assez heureux pour la tuer.

On lui versa un verre de vin.

La femme et le vieux, qui devait être son mari, ne comprenaient pas la langue française, et cependant redoublaient d'attention aux paroles et aux gestes du marquis. Le jeune homme, bien que peu instruit, parvenait à saisir le langage de son hôte inconnu. M. de Berneuil, après avoir dégusté le vin qu'on lui avait servi, se mit à parler provençal et fit à ces paysans les questions les plus variées sur l'agriculture et le rendement de leurs terres. Il voulait en venir à jeter la pierre au régime républicain. Aussi ne tardait-il pas à leur représenter, sous les couleurs les plus vives et les plus fausses, notre gouvernement comme ruineux pour les intérêts des populations rurales et à traîner aux gémonies, comme de vils criminels, les membres du ministère Tirard. Mais tous les sophismes du marquis ne produisaient que peu d'effet sur ces habitants de la campagne, qui vivent, grâce à leurs occupations paisibles, sans jamais goûter des amertumes de la politique.

— Vous me faites suer, monsieur, lui répondit hardiment la vieille dans un patois que nous traduisons littéralement.

Puis, elle le regarda fixement par-dessus ses grosses lunettes.

— Vos paroles m'étonnent, reprit-elle en cessant de coudre. Je ne vois pas, moi, que la misère soit si grande que vous voulez bien le dire. Jamais, au contraire, depuis mon enfance, luxe pareil à celui d'aujourd'hui n'avait frappé mes regards. On se nourrit mieux qu'il y a vingt ans, on est logé plus commodément, on ne s'était jamais vêtu avec autant de recherche et d'élégance. Promenez-vous le dimanche, après la dernière messe, à la porte de l'église de Sorgues : et vous changerez d'opinion. Notre voisine, la Babet du Boby, me tenait pareil langage l'autre jour. Ah! belle sainte Vierge, comme je l'ai mouchée! Farceuse, tu barbotes, lui ai-je dit. Si tu étais si pauvre, ta fille ne porterait pas pendant les jours de semaine ce faux cul de quatre pans, qui l'empêche de s'asseoir, et, par-dessus, cette robe d'une étoffe chère, à mille plissés et à six douzaines de volants, ces souliers vernis,

et ce chapeau monté, semblable à un tricorne de
gendarme. Tu es dans la misère, dis-tu. Et ta
fille, par sa parure, est une des plus huppées du
village. Babet du Boby dut baisser la tête. Elle ne
put me répondre. Allons ! quand le diable y serait,
on ne porte pas de si éblouissantes toilettes lorsqu'on est dans la misère.

— C'est ce qui vous trompe, ma bonne femme,
interrompit le marquis. Les parents de ces jeunes
élégantes tirent souvent le diable par la queue.

— Vous n'êtes pas dans la raison, monsieur.
Je connais pas mal de familles qui sont aisées,
quelques-unes qui vivotent, comme la nôtre, très
peu de malheureuses. Les malheureuses sont telles
ou par leur origine ou par leur paresse ou par des
accidents. Je n'en connais aucune que le gouvernement ait rendues misérables. Il y a peut-être
la vôtre, si j'ai bien interprété vos paroles envenimées.

On ne pouvait répondre à la fois avec plus de
simplicité et de logique. Le marquis reçut cette
verte semonce comme un soufflet. Il se mordit les
lèvres. Les cultivateurs, race indépendante et fière
dans sa modestie, ne se gênent pas et n'ont pas
à se gêner. M. de Berneuil resta interdit, muet.
Il était loin de s'attendre à trouver un contradicteur si sérieux dans cette paysanne rabougrie ; et,
voyant qu'il avait fait tout d'abord fausse route,

il prit une autre·tactique et se rabattit sur un ordre d'idées différent.

— Mais, répliqua-t-il, vous ne lisez pas les feuilles publiques : vous n'êtes pas au courant de ce qui se passe. La République française est vue de très mauvais œil par les autres nations. Une guerre pourrait éclater ; et nous n'avons personne à la tête du pouvoir qui soit à même de conjurer le danger. Il faudrait substituer à notre président actuel le célèbre Général dont vous avez sans doute entendu parler.

— Ah! fit le vieux, le mettre à la place de M. Grévy?

— Non, à la place de Sadi Carnot, repartit le marquis, frappé de l'ignorance de ces gens de campagne.

— Ah! c'est un Sadic-Arnaud, le président ? s'exclama le jeune homme. Pourquoi vouloir le changer? Ce doit être un brave homme, puisqu'on ne dit pas du mal de lui. Et il faut avouer qu'on en dit beaucoup du Général.

— Oui, répondit le marquis un peu embarrassé. Mais ce sont des calomnies.

Puis il commença à leur faire l'apologie de l'élu de la Seine.

— Vous voterez donc pour les amis du Général, ajouta-t-il en terminant, et vous voterez pour vos intérêts.

— Oui, interrompit le jeune homme, je crois personnellement que voter pour le Génélal est ce que nous avons de mieux à faire. Je ne lis pas les journaux, mais je vais quelquefois dans les cafés de Sorgues, et j'entends parler favorablement du Général. Nous profiterons de vos conseils.

Fatale ignorance qui perd un grand nombre d'électeurs ! Et on crie contre le gouvernement de la République parce qu'il favorise l'instruction primaire. Pourtant, on se croirait encore en plein xviiie siècle.

Mais on comprend que les exploiteurs réactionnaires aient intérêt à défendre la cause de l'ignorance. Un éclair de joie illumina la face de M. de Berneuil. Le marquis fut enchanté de la naïveté de ces pauvres gens, qui n'ont d'autre horizon que les collines environnantes et que leur ignorance rend heureux. Cette ferme formait pour lui un tableau charmant de la simplicité champêtre. Il enviait le sort de ces automates qui se meuvent en dehors des luttes de la société et, par suite, coulent des jours de bonheur. M. de Berneuil faisait bien tous ces rêves idylliques : seulement, si on lui eût proposé de partager un tel bonheur, c'est sans délai que son esprit remuant se fût récrié, c'est à l'instant que le bouillant royaliste eût répondu : J'aime mieux vivre au milieu des agitations de la société malgré ses déboires que sans souci dans le calme de la solitude.

— Toutefois, ricana la vieille, qui était sans contredit la plus intelligente et la plus expérimentée de la maison, je ne crois point que ce Boulanger fournisse du pain à tous ces malheureux qui en manquent et dont vous parliez tantôt.

En se retirant, le marquis mit une pièce de cinq francs dans la main de la vieille, et, sortant de sa gibecière la poule d'eau qu'il avait tuée dans le marais contigu à la ferme, il la déposa d'un air satisfait sur la petite table. Puis il disparut en saluant et tout ravi de son succès.

Lorsqu'il fut sorti, la vieille Nanette se prit à contempler la pièce blanche avec ses gros yeux cupides, et dit tout haut :

— Il faudra voter pour le monsieur de l'écu de cinq francs. Son gouvernement ne te sourit-il pas, mon bon Toinet ?

— Oui, fit le vieux Toinet en regardant la pièce, son gouvernement aura de l'éclat.

Puis, palpant la poule d'eau :

— Et peut-être, ajouta-t-il, sous le Général les poulettes tomberont du ciel. Quel bonheur, chère Nanon, si nous pouvions chaque dimanche mettre la poule au pot !

Rien de plus éloquent que le langage du numéraire. Bizarre association d'idées chez le peuple !

Certaines opinions politiques lui apparaissent brillantes sous l'éclat d'un métal.

Pendant que le marquis de Berneuil battait la
campagne (je demande au lecteur pardon du jeu
de mot) pour préparer les élections revisionnistes
dans Vaucluse, de son côté, Georges Marly employait dans la région toutes les ressources de son
talent et toutes les manœuvres que lui inspirait
son intelligence à dénigrer le Général et à lui enlever des partisans. Sous l'influence de son esprit
satirique et de sa parole railleuse, le député
fuyard ne conservait plus guère à Védènes que les
voix des conservateurs. Cette secte, qui prônait
jadis le comte de Paris, n'attendait plus maintenant le salut que du Général. Les démocrates, au
contraire, ne voyaient plus désormais dans l'élu
de Paris qu'un ambitieux qui se couvrait du
masque républicain pour arriver plus aisément à
son but. Radicaux et opportunistes de Védènes
s'étaient donné la main : Georges avait servi de
trait d'union, d'intermédiaire dans ce pacte de
réconciliation. Le jeune avocat, malgré la vérité
du proverbe que nul n'est prophète en son pays,
était l'oracle de son village. D'un caractère aimable et sans fierté, il était estimé, admiré de tous
ses compatriotes. Et, en retour, plein de zèle et
de dévouement pour eux, faisant du bien et rendant des services même à ceux qui le calom-

niaient. Enfant du pays, il entraînait les uns par la force de son amitié, les autres par le charme de sa compagnie, ceux-ci par la douceur de sa nature, ceux-là par le prestige de son intelligence. Il n'eut pas de peine à dissiper du cerveau des républicains toutes les illusions que la popularité du Général y entretenait.

A cette époque, un événement à sensation faisait gémir la presse de la contrée. La jeune Émilie Chabaud, âgée de neuf ans, avait disparu subitement de Védènes. Recherches vaines. On conjectura qu'elle avait dû être victime d'un enlèvement opéré par une de ces bandes de bohémiens qui viennent continuellement chercher un refuge, aux approches du printemps, sur la place de l'Église. Le jeune Marly, habitué à tirer la morale de toute aventure, tout en déplorant ce malheur comme de raison, le transportait dans le domaine de la politique et en extrayait une comparaison qui ne manquait ni d'esprit ni de justesse. « Au moyen âge, disait Georges entouré d'un groupe de Védéniens, ces enlèvements étaient fréquents, à cause des imperfections policières. Les bohémiens avaient la réputation de ravisseurs d'enfants. Que de fois, au milieu d'un champ de foire, les parents se virent séparés sans savoir comment de ce qu'ils avaient de plus cher! Les bohémiens, cette tourbe errante, n'étaient point, à cette époque, affublés

d'habits grossiers, comme de nos jours. Un indi-
vidu bien mis, d'une tenue irréprochable et loin
d'être suspecte, voit un enfant qui s'écarte de sa
famille : il se glisse habilement de ce côté, s'approche de l'enfant qui s'extasie devant les manne-
quins ou les gâteaux, et lui achète un joujou
ou un bonbon. Le petit gourmand, inexpérimenté
et insouciant, s'attachera aux pas de l'inconnu. Le
voilà perdu pour ses parents. Une heure après, il
demandera sa mère. On lui répondra en lui donnant une friandise. Le lendemain, il s'éveillera
loin de sa famille, et adieu la liberté ! »

— Pauvre enfant ! soupira le gros Thisté, dit le
pétardier, un chaud partisan du Général.

— Ah ! vous le plaignez, cher Thisté, reprit le
jeune avocat. Et cependant que répondriez-vous,
si je vous disais que cet enfant, c'est vous?

Tous les auditeurs, ébahis, de regarder tour à
tour Georges et Thisté. Le pétardier était haletant
d'émotion.

— Oui, continua le jeune Marly, cet enfant,
c'est vous ! cet enfant, c'est tout homme qui se
laisse prendre aux amorces trompeuses du Général, qui se laisse allécher par des promesses ou
éblouir par un képi, un sabre et des bottes luisantes.
Vous êtes quelques-uns à Védènes qui
suivez, malgré vos convictions républicaines, ce
politicien que vous ne connaissez que par le jour-

nal ou par ses amis, ces autres bohèmes, diseurs
de bonne aventure. Aujourd'hui, vous ne vous
apercevez pas que vous faites fausse route. Mais
demain, si le peuple en majorité portait au pouvoir le député de la Seine, vous commenceriez à
comprendre qu'il en voulait à votre liberté. Et il
serait trop tard!

Cette boutade fit un effet extraordinaire sur ces
villageois. Tous éclatèrent de rire, et des marques
d'approbation accueillirent la fin de l'allocution
du fils de M. Marly.

Animés du même sentiment, l'amour des institutions démocratiques, les deux partis républicains de Védènes avaient formé un comité commun en vue d'une action commune pendant la
période électorale. Georges leur avait démontré
qu'en présence des dangers qu'encourt la République il était de toute nécessité de s'unir et de se
solidariser, si l'on voulait que la résistance au
courant qui entraîne une partie du peuple vers
l'inconnu fût efficace. Et la fusion s'était opérée
dans le creuset d'une crainte légitime.

Parmi les membres les plus en vue de ce cercle
villageois se distinguait par son originalité autant
que par son intelligence le citoyen Clopinard, plus
connu à Védènes sous le nom de Jambe-de-Bois.
Ami très intime du vieux Marly, il avait connu
Georges dès sa plus tendre enfance et professait

maintenant pour le jeune homme la plus grande
estime. Clopinard, qui entrait dans la cinquan-
taine, était un bon vivant dont les malheurs n'a-
vaient point terni la gaieté, un peu charlatan dans
ses gestes et dans ses paroles, mais pétillant d'esprit, d'un excellent cœur, et doué de grandes
qualités d'appréciation et d'une instruction surprenante dans un homme des champs qui n'a
reçu aucune éducation élevée.

Ce facétieux cul-de-jatte se faisait remarquer
dans Védènes par ses saillies et ses invectives
contre le chef du parti national. Sa haine s'explique facilement. Elle datait de 1871. Clopinard
était une victime des massacres de Paris. Il avait
reçu des blessures très graves à la jambe droite
lors de la fusillade sur les insurgés commandée
par le colonel Boulanger. Peu s'en fallut que ses
blessures ne fussent mortelles. Par suite du défaut
de soins, la plaie s'envenima et la gangrène s'y
mit. Le malheureux démocrate dut faire le sacrifice de sa jambe. Une amputation fut opérée, et
la glorieuse jambe fut remplacée par une jambe de
bois. De là son surnom. Depuis cette époque,
Clopinard devint l'ennemi irréconciliable de tous
ceux qui avaient participé à la boucherie, et, dans
ces dernières années, quand il vit qu'on élevait
jusqu'aux nues le massacreur du peuple, il ne
put contenir son ressentiment et son indignation,

qui éclatèrent par mille imprécations virulentes.

Un Védénien, partisan de l'élu de la Seine, lui disait un jour :

— La République du Général est une République ouverte à tous. Tous les gens de bonne volonté doivent se faire un devoir de marcher sous ses ordres à l'assaut de la République actuelle.

— Marcher sous ses ordres? Mais je ne le puis avec ma jambe de bois, riposta en éclatant de rire ce rustique Daumesnil, qui plaisantait même dans sa colère.

— Non! se hâtait-il d'ajouter d'une voix tonnante et frémissant de rage, je me trompe : cette jambe pourrait encore marcher, mais contre lui ou ses compères!

Et son visage s'éclairait d'un sourire sinistre.

Clopinard exerçait autrefois le métier de tisserand. La tisseranderie est assez en honneur à Védènes, bien qu'elle y soit rarement un état lucratif. C'est en vain que le patient travailleur tisserait avec sa toile des rêves d'or. Notre plaisant Védénien disait que le bruit même de la machine lui criait tristement :

— Riche riche!... tard tard!... riche riche!... tard tard!...

Voyant peut-être que son nom de Clopinard avait une certaine harmonie avec riche riche!... tard tard!... il ne tarda pas à laisser dormir le

métier de Jacquard. Pourtant, sa femme Madelon
continua à faire mouvoir le rouet. Bien que le
rouet ne soit pas non plus une roue de fortune,
elle y trouvait une distraction et un moyen de
chasser le sommeil durant les longues veillées
d'hiver.

Clopinard possédait quelques arpents de terre
dans les environs; mais le revenu de ces par-
celles de terrain n'eût pas suffi à pourvoir à
la subsistance des époux, si le gouvernement
républicain ne les eût gratifiés d'une pension
annuelle de 80⁰ francs, à raison des infortunes
du mari. Depuis lors, le joyeux Clopinard eut
des loisirs et vécut dans un bien-être relatif.
Mais, loin de se laisser aller à la paresse, la
Jambe-de-Bois passait son temps à un genre de
travail assez en rapport avec ses goûts. Poète et
musicien à ses heures, il composait des romances
sur les jeunes Védéniennes amoureuses et avait
chansonné maintes fois le Général. Il chantait
lui-même, s'accompagnant d'un accordéon, ses
couplets satiriques et risibles dans tous les cafés
d'alentour.

Une de ses chansons sur le Général, étincelante
de bonne humeur et de verve, eut un véritable
succès dans la région au mois d'avril dernier.
A l'heure actuelle, les jeunes filles s'en sont em-
parées, et le touriste que le hasard conduirait à

Védènes ne pourrait traverser le village, vers les six heures du soir, sans entendre des voix sémillantes et rieuses qui lancent à travers l'espace les couplets de cette chanson de Clopinard, puis des applaudissements frénétiques, de longs éclats de rire, de bruyantes exclamations.

Un intime ami de Clopinard, appelé Jet de la Nore, autre enfant de la gaieté, nouveau troubadour, joignant à la réputation d'un poète celle d'un chanteur comique de premier ordre, collabora à la composition de la chansonnette sur Boulanger. C'est même Jet de la Nore qui l'adapta à l'air de *Marlborough*.

Que le lecteur nous permette d'en extraire quelques couplets et de les reproduire dans toute leur saveur :

> Ce conquérant de femmes,
> Mironton, ton, ton, mirontaine,
> Ce conquérant de femmes,
> De l'Amour candidat (*ter*),
>
> Craint, non l'arrêt des dames,
> Mironton, ton, ton, mirontaine,
> Craint, non l'arrêt des dames,
> Mais l'arrêt du Sénat (*ter*).

Je demande pardon à mes lecteurs de reproduire un jeu de mots qui pourrait offenser leurs

oreilles pudiques. Nos villageois ne sont pas aca-
démiciens.

Deux autres couplets n'eurent pas moins de
retentissement :

> Il voulait nous séduire,
> Mironton, ton, ton, mirontaine,
> Il voulait nous séduire,
> Mais lâchement nous fuit (*ter*).
>
> Boulanger veut nous cuire,
> Mironton, ton, ton, mirontaine,
> Boulanger veut nous cuire,
> C'est lui qui sera cuit (*ter*) !

Cette finale, qui traduit une expression particulière à la langue provençale parlée dans le Comtat, signifie que le dupeur deviendra la dupe.

Le lecteur me permettra de lui faire grâce du
reste. Le comique ne peut faire oublier les règles
de la décence.

Mais la musique n'est pas le seul passe-temps
de Clopinard. Un art pour lequel il a montré dès
l'enfance des aptitudes exceptionnelles, c'est la
peinture. L'intérieur de sa maison est tapissé de
grossiers croquis tracés au fusain. Au-dessus de
la cheminée de la cuisine, on voit, animés d'un
coloris brillant, des tableaux champêtres qui ne
manquent pas de naturel. Un matin d'avril, Clopinard, étant à sa fenêtre, aperçoit Georges Marly

qui longe la rue. Il lui fait signe de vouloir bien
entrer un instant chez lui. Georges consent. Il est
bientôt là.

— Bonjour, père Clopinard !

— Bonjour, monsieur le chicaneur !

Il appelait ainsi Georges à cause de sa profession d'avocat.

— Georget, continua-t-il, je désire te montrer
un tableau auquel je viens de mettre la dernière
main.

— Je le verrai avec le plus grand plaisir, père
Clopinard.

Le jeune homme, qui sait que la Jambe-de-Bois
ne manque pas d'idées originales, se sent poussé
à voir le tableau autant par l'envie qu'il éprouve
de satisfaire sa curiosité que par son désir de satisfaire celui du villageois.

Clopinard entre dans une alcôve attenante à son
atelier et en sort avec un tableau dans les mains.
L'avocat y jette un coup d'œil et le trouve admirable d'originalité et de coloris. Une œuvre pareille l'étonne. Il a peine à en croire ses yeux. Un
villageois peut-il avoir tant de talent? Pourtant,
pas de doute, c'est bien Clopinard qui en est
l'auteur, tout le dénote. Le sujet lui-même en est
une preuve irrécusable. Cette peinture a été faite,
non pas sous l'inspiration de la Muse, mais sous
l'instigation d'une furie, la Haine.

Au milieu du tableau se tient debout, majestueux, sous le costume de général, un personnage d'une stature et d'une physionomie assez imposantes. Il relève la tête avec une fierté royale. Un arc et un carquois pendent à son côté gauche. Le beau sire, monté sur une espèce d'estrade, tend galamment ses mains, grandes ouvertes, vers d'autres acteurs de la scène, semblable à un Christ qui laisse déverser sur les pécheurs ses mains pleines de grâces.

— Georget, reconnais-tu ce personnage qui préside? interroge le peintre en souriant.

— Certes, répond Marly, qui ne reconnaîtrait le chef du parti national? C'est bien lui, c'est frappant. C'est fait d'après nature. Mais que représentent au juste ces personnages qui se trouvent de chaque côté, regardant, comme ébahis, le Général?

— A droite, j'ai voulu figurer les gros bonnets boulangistes qui viennent offrir au Général l'hommage de leur attachement. A gauche, ce sont leurs dames qui viennent, souriantes, lui présenter l'hommage de leur amour.

Des lèvres du jeune homme jaillit soudain un bruyant éclat de rire.

— Mais que signifie cette corne suspendue dans l'espace, à la cime de la toile?

— Eh! c'est la corne d'abondance, le symbole du futur gouvernement.

L'avocat se tord. Le vieux Clopinard rit, lui aussi, enchanté du succès de ses pinceaux.

Le fronton du tableau est décoré de ces deux mots, écrits en lettres de feu : *l'Amour en général*. Général, probablement parce que le député de la Seine fait la cour à toutes les grandes dames de Paris.

— Mais, demande Georges, que signifient cet arc et ce carquois qui pendent à la ceinture du Général ?

— Tout ce que le visiteur voudra leur faire signifier. Pour l'homme politique, ces flèches seront les traits de la satire et de la calomnie, armes habituelles du parti national. Pour le monde galant, cet arc sera celui de Cupidon, dont se sert le Général pour percer et s'ouvrir le cœur tendre des comtesses.

Sous le portrait des hommes, l'artiste avait tracé, en gros caractères, ces mots : *l'Amour de la politique*. Sous celui des femmes : *la Politique de l'amour*.

— Pourquoi cette antithèse ? questionna le jeune Marly.

— Voici : les dames qui se rendent chez le député de Paris pour le complimenter sur sa popularité et sur ses brillants succès obéissent plutôt à un sentiment d'amour pour l'homme qu'à un sentiment d'amour pour ses idées politiques. Si le

mari s'attache à la politique du Général, la femme
s'attache à la personne du Général. Elle a pour
principe d'adopter en aveugle la politique de celui
qu'elle aime. Elle embrasse ses opinions pour
pouvoir l'embrasser lui-même. Sa politique, à elle,
c'est de le faire arriver au pouvoir quand même,
de l'imposer au peuple, par l'argent, par l'envie
en piquant la jalousie féminine, par la propagande secrète, par la flatterie. Le Général est
l'astre qu'elle adore et dont elle espère que l'éclat
rejaillira sur elle. C'est pourquoi elle le patronne,
ne parle que de lui, l'exalte, le montre comme
l'homme nécessaire au pays, parce qu'il est nécessaire à elle. Que lui importent ses idées, pourvu
qu'elle obtienne une de ses paroles aimables, un
de ses sourires gracieux, un de ses regards lascifs! Non, ce n'est point l'idée qu'elle rêve, c'est
l'homme. L'officier lui apparaît comme le futur
arbitre des destinées de la France, et peut-être de
l'Europe. Voilà l'image qui la grise. N'est-ce pas
un honneur d'être la maîtresse d'un tel homme?
Et le plaisir qu'il fait éprouver n'est-il pas double?
La femme admettra donc les yeux fermés tout ce
qui peut rehausser aux yeux du peuple la gloire
ou la réputation de son amant. Car, pour elle,
l'illustration de l'amant est le seul mobile de
l'amour. Elle est heureuse même à le suivre par
l'imagination, alors qu'il domine les foules, que

les acclamations retentissent sur son passage, qu'il est connu même des derniers villageois du dernier hameau de France. La politique de cette femme est la politique de la vanité.

J'ai été soldat, Georget, et j'ai pu m'assurer que les dames ont un faible pour l'habit militaire. Que sera-ce quand l'officier est entouré de l'auréole brillante de la gloire politique? Le tueur du peuple règne sur des femmes, avant de régner sur la France. C'est un prélude. Combien lui prodiguent et leur argent et leur honneur! Et lui monte sans scrupule sur des couches nuptiales pour mieux atteindre au faîte de la gloire. Les femmes mènent souvent aux honneurs, mais en faisant passer par le déshonneur.

— Vos réflexions sont très justes, père Clopinard. Vous parlez comme un philosophe, après avoir peint en véritable artiste. Vous avez fait revivre sur la toile un souvenir de l'ancien régime. Vous n'ignorez pas que les paladins ne combattaient jamais plus vaillamment que sous les yeux de leurs belles. Aussi Boulanger, dans sa campagne électorale, a soin de se faire toujours accompagner d'elles. Quand on a pour soi les applaudissements des dames, le courage devient de l'héroïsme. Et c'est pour obtenir ces félicitations, ces triomphes et ces délices enchanteresses auprès du beau sexe, que l'ex-commandant de

Clermont ne se contenta plus du renom de brave militaire et voulut passer pour un galant politique. La séductrice Armide ne fit-elle pas sortir le beau Renaud de l'armée des croisés ?

Dans un coin obscur du tableau, on remarque une femme qui pleure à chaudes larmes. La plus navrante tristesse se reflète sur son front. On la prendrait pour une veuve désolée, inconsolable, dont tout le bonheur est descendu dans la tombe avec son époux.

— Cette femme qui se lamente, fait le peintre, c'est la veuve d'un homme vivant, c'est Mme Boulanger. Elle déplore l'oubli et l'infidélité de son mari. Elle est debout, à l'ombre d'un saule pleureur, et au-dessous d'elle ces mots sont écrits : *Il ne vit plus pour moi !* Cette pauvre affligée est encore une des victimes de la politique. La réputation politique de son mari lui eût souri, si elle n'eût été encouragée par une autre femme qu'elle-même. Et c'est ce qui la tue. Voyez si elle en souffre, si elle en gémit. Une épouse fidèle ne veut pas que son mari prenne d'autre Égérie qu'elle-même. Mais lui, plus jaloux d'étancher sa soif de célébrité que de suivre les conseils de sa femme, préférant aux réalités du foyer domestique le vague des illusions de la gloire ou seulement de la gloriole, a rompu aveuglément avec ce que l'homme doit avoir de plus cher au monde.

— C'est dommage, père Clopinard, que votre tableau ne soit pas exposé à l'admiration du public.

— Il le sera : je compte l'envoyer à l'Exposition du Centenaire. J'effacerai pourtant le symbole de l'abondance. La vérité n'est pas toujours bonne à dire ni à représenter.

— Gardez-vous-en bien ! C'est la vérité qui fait le vrai chef-d'œuvre. Aujourd'hui, père Clopinard, vous m'avez divinement surpris. Votre talent m'étonne. Sans vous faire injure, je ne le croyais pas à une pareille hauteur. Ah ! que n'avez-vous passé votre jeunesse à l'École des beaux-arts ! A cette heure, vous seriez un peintre en renom peut-être dans l'Europe entière.

— Hélas ! que ne suis-je venu au monde sous un gouvernement comme celui que nous avons aujourd'hui ! Et j'aurais reçu une éducation conforme à mes aptitudes. J'avais pour moi la nature : il ne me manquait que l'art. Oui, je le sens, j'aurais pu faire un peintre. Mais, dans mon enfance, personne ne s'est occupé de moi. Pauvre grain, je suis demeuré stérile, pour n'avoir pas été confié au sillon d'une terre propice. Vous le savez, à cette époque, le peuple n'était rien, et les faveurs étaient pour le noble ou le riche, jamais pour le plus digne.

La Jambe-de-Bois prononça ces derniers mots

avec un sourire amer et les larmes dans les yeux. Quelques minutes après, le jeune Marly sortait de chez le peintre, absorbé par la réflexion et murmurant tout bas :

— Oui, il y avait quelque chose dans le cerveau de Clopinard !

XVI

Un matin de la fin d'avril, on pressait le bouton de la sonnette à l'hôtel de la rue D... La porte s'ouvrait et donnait accès à Georges Marly, qui venait saluer la famille de Berneuil. Il fut introduit dans le salon. Ce ne fut pas sans étonnement qu'il vit là, dans cette pièce, plongés dans des fauteuils à la Voltaire et faisant un demi-cercle autour d'un feu ardent comme leurs convictions politiques, les membres les plus autorisés et les plus influents du comité national d'Avignon. Chaque jour, à la même heure, les boulangistes avignonais tenaient conseil sur les nouvelles instructions que le comité central de Paris envoyait à M. de Berneuil, président du comité vauclusien. Georges ne put s'empêcher de sourire en apercevant tous ces hommes qui sont unis par un seul lien commun, celui du mécontentement, et diffèrent d'opinion sur tout le reste. Il reconnut là

17

M. le vicomte Raoul de Givale, son rival, plus jaloux du triomphe de son amour que du triomphe du parti national; M. le comte de Saint-Cygne, fervent adepte du prince Victor Bonaparte; M. le marquis de Colomby, ami du prince Jérôme; M. le baron de Loy, partisan acharné de la dictature et d'un sabre; M. l'abbé Poulle, aumônier d'un couvent et réactionnaire intraitable; M. Merle, républicain radical avancé, chaleureux défenseur de la séparation des Églises et de l'État et de toutes les mesures violentes, prétendues démocratiques, tristement célèbre, à l'époque des expulsions des congrégations, par les insultes grossières qu'il lançait à la face des religieux.

Au milieu d'eux présidait, ou plutôt pontifiait avec une majesté seigneuriale M. le marquis de Berneuil, représentant du comte de Paris.

La visite de Georges Marly à une pareille heure fut loin d'être du goût de l'honorable président. On sait, d'ailleurs, que le jeune homme n'était pas en odeur de sainteté auprès de M. de Berneuil, et que ce n'était pas pour voir le père de Marceline qu'il venait si souvent à l'hôtel de la rue D... Néanmoins, le marquis le présenta à ses coreligionnaires politiques comme un ami de sa famille, en disant avec un sourire méchant :

— C'est un des amis de la maison, mais c'est un adversaire politique.

— Ah! firent en même temps les personnages qui se trouvaient dans le salon.

Et ils toisèrent l'inconnu avec un ironique dédain. Le Védénien ne perdait pas un de leurs coups d'œil.

— Oui, continua le marquis, un adversaire du parti boulangiste, un ennemi juré du Général.

— Vous allez briser votre avenir, jeune homme, dit d'un ton précieux le sémillant abbé Poulle, si vous persistez dans cette voie. Entrez donc dans la nouvelle coalition. Les portes en sont grandes ouvertes à tout le monde. Renoncez à vos Wilsons, et vous vous ferez une brillante situation avec la faveur du nouveau gouvernement.

— L'éclat de la position que vous me faites entrevoir, riposta fièrement Georges Marly, ne m'éblouit pas. Peut-on regarder comme brillante une situation qu'on a acquise en foulant aux pieds ses convictions démocratiques? J'aime mieux faire le sacrifice d'une position enviée que le sacrifice de ma liberté. Entrer dans votre parti, c'est, d'après vous, monsieur l'abbé, entrer dans une carrière brillante; pour moi, c'est entrer dans la servitude. Ce n'est point, assurément, dans la morale évangélique que vous avez puisé de pareils principes.

— Mais, objecta M. Merle, le radical, qui vous

parle ici d'autre chose que de liberté et de démocratie?

— O ciel! répliqua Georges, vous osez me demander qui parle ici d'autre chose que de liberté!
Vous êtes donc aveugle, monsieur? Mais ici tout
me parle de servitude et d'esclavage. Le but de
vos confrères, en entrant au parti national; les
noms des messieurs qui sont dans cette enceinte,
leurs titres de comtes et de barons, les instructions des princes leurs amis, tout enfin vous tra-
hit. Tout me dit que vous conspirez contre les
libertés publiques, ne serait-ce que la soutane de
M. l'abbé Poulle.

L'aumônier lança à Georges un regard de travers. Peu s'en fallut que, poussé à bout par cette
sortie du Védénien, il ne fondît sur lui avec l'impétuosité d'un épervier. Pourtant, malgré sa vivacité habituelle et sa colère du moment, il se contint et resta dans les limites de la patience
sacerdotale.

— Que votre amour de la religion ne s'effa-
rouche point, monsieur l'abbé, reprit le jeune
homme après une pause, je suis catholique. Ce
n'est point le prêtre que j'attaque en ce moment,
c'est le politicien. Et le prêtre politicien, je le
blâme, je le méprise, je l'abhorre. Pour moi, c'est
un mauvais prêtre!

Il faut avouer, toutefois, que Georges Marly avait

un grand défaut : celui de s'emporter trop facilement quand il se croyait piqué au vif. Cœur très sensible et noblement fier, un rien l'irritait. La plus légère moquerie, une farce inconvenante le mettaient hors de lui. Alors, il fallait le voir se dresser, impétueux et rebelle, comme un lionceau qu'une mouche aiguillonne.

Les partisans du pouvoir personnel, qui conféraient tout à l'heure avec leur président, restèrent muets, immobiles, devant les paroles hardies du nouveau venu. Il était facile de prévoir qu'il allait s'engager une de ces discussions mordantes et envenimées où l'on se déchire de part et d'autre. M. de Berneuil, voulant couper court à la dispute, essaya de s'interposer entre ses amis et Georges. Mais il ne put contenir son indignation et prononça des paroles aussi violentes qu'irréfléchies. Le médiateur dégénérait en provocateur.

— Quand on se fait l'avocat des Wilsons, monsieur Marly, on n'entre pas dans cette maison, où vous ne trouverez que ses accusateurs. Entendez-vous ?

— Oui, j'entends une calomnie. Quand me suis-je fait le défenseur des Wilsons du Parlement ? s'écria le jeune homme avec emportement. C'est votre esprit d'opposition systématique qui vous inspire de pareilles imputations. Vous êtes habitué à comploter dans l'ombre, et vos yeux

fatigués ne peuvent plus voir la lumière de la vérité. Je n'ai jamais soutenu les criminels de la
Chambre des députés. J'ai pu dire seulement que,
dans le camp républicain, à côté de ces indignes,
se trouvent des hommes vertueux. Si le Parlement
a eu ses Wilsons, il a eu ses Carnots, oui, des
Carnots, qui ont trouvé leur popularité non pas,
comme votre Général, cet autre général des jé-
suites, dans les colonnes d'une presse corrompue
et corruptrice, mais dans leur patriotisme et leur
attachement à la République.

Il se fit alors un scrupuleux silence. Nul n'osa
interrompre le jeune Marly, qui poursuivait le fil
de ses idées avec un sang-froid étonnant et une
logique irréfragable. On est, d'ailleurs, obligé
d'avoir recours au sophisme pour combattre la logique. Aussi préféra-t-on le laisser s'épuiser sur
un sujet où la réfutation était une difficulté, sinon
un péril. On supporta cette défense du régime
actuel; on fit plus, on l'écouta, et, chose éton-
nante, malgré les paroles injurieuses que le jeune
homme venait d'adresser à ses auditeurs, on
l'écouta avec bienveillance. Comme les preux du
moyen âge, dont ils se vantaient d'être les descendants, ces aristocrates admiraient l'habileté et
la bravoure même dans un adversaire. Ah! c'est
que leur jeune contradicteur était de taille à
rompre une lance avec eux.

Le programme du Comité national, continua Marly, porte en tête : République ouverte à tous. Formule aussi ancienne que naïve. La formule est employée par des hommes nouveaux, mais elle n'est pas nouvelle. Que veut notre système démocratique actuel, sinon un gouvernement ouvert à tous? Que manque-t-il pour cela! Votre soumission, messieurs ; que dis-je? votre tolérance. Oui, notre République est ouverte à tous ; mais tous les cœurs ne veulent pas s'ouvrir à la République. L'alliance hétérogène, qui est l'essence du parti national, n'indique-t-elle pas assez si cette harmonie parfaite à laquelle vous aspirez existera au jour du succès? Vous bercez les peuples dans la plus grande et la plus désastreuse des utopies. On croit que vous marchez vers la pacification des Français, et, au contraire, vous allez vers le démembrement complet du pays. Ce ne sera plus une confusion de langues ; ce sera une confusion d'idées,

Rien n'est parfait dans le monde physique, œuvre de Dieu : et vous prétendez apporter la perfection dans le monde politique, œuvre des hommes! De ce que notre République n'est point irréprochable, de ce qu'il y a des gens malhonnêtes au Parlement, faut-il conclure qu'on 'doive détruire et la République et le Parlement? Dieu a-t-il jamais songé à éteindre son soleil parce qu'en éclairant des bons il éclairait des méchants?

En achevant ces mots, Georges décocha un léger et ironique sourire à M. l'abbé Poulle. L'aumônier devint rouge de colère.

— Notre politique, ajouta-t-il, est le perfectionnement, mais ne sera jamais la perfection.

Le jeune homme s'arrêta pour reprendre haleine. Encouragé par le silence qui planait, religieux, dans le salon :

— D'ailleurs, reprit-il, considérez quel est l'homme dont vous vous faites les apôtres...

— Halte-là ! audacieux jeune homme, clama M. de Colomby. Soyez tant qu'il vous plaira le défenseur de nos adversaires politiques, mais je ne vous permettrai pas de suspecter en ma présence la valeur et la bonne foi de notre chef. Pour tout ce que vous pouvez dire en dehors d'ici, le Général est au-dessus de vos attaques : elles ne sauraient l'atteindre.

— Mais il n'est pas au-dessus des lois, et les lois sauront l'atteindre.

— Que reprochez-vous à un homme, s'écria M. de Loy avec rage, qui n'a rien tant à cœur que d'arracher la patrie à l'étreinte d'une tourbe de scélérats qui la ruinent?

— Je lui reproche, répliqua Marly, d'être équivoque; je lui reproche d'être désireux de louanges et non du bonheur de la patrie; je lui reproche enfin de n'être plus républicain.

— Comment ! interrompit le radical Merle, pouvez-vous penser un instant que le Général, dont les principaux lieutenants sont des libéraux avancés ou appartiennent à la vieille démocratie, ait cessé d'être républicain? Réfléchissez-y : ces vétérans de la démocratie, qui combattent à ses côtés, le laisseraient-ils entrer dans la voie du despotisme?

— Qui ne consentirait à la dictature à la condition d'être nommé ministre? Si une partie du peuple ne voit dans le gouvernement du Général qu'un bât plus léger à porter, les chefs du parti national n'y voient que le moyen de s'en affranchir, en se faisant nommer aux premières dignités de l'État.

Vous demandez au Général d'arracher la France d'entre les bras d'une foule de scélérats, selon vos expressions. Votre désir peut être celui d'un patriote, monsieur Merle; mais est-il d'un républicain? Non. Ce recours à un homme, cette protection que vous invoquez, sont contraires aux principes républicains, qui ne permettent pas qu'on fasse appel à un citoyen, mais au suffrage universel du pays, quand il s'agit des intérêts suprêmes du pays.

Quoi qu'en disent les prétendus démocrates qui marchent à sa remorque, ils sont les apôtres d'un homme et non d'une idée. Ce qui le prouve, c'est qu'ils ont patronné l'homme bien avant de songer à l'idée. L'idée a été inventée pour couvrir l'homme. L'homme défend moins l'idée que l'idée ne défend l'homme. L'idée est l'accessoire de l'homme. Dans Gambetta, c'était l'homme qui était l'accessoire de l'idée républicaine. Gambetta meurt : la République ne meurt pas. Que Boulanger meure : et le boulangisme mourra de sa mort; il ne restera plus que l'ancien et traditionnel parti des réactionnaires.

Voyons : si le Général était vraiment républicain, se donnerait-il ces allures de monarque, qui scandalisent les États démocratiques? Dans la ville de C... un membre influent du Comité national était invité récemment à rendre compte de son mandat. Prévoyant une séance houleuse, le député excipait du défaut d'autorisation du grand chef : « Nous ne pouvons rien faire, pas même parler, sans son assentiment et son ordre, » dit-il. C'est donc déjà un souverain, cet heureux mortel, si ceux-là mêmes qui se disent ses familiers ne peuvent ouvrir la bouche sans son ordre? Il faut qu'il soit déjà bien servile, celui qui osait tenir pareil langage devant des républicains! Courbe la tête, fier Sicambre! On peut être plus habile à se tirer d'un mauvais pas; on ne saurait être plus lâche et plus soumis.

En 1785, on renversa le pouvoir personnel. En

1889, on est en train de le remettre sur ses bases. Nous sommes aussi inconscients que nos pères étaient sages.

— Mais, interrompit M. Merle, là n'est pas la question. Nous demandons seulement au Général de se servir de son influence pour jeter à bas tous les exploiteurs de la patrie.

— Je suis au fait, riposta Georges. Le libre jeu du suffrage universel ne suffit-il pas, sans le secours de personne, pour que la France se choisisse d'autres mandataires? N'y a-t-il que le Général qui ait le privilège de mettre en mouvement le mécanisme du suffrage populaire? Il faut avouer que notre pays serait bien malheureux, s'il se voyait forcé de faire appel à un homme pour le régir. Et le peuple français, jadis si jaloux de son indépendance, serait tombé bien bas, s'il se voyait forcé d'abdiquer sa souveraineté entre les mains d'un homme. Les plus fiers républicains du monde en seraient devenus les plus lâches.

Tous vos efforts ne tendent qu'à soumettre le suffrage universel à vos idées, et non à soumettre vos idées au suffrage universel. Si vous faites si volontiers appel au peuple, ce n'est pas parce que vous le reconnaissez comme maître du Général, mais parce que vous pensez que le Général sera maître du peuple.

Je vous le demande, monsieur Merle ; quand

on voit qu'un homme s'arroge des droits de souveraineté, peut-on l'acclamer sans cesser d'être républicain? Pourquoi : Vive Boulanger plutôt que : Vivent les autres membres du parti national? C'est parce qu'on veut l'homme : on n'a que faire de l'idée.

L'élu de la Seine, fût-il mû, dès le principe, par des tendances républicaines, n'eût pas tardé à les fouler aux pieds devant le spectacle honteux de notre faiblesse. La lâcheté d'un peuple engendre le despotisme de son chef.

Ah! si nous nous souvenions que nous sommes les descendants des républicains de 1789, nous repousserions les tentatives de la tyrannie avec autant d'ardeur que nos ancêtres en déployèrent pour la renverser.

Mais le Général ne bâtit que sur le sable mouvant : son édifice tombera au moindre souffle, comme un château de cartes. Un gouvernement républicain fondé sur des bases monarchiques ne peut durer. Lorsque le Général sera maître du champ de bataille et qu'il voudra s'approprier tous les avantages du succès, ses soldats qui ne luttaient pas pour lui, mais pour d'autres, avec lui, l'abandonneront pour aller combattre dans d'autres rangs sous leurs drapeaux respectifs. Le camp boulangiste, c'est le camp d'Agramant : la discorde y sommeille, mais son réveil sera terrible.

— Croyez-vous que nous soyons aussi lâches que les opportunistes et les radicaux et que nous ayons des caractères aussi discordants que les leurs ? vociféra l'irascible M. de Berneuil, écumant de rage. Considérez qui nous sommes, avant d'oser parler de la sorte !

— Ce que vous êtes ! Permettez-moi de vous l'apprendre dans un langage allégorique. La fiction est souvent très puissante pour montrer la vérité.

Le paon étant mort, les oiseaux de la basse-cour furent appelés à élire un souverain. On supputa les chances de succès. Le coq fut le candidat le plus appuyé : son air fier et belliqueux, sa crête se mouvant en guise de panache, son cri perçant et rude, tout dans le majestueux gallinacé semblait concourir à lui donner la palme de la victoire et à le rendre digne de porter le sceptre.

Dans son orgueil, il eut l'ambition de vouloir paraître encore plus beau qu'il n'était en réalité. Il ramassa dans l'enclos toutes les plumes dont la mue des autres oiseaux ses électeurs ou ses concurrents avait jonché le sol. L'or manquait un peu à son plumage : il trouva quelques plumes du feu roi et se les ajusta habilement. Il s'affubla également de la parure des pigeons, des oies, des cygnes et des canards. Il pensait, le rusé compère, que se coller des plumes de tous les oiseaux de la basse-cour, c'était le meilleur moyen de se faire agréer de tous ses électeurs et de les obliger à le prendre pour un autre. Il serait le représentant de tout le monde ; il avait un peu de la couleur de tout le monde : tout le monde voterait pour lui.

Les débuts de sa propagande furent très applaudis. Les canards (pas les muets), voyant que le prétendant avait un peu de leur couleur, soutinrent par leur barbotage éloquent la candidature du mari des poules. Il avait quelques plumes de pigeon : aussi du colombier partirent des roucoulements en sa faveur. Les oies et les cygnes, enchantés que le candidat populaire eût, comme eux, en partie son plumage blanc, votèrent pour lui. Chacun des électeurs crut voir en lui un des siens. Notre coquet ou coquin, à votre choix, satisfait du résultat de sa fourberie, hérissait son plumage avec ostentation. Les poules, ses fidèles compagnes, qu'il eut soin d'enthousiasmer chaleureusement, chantèrent en chœur la candidature de leur amant et contribuèrent largement à son succès : tant il est vrai que les dames sont aussi maîtresses de l'opinion que maîtresses de leur amant, et que leur propagande n'est pas moins puissante que leur beauté pour enlever les suffrages du public!

Et même ici, pour montrer la puissance et la valeur de leur protégé, les poules firent des

œufs aussi abondamment que les accoucheurs de
discours électoraux.

Le jour du scrutin arriva. Le coq fut élu à
l'unanimité. On l'acclama. Ce n'étaient que cris
de joie, que fêtes, que festins. Des concerts
firent résonner la cour. On voltigea, on dansa,
on fit l'amour, on but.

Mais le lendemain, quel déboire! Une fois le
pouvoir reconstitué, chaque électeur crut que les
actes du nouveau monarque seraient empreints
de la couleur qu'il lui avait empruntée. Les
cygnes, faction des blancs, espérèrent qu'il gou-
vernerait en cygne, les canards, en canard, les
oies, en oie. Il n'en fut rien : coquetterie et coqui-
nerie fut la devise du coq. Et l'on ne tarda pas
à s'apercevoir qu'on était dupé. Les cygnes rou-
girent d'être si blancs-becs ; les pigeons pâlirent
d'être si pigeonneaux ; les coqs d'Inde furent
navrés d'être aussi les dindons de la farce. Les
procédés indignes auxquels le coquin avait eu recours pour arriver furent découverts : on le ba-
foua, et le coin-coin des canards et le murmure des
autres oiseaux n'en finissaient plus. Une révolte
éclata ; la presse fut terrible : c'était à qui
lui enfoncerait le plus de coups de bec, pour
lui arracher les plumes volées. On le becqueta
tellement et avec tant de vivacité qu'on lui
arracha même son propre plumage. Il s'enfuit

déplumé, baissant son aigrette, honteux de voir avorter sa manœuvre.

Grâce à la guerre, le coq était redevenu lui-même et avait repris son premier aspect. Il avait su vaincre, mais il n'avait pas su profiter de sa victoire.

Si maintenant de la basse-cour vous voulez bien vous transporter dans la Haute-Cour...

— Assez! assez! crièrent tous d'une voix les membres du Comité national.

— Vous venez de nous insulter, clama au comble de la rage M. de Colomby, vilain garnement que vous êtes! Vos injures ignobles échappent par leur scélératesse à toute répression verbale. Vous avez outragé mes confrères ici présents; vous avez ignominieusement représenté le Général; vous avez voulu me plaisanter moi-même...

— Ah! s'il vous plaît, monsieur, ne passons pas du coq à l'âne, riposta Marly avec un sourire fier et méprisant.

— Imposteur! tonna frémissant M. de Colomby. Je vous demande réparation. Raoul de Givale, le plus jeune d'entre nous, vous attend demain dans l'île de la Barthelasse. Il vous laisse le choix des armes, à raison de votre âge. Nous verrons si vous ne montrerez point dans le combat la lâcheté dont vous faites preuve vis-à-vis des scélérats qui déshonorent la patrie.

La colère était à son paroxysme dans le salon de la rue D... Les ligueurs boulangistes, exaspérés, furieux, bondissaient contre le Védénien. M. de Colomby, serrant convulsivement les poings, suant à grosses gouttes, et la figure effrayante, allait se précipiter sur Georges.

— Arrêtez, mon ami, s'écria l'abbé en s'élançant entre les deux adversaires, qui étaient sur le point de se saisir à bras-le-corps, ne salissez point vos mains en frappant cet homme.

L'ardent réactionnaire fit un effort sur lui-même et se contint.

— Pas de duel, je vous en prie, ajouta l'aumônier. La meilleure vengeance, c'est le mépris!

— Non, non, ripostèrent les autres ligueurs. Monsieur de Givale, vous vengerez l'honneur du Comité national. C'est un devoir!

Le prêtre dut baisser pavillon devant un pareil vœu. Il s'inclina.

Georges avait tressailli : il était loin de prévoir tout à l'heure que sa comique allégorie eût un dénouement si tragique. Son visage s'illumina d'une flamme extraordinaire. Son cœur battit aussi fort que s'il se fût trouvé déjà sous les armes. Ce n'est pas qu'il regrettât personnellement son incartade ; mais il en redoutait les suites funestes. Il est certain qu'il n'avait pas tout d'abord calculé la portée des paroles qu'il allait

18

émettre : c'était la fureur de la discussion et la raillerie des personnages du salon qui l'avaient entraîné si loin hors des limites de la raison. Les allusions mordantes et les tracasseries muettes de ses interlocuteurs l'avaient surexcité à tel point qu'il ne se rendait plus compte de ce que ses paroles avaient de sarcastique et de blessant. Il était parti avec l'impétuosité d'un jeune coursier, dont les bonds sont si violents qu'il ne lui est plus permis de s'arrêter au bord du précipice.

Georges craignait, en outre, les reproches de son père pour son attitude insolente vis-à-vis de personnages haut placés dans la société.

Toutefois, il sortit fièrement, non sans jeter un dernier regard courroucé sur les boulangistes haletants. Mais, en cheminant, il n'était pas sans préoccupation. Sans aucune expérience de l'escrime, il fallait renoncer à se battre à l'épée. Il n'avait jamais, non plus, manié le pistolet : il ne pouvait être de force à lutter contre un chasseur aussi habile que M. de Givale. Je ne sais pour quelle raison le jeune homme préféra le pistolet.

Le surlendemain, un dimanche, on lisait dans un journal d'Avignon : « Vendredi, 26 avril dernier, dans la matinée, tout près de la ferme des Agates, a eu lieu un duel au pistolet entre M. de G... et M. M..., jeunes gens de notre ville, pour cause de diffamation et d'injures. Deux balles ont été échangées sans résultat. »

Ce dimanche même, le Comité républicain d'Avignon offrait un banquet à M. Antoine, le député démissionnaire du Reichstag. Le grand patriote lorrain était accompagné de l'éminent publiciste Édouard Siebecker, et de M. Hubbard, le jeune et déjà illustre député de Seine-et-Oise.

Georges Marly, comme président du cercle démocratique de Védènes, assistait à cette fête patriotique avec une vingtaine de ses compatriotes. L'affluence était considérable dans la ville et aux abords de la gare. Dès l'arrivée de M. Antoine, une véritable explosion de sympathie et d'enthousiasme éclata sur tous les visages. On brûlait de voir le glorieux disgracié de Bismarck. Entouré des membres les plus autorisés du parti républicain de la région, il traversa le cours Pétrarque, un sourire mélancolique sur les lèvres, saluant la foule qui formait deux haies sur son passage. En même temps, des acclamations retentissaient : le peuple saluait, à son tour, le brave qui mérita les colères du chancelier en se faisant le champion de la France et du libéralisme. Qui eût pu se défendre d'un sentiment d'émotion sympathique à la vue de cette physionomie affable, sur laquelle les amertumes ont joué le cruel rôle des ans?

Au banquet, le député de Metz raconta en termes émus les navrants épisodes de sa vie politique en Allemagne et se fit applaudir chaleureusement.

Cette fête, trop courte pour ceux qui y prirent part, cette ovation légitime à l'égard de M. Antoine aura sa place dans nos annales vauclusiennes, à l'honneur de notre département. L'admiration fut unanime. Les ennemis de la République eux-mêmes se turent, respectueux, devant cette image vivante de l'héroïsme patriotique.

Oui, grand patriote, vous n'avez trouvé dans le Comtat-Venaissin que des sympathies pour les souffrances qu'éprouva votre cœur de citoyen français après l'invasion. Nous avons revécu avec vous par la pensée ces longues années pendant lesquelles ce cœur fut abreuvé d'outrages au Reichstag, comme si ce n'était pas assez pour le briser d'être abreuvé de chagrins. Mais votre courage a toujours été à la hauteur des menaces et des épreuves. Pour défendre les intérêts de la France, pour améliorer le sort de la Lorraine, dont le cœur est toujours français si le nom ne l'est plus, vous n'avez pas craint de vous mettre en travers des projets ambitieux d'un chancelier qui veut faire trembler l'Europe. Et c'est lui qui trembla devant vous, lorsque vous fîtes retentir dans l'encointe du Parlement cette mémorable parole : « La France passera partout où elle voudra passer ! »

Pourtant vous ne fûtes pas applaudi. Mais que vous importait de ne recueillir que des insultes, quand vous méritiez des applaudissements ? Vos aspirations étaient plus nobles. D'ailleurs, faire pâlir un tyran vaut mieux qu'être applaudi.

Le barbare croyait tout d'abord pouvoir vous réduire et se servir de vous comme d'un jouet. Les empereurs mêmes ne sont que des instruments dans sa main puissante. Il vous parlait en despote : vous répondiez en républicain. Alors son courroux est devenu de la rage. Il vous a persécuté odieusement ; il vous a infligé des cruautés inouïes. Et votre crime, c'était de ne prendre aucun repos afin d'assurer celui de vos compatriotes ; votre crime, c'était l'amour de la France ; votre crime, c'était d'avoir reproché au chancelier de ne se préoccuper que de sa gloire personnelle et de ne songer nullement au bien de l'humanité. Vous vouliez museler son despotisme : il voulut museler votre voix.

Dès lors, plus de trêve dans les moyens tyranniques. Vous avez gémi sous le faix de sa colère et de la servitude, mais vous n'avez pas faibli. Et votre gémissement généreux fut encore un crime.

La rage du despote, qui croyait vous dompter

par la violence, s'accrut de la rage de l'impuissance. Rien de plus désolant pour un persécuteur que de se heurter contre un homme qui joint à l'âme fière du républicain l'héroïsme d'un Régulus. Double cuirasse qui défie les assauts de la tyrannie.

Il croyait vous avoir condamné à la stérilité. Il ne put vous condamner qu'à la souffrance. Car vous avez bravé sa colère jusque dans les fers. Votre exemple lui a montré que s'il y a de la lâcheté à souffrir pour la gloire d'un roi, il y a de l'héroïsme à souffrir pour la gloire d'un peuple.

Ému des morcellements du parti républicain, non moins funestes quelquefois que les morcellements de territoire, effrayé, en outre, des signes de haine que la Prusse nous prodigue, vous avez quitté le Reichstag pour venir adresser aux démocrates français un généreux appel à la concorde. Pareils à des chiens qui se disputent, affamés, un lambeau de chair, les Français passent leur temps à se mordre, à se mettre en pièces, sans réfléchir que ces déchirements sont souvent cause des déchirements de la patrie. Quand vous avez vu vos anciens compatriotes s'agiter, s'épuiser en querelles stériles, votre cœur, qui n'a jamais cessé de battre pour la France, a battu plus fort; et, dans un élan aussi sublime que spontané, un cri est parti de votre âme : « J'irai mettre fin à ces discordes civiles qui pourraient perdre le peuple français. Je remettrai sous ses yeux les plaies encore béantes de l'Alsace. Nous voilà déjà loin de 1870. Il paraît avoir perdu le souvenir de toutes ces navrantes réalités. Il pourrait tout aussi bien oublier qu'il a toujours au delà du Rhin les mêmes ennemis, rendus plus implacables encore par leur impuissance à conquérir les cœurs après avoir conquis la province. »

Quand vous avez vu une partie du peuple français qui penchait du côté de ces régimes personnels qui sont aussi opposés à la prospérité d'un pays qu'à son indépendance, vous n'avez fait qu'un bond d'Allemagne chez nous pour nous mettre en alerte. Les Français ignorent le prix de la liberté, parce qu'ils la possèdent. Pendant dix-neuf ans, vous avez appris en Allemagne à connaître ce que vaut la liberté; et ce n'est pas sans frémir que vous avez subi les atteintes du pouvoir personnel. Devenu Allemand par la faute d'un régime autoritaire, un régime autoritaire a voulu encore vous enchaîner. Vous vous êtes dégagé de ses chaînes, mais les bras meurtris.

Dans votre longue expérience, vous avez craint que la France ne se laissât séduire par un nouveau tyran sous le nom de roi ou de dictateur. A l'exemple du vainqueur de Marengo, un soldat impétueux voudrait monter, lui aussi, cette cavale noble et fière. Il sait qu'on l'a toujours surprise inopinément en faisant appel à ses goûts belliqueux. Le premier Bonaparte, une fois sur son dos, ne lui permit plus de s'arrêter malgré ses défaillances. Au plus fort des fatigues, le despote piqua ses flancs de ses éperons aigus : En avant ! en avant ! Mais, un jour, elle tomba, abattue sous le feu de la mitraille, et du choc de sa chute le dompteur bondit au sein de l'Océan.

Pourtant, la cavale se releva, bien plus belle dans son abattement, et secouant, malgré ses faiblesses, sa crinière avec une majesté incomparable. Elle se promettait bien qu'aucune main désormais ne la toucherait plus pour l'adoucir et la monter.

Un homme vint sous des dehors hypocrites. L'imprudente le crut jaloux de sa liberté. Soudain, d'un bond hardi, il sauta sur son dos et la pressa d'aller en avant. Il voulut, lui aussi, la mener dans les combats. Mais elle s'abattit dans les plaines d'Alsace et y laissa un morceau de sa chair. Vous l'avez vue terrassée, saignante, moribonde, cher patriote lorrain, et vous en avez versé des larmes.

Cependant, rassemblant ses forces, la pauvre mutilée se releva pleine d'indignation et renversa son cavalier dans la boue de Sedan, comme une vierge forte, son hardi séducteur.

Et, aujourd'hui, un autre soldat d'aventures veut l'approcher. Il la flatte, la caresse, cherche à l'amadouer. Mais la cavale, après plusieurs essais sanglants, a juré de mourir plutôt que de se voir encore dompter par un homme. Elle a juré de tenir loin de ses flancs les mains hypocritement caressantes qui voudraient lui enlever avec la liberté les plus doux charmes de la vie. Aujourd'hui, après avoir jadis maintes fois vaincu le monde européen, elle n'aime plus les cris de guerre; elle n'aime plus à aspirer l'odeur âcre de la poudre, à entendre les soupirs des mourants, les gémissements des blessés. Ses amusements ne sont plus les combats, mais les courses et les tournois pacifiques où se jouent son indépendance et sa belle humeur. Elle aime mieux respirer l'air suave de la paix que l'odeur nauséabonde du sang. Elle ne veut plus souiller son poitrail d'un sang qui déshonore et dont le souvenir puisse porter des remords au milieu de ses joies maternelles. Elle ne menace point ses sœurs étrangères; elle ne les provoque point : car elle sait mieux que toute autre ce que coûte un jour de victoire. Mais si jamais ses jalouses et serviles rivales venaient à lui porter un défi, alors, se dressant sur ses jarrets vigoureux et dispos, elle n'aurait qu'à hennir : et ses rivales trembleraient ! L'ennemi sait ce qu'elle vaut au jour des batailles, quand elle combat dans sa liberté. Aux premiers jours de son indépendance, l'Europe resta livide, pétrifiée, devant sa rage fanatique. Et le sabot de la cavale ne broyait plus que des cadavres.

Que les aspirants à la dictature ne comptent donc plus sur leurs projets. Ils sont venus trop tard dans un monde trop vieux. Les républicains, apaisés, unis, solidaires, mus par une action commune vers un but commun, résisteront avec opiniâtreté au torrent qui se déchaîne, mugissant, contre le régime démocratique. Et la France républicaine vous a reconnu pour chef, cher patriote lorrain, sur le terrain de la conciliation ; dès votre rentrée dans notre pays, elle a tressailli à la pensée que cette voix éloquente et sympathique que vous avez employée jadis à rallier tous les Français sous le drapeau du patriotisme, vous l'emploierez aujourd'hui à rallier tous les républicains sous le drapeau de la démocratie.

Oui : pour cette œuvre délicate, on avait besoin d'un homme dont la voix vibrât d'un souffle pur de toutes passions, d'un homme dont le dévouement aux institutions républicaines égalât son dévouement à la patrie, d'un homme qui se fût acquis un nom, non pas, comme tant d'hommes politiques, par l'intrigue du journalisme ou des séditions, mais par son amour pour la France et

pour la République. Toutes les querelles intestines
s'apaisent, toutes les tempêtes politiques se
calment, quand c'est un patriote qui parle, et
quand il parle du salut de la patrie. Lui seul peut
opérer ce miracle.

Du cœur, Français! Cessons d'être l'étonnement
de l'Europe, en cessant d'être des frères ennemis.
Dépouillons le vieil homme. C'est la fin d'un
monde, du monde des égoïstes. 89 est le commencement d'une ère nouvelle, l'ère de la justice,
de la probité, de la fraternité. Oublions nos querelles personnelles, foulons aux pieds les haines
d'hier, pour ne plus penser qu'au salut et à la
grandeur de la patrie. En 1789, les partis démocratiques se donnèrent la main; en 1889, ils se
donneront leurs cœurs. Oubli et union! telle doit
être notre devise. Alors, nous n'aurons rien à
craindre ni des ennemis de la France, ni des ennemis de la République. Le salut ne vient jamais
d'un homme, mais seulement d'un peuple libre
uni.

Glorieux défenseur de l'Alsace, permettez-moi
de vous saluer encore une fois en terminant.
Honneur à vous! Vous étiez à la peine : il est
juste que vous soyez à l'honneur. Si les souffrances
sont le plus bel hommage de dévouement à la
patrie, elles sont aussi la plus belle auréole de la
gloire.

Vaucluse vous ouvre ses portes aux élections de 1889. Nous serions très honorés de vous compter parmi nos représentants. Notre pays préférerait aux réactionnaires, ces exploiteurs de la patrie, des hommes qui unissent à l'âme indépendante du républicain le cœur dévoué du patriote. Votre succès ne serait pas douteux. Car nos concitoyens savent bien qu'ils ne sauraient remettre leurs destinées entre des mains plus pures et plus habiles.

Venez : le pays vous attend. Vous n'avez qu'à vouloir et qu'à choisir. Vous passerez partout où vous voudrez passer.

Et vous, jeune et étonnant conférencier, salut ! Vous fûtes applaudi, également, dans notre région, pour votre langage aussi brillant qu'énergique. Le souvenir de vos succès oratoires dans cette journée du 28 avril vint souvent par la suite agiter le sommeil de Georges Marly. Notre population vous admira : votre première apparition dans le Comtat, cher Hubbard, a été saluée je dirais comme un météore qu'on voit d'un œil jaloux se diriger vers le climat séquanien, si l'impression que produit un météore était aussi durable que vive. C'est vous dire combien en un jour vous avez conquis de sympathie. Le pays restera républicain : le suffrage du peuple est étroitement enchaîné à son admiration.

XVII

Deux semaines se sont écoulées depuis le duel Givale-Marly, et Georges n'a pas eu le courage de reparaître à l'hôtel de Berneuil. Il lui tardait pourtant de revoir Marceline. Enfin, par une belle matinée de mai, son amour l'emportant sur sa crainte, il se décide à rendre visite à sa bien-aimée. Mais la plus désagréable des surprises lui était réservée. La première personne qu'il rencontre sur le seuil de la porte de l'hôtel, c'est le marquis de Berneuil lui-même qui le reçoit très froidement et le fait entrer au salon. L'entrevue entre les deux hommes sera agitée, si l'on en juge par l'air courroucé du marquis. Le royaliste, muet, sombre, farouche, paraît chercher dans son esprit le commencement de son exorde.

— Ainsi, éclate soudain la voix rude de M. de Berneuil, vous abusez de l'hospitalité que je vous offrais jusqu'ici avec une entière confiance. Un bruit (et ce bruit, tout me le confirme) est venu jusqu'à moi. On m'assure que vous ne venez dans cette maison que pour voir ma fille...

Le marquis s'interrompt.

En entendant ces paroles prononcées avec l'accent d'une colère sourde, le jeune homme éprouve

un terrible frisson par tout le corps. Le père de
Marceline ne prenait pas la peine de recourir aux
subterfuges quand il avait des réprimandes à
faire. Il n'était pas l'homme des précautions oratoires. Il parlait militairement et voulait être obéi
militairement.

— Est-ce vrai? reprend-il, les dents serrées et
la figure pâle.

— Je ne vous répondrai, balbutie Marly troublé jusqu'au fond de l'âme, qu'en présence de
Mᵉ Marceline, à qui, je dois le dire, j'ai voué la
sympathie que j'éprouvais jadis pour son pauvre
frère. Jamais amour plus pur n'embrasa le cœur
d'un jeune homme.

— Je sais ce que sont les amours de jeune
homme, riposte M. de Berneuil avec un sourire
sinistre. Cessez de me parler de la sorte, insolent
que vous êtes !

— Vous pouvez connaître les amours de jeune
homme, réplique Georges en s'animant; mais assurément vous vous trompez sur le caractère du
sentiment qu'éprouve pour votre fille le collègue
du malheureux Roger.

Et Georges verse une larme, non pas de désespoir, mais d'émotion.

— Sachez une fois pour toutes, tonne M. de
Berneuil, peu sensible à la douleur du Védénien,
que toute union entre vous et ma fille est contraire

à mes désirs. Marceline est habituée à se conformer à mes volontés. Mes paroles sont des ordres. Jamais étranger n'a fait la loi dans ma maison, entendez-vous? J'ai, d'ailleurs, fiancé ma fille au vicomte de Givale, que vous connaissez.

Indépendamment des autres raisons que je puis avoir pour vous refuser la main de Marceline et que je vous laisse à deviner, je dois vous rappeler qu'entre nous éclata autrefois une querelle dont mon cœur de père a gardé un souvenir amer. Consentir à une union entre ma fille et vous, ce serait consentir au sacrifice de ce que j'ai de plus cher. Avec toutes les qualités que vous pouvez avoir, vous ne satisfaites à aucune des conditions dont je fais dépendre mon consentement au mariage de Marceline. La sagesse d'un père s'oppose donc à cette alliance, et son autorité la repousse.

— Ce que vous appelez votre sagesse paternelle, monsieur le marquis, n'est qu'un rigorisme déplacé et inconscient : je l'excuse pour ce dernier motif. Vous ne faites aucune différence entre la bonne et la mauvaise intention. Ne dirait-on pas, à vous entendre, que je viens ici pour séduire votre fille et la précipiter dans le mal? Un criminel a-t-il droit à plus de pitié auprès de vous qu'un innocent?

Georges s'était senti piqué au vif par les paroles méchantes de M. de Berneuil. L'amour-

propre de l'avocat n'était pas moins blessé que
son amour. N'était-il donc sur cette terre que
pour subir des humiliations et des épreuves? Il
se releva pourtant plus fier qu'à l'ordinaire, et
avec une audace majestueuse qui n'eût pas déplu
à Marceline, il s'écria d'une voix ferme :

— Si elle ne m'aime point, je m'inclinerai devant sa décision suprême. Ah! mon amour pour
votre fille est trop grand pour que je veuille la
condamner à l'affliction. Je préfère la voir heureuse au bras d'un autre que malheureuse au
mien.

Le jeune homme s'arrêta : M. de Berneuil poussait des exclamations incessantes, comme un
homme qui a hâte d'en finir avec un ennuyeux
interlocuteur.

— Du reste, poursuivit le jeune avocat, je dois
le dire : depuis mon duel avec un membre du
comité boulangiste, je m'attendais à cette violente sortie de votre part. Je sais ce que parler
veut dire : c'est l'interdiction de votre maison que
vous me signifiez pour la seconde fois. Vous en
avez le droit. Je n'y rentrerai plus, puisque ma
présence vous est insupportable. Mais est-ce à
votre devoir de père que vous devez cette détermination rigide? Si j'avais été assez lâche pour
ramper à vos pieds, pour ne jurer que d'après
vous, pour défendre une politique abandonnée de

tous, excepté des intéressés, j'aurais été plus heureux alors, et vous m'auriez permis d'espérer, ou, du moins, vous m'auriez éloigné de votre maison d'une façon moins brutale et moins outrageante. Mais je ne pouvais acheter cette espérance et ce bonheur au prix d'une transaction avec ma conscience.

— Tout cela, répondit M. de Berneuil impatienté, n'est qu'un tissu de phrases pour me faire revenir sur ma décision. Une fois ma détermination prise, je ne permets à personne le droit de la discuter. Comme à vous, il me suffit du témoignage et de l'approbation de ma conscience. Je fais ce que je crois de mon devoir, et vous prie de ne plus revenir ici. Ma fille vous oubliera, et vous oublierez ma fille.

— Vous en parlez à votre aise, monsieur le marquis. Vous pouvez m'arracher l'objet de mon amour : c'est votre droit ; mais vous ne pourrez arracher de mon cœur cet amour même, qui me fait vivre. Si tous vos efforts tendent à faire oublier, ils sont superflus. Jamais père, si despote qu'il soit, ne pourra transformer en haine ou en indifférence l'amour de son enfant. La séparation fortifie les liens de l'amour, et la persécution les rend indissolubles.

— Vous n'êtes qu'un politicien et un menteur ! vociféra le marquis. Quand vous déciderez-vous à prendre le chemin de la porte ?

19

— Vous venez de m'outrager indignement, M. de Berneuil. Si vous n'étiez le père de Mlle Marceline et que je ne vous respecte encore comme tel, je me vengerais en vous rendant injures pour injures, mépris pour mépris. Mais ma vengeance est plus noble : elle se trouvera dans la volonté obstinée de votre fille.

Le jeune avocat se tut et fit un effort pour réprimer un emportement bien naturel après une pareille offense. La puissance de sa tendresse pour Marceline avait triomphé des colères de son amour-propre froissé. Si les âges des deux hommes n'avaient pas été si disproportionnés, et si Georges avait moins aimé la fille de son insulteur, un duel aurait été la suite inévitable d'un pareil affront. Georges était une nature susceptible et fière. La perte de la vie lui paraissait peu de chose après la perte de l'honneur.

Le disgracié sortit précipitamment, la tête haute. Mais, en réalité, il était en proie à une affliction indicible. Le père de celle qu'il adorait lui avait parlé sèchement. Les larmes se pressaient en flots sous la paupière du pauvre Georges. Au moment où il atteignait la porte extérieure, un mot inconvenant, grossier, méchant, vint choquer ses oreilles : du salon du marquis s'échappait l'injure de : « vermine ! » prononcée avec l'accent le plus brutal. L'avocat ne put s'empêcher de frémir ; son cœur battit plus violemment. Un vif incarnat colora ses joues blêmes tout à l'heure. « Vermine! répéta-t-il entre ses dents. Mais cette vermine finira bien par ronger ton orgueil et tes prétentions à ravaler tes égaux ou tes supérieurs. »

Il ouvrit la porte, plus mort que vif, ne se rendant pas compte de ses actes. Une fois sorti, son regard langoureux et morne alla se fixer sur les fenêtres du premier étage de l'hôtel. Il levait les yeux vers le ciel comme pour le prendre à témoin de son désespoir. Marceline, qui était encore loin de deviner l'angoisse mortelle du jeune homme, respirait, joyeuse, à sa fenêtre, l'air pur du matin. Georges l'aperçut et lui sourit tristement. En échange, sa fiancée lui envoya un sourire imprégné d'un rayon de bonheur. Cette attention gracieuse fit oublier un instant à l'infortuné ses cuisantes douleurs. Car le jeune homme souffrait beaucoup moins de son dépit pour les offenses de M. de Berneuil que de la crainte de perdre à jamais Marceline. Une lueur d'espoir éclaira sa face.

— Si elle m'aime, fit-il attendri, qui peut empêcher notre union?

Il s'arrêta : une larme surgit de sa paupière à cette pensée. Puis, il reprit sur un ton de navrante mélancolie :

— Vanité! orgueil! noblesse! royalisme! voilà
votre ouvrage! Votre despotisme, s'il ne peut plus
s'exercer sur la société, s'étend, du moins, sur la
famille! Adieu, mon rêve! Oui, tous mes projets
n'étaient que des illusions...

Il continua sa route en proie à l'angoisse la
plus désolante. Il prenait pour la seconde fois le
chemin de l'exil : se sentant humilié, mais ne se
tenant pas sitôt pour vaincu.

Le marquis de Berneuil, profondément enfoncé
dans son voltaire, faisait mille réflexions sur
cette aventure qu'il trouvait plaisante. Il lui semblait tout naturel que Marceline ferait fi de Georges.
D'après lui, un tel mariage ne pouvait avoir lieu
qu'au mépris de toutes les convenances. C'était
assurément une tentative hardie et même impu-
dente que cette immixtion du Védénien dans son
foyer pour faire la cour à Marceline. Un républicain effronté et pervers comme Marly pouvait seul
être capable d'une pareille audace. Il fallait donc
sévir et prendre le mal dans ses débuts, afin d'y
porter un remède efficace. S'il le laissait empirer,
il n'en serait plus maître, il n'y aurait plus possi-
bilité de l'arrêter dans sa marche. Il ne fallait
point tergiverser avec ce Marly. Et le meilleur
expédient pour se tirer d'affaire n'était-il pas de
mettre Georges à la porte de l'hôtel? Marceline,
en ne le voyant plus assidu comme autrefois, per-

drait peu à peu son souvenir. D'ailleurs, il était douteux que sa fille aimât ce Marly. Elle avait certainement l'âme plus fière, et les aspirations plus nobles et plus élevées. Sa maison ne serait plus désormais infestée par ce politicien qui se faisait l'apologiste de toute cette canaille qui est au pouvoir.

Au moment où toutes ces pensées s'agitaient dans l'esprit de M. de Berneuil, on lui annonça la visite de l'abbé Poulle, dont nous avons eu l'occasion de parler précédemment. Cet abbé, plein d'intelligence et de galanterie, fréquentait depuis longtemps l'hôtel de la rue D..., où il jouait même le rôle de conseiller. Son amour pour la monarchie l'avait de bonne heure fait apprécier du marquis. Le noble ne faisait rien sans consulter le clerc. L'aumônier était son affidé. Ce pasteur des âmes était, comme beaucoup de légitimistes désabusés, devenu jaloux d'une révolution, et soutenait auprès de ceux qu'il approchait la politique du parti national.

L'abbé Poulle fut introduit dans le salon. Le marquis lui souhaita la bienvenue sans quitter son fauteuil. L'aumônier était certainement un des habitués de l'hôtel de Berneuil. Il prit un siège sans se faire prier et se plaça auprès de son ami. Le confident lut sur la physio... troublée de son hôte qu'il venait de se passer dans cette froide pièce quelque grave événement.

— Eh bien, commença le marquis quand l'abbé fut assis, je viens de faire ce que vous m'aviez conseillé. Ce jeune dévoyé est venu ce matin et, sans détour, je lui ai intimé l'ordre de ne plus reparaître chez moi. Je désirais en finir une fois pour toutes avec cet intrus, avec ce polisson de républicain.

— J'ai la ferme conviction, monsieur le marquis, répondit l'aumônier d'un ton sucré, que vous n'aurez pas à vous repentir de la mesure sévère que vous venez de prendre. L'intérêt de votre famille, votre honneur, la réputation de mademoiselle l'exigeaient : votre autorité paternelle ne pouvait prendre une décision plus juste et plus sage. Le jeune Marly, qui se mêle à cette tourbe famélique de démocrates et s'honore d'assister à des banquets où l'on fête Marianne, n'aurait pas tardé à s'insinuer dans le cœur et l'imagination de Marceline ; et, alors, qu'aurait-on dit dans le monde, si le marquis de Berneuil, le descendant de la plus ancienne noblesse du Comtat, avait été obligé par les circonstances d'unir sa fille unique à un homme tel que ce Marly, qui se dit républicain, c'est-à-dire ennemi de la royauté et des plus nobles institutions? Je suis étonné qu'un jeune homme, dont on vante tant l'intelligence et le jugement, n'ait pas aperçu l'immense distance qui le séparait de votre fille. Il est vrai que l'amour est aveugle...

A ces derniers mots, il laissa échapper un froid
sourire. Cet agitateur en soutane eût figuré dignement dans la catégorie des abbés galants et
batailleurs de l'ancien régime. Il maudissait la
Révolution peut-être à cause de la perte des brillants privilèges du clergé. Ce nouvel Aramis mé-
ritait de venir au monde avant 1789. Aujourd'hui,
à mesure que nous avançons dans la voie de la
civilisation, nous ne rencontrons que rarement
des abbés de cette trempe. Pour le bien de la
religion et la tranquillité de l'État, les mœurs du
clergé, très dissolues avant 1789, se sont épurées
dans le creuset de la Révolution. Mais il y a encore
de grands progrès à faire. Si l'ancien clergé pé-
chait par sa galanterie et sa luxure, le nouveau
pèche par son amour de la politique.

L'abbé Poulle était un de ces ministres se couvrant du manteau de la religion pour agir sourdement, soit contre le gouvernement républicain,
soit contre les partisans de ce régime. Doué d'une
clairvoyance peu commune, il avait remarqué le
trouble de Marceline chaque fois qu'elle s'était
trouvée en présence de Georges; et, en monarchiste fervent, il s'était promis de semer les obstacles sur la route du jeune démocrate qu'il
haïssait à ce titre.

Son amour du régime autoritaire allait si loin
que, s'il eût osé, du haut de la chaire évangélique,

il eût prêché l'insurrection comme le plus saint des devoirs. Il en était réduit à se contenter de critiquer à tort et à travers le gouvernement actuel. On ne comprend pas quelle est la divinité qui inspire ces déclamateurs et ces politiciens de la chaire. Assurément ce n'est point le Christ, lui qui vint au monde pour le pacifier et pour inculquer par les préceptes de sa morale républicaine dans le cœur des hommes les sentiments de douceur et de charité. A-t-il dit quelque part que ses ministres doivent former dans l'État un état indépendant, un corps politique insoumis?

Comme tant d'autres prêtres rétifs, au commencement de l'ère républicaine, l'abbé Poulle s'efforça d'opposer des fins de non-recevoir absolues au nouveau gouvernement. Cette opposition déclarée, cette bravade provenait de l'illusion dont se berçaient les mauvais ministres des cultes que la République ne vivrait qu'un jour. Ce n'était pas la religion du Christ que Poulle défendait alors, c'était la religion du trône. Son désenchantement produisit une haine plus forte contre le régime actuel. Ses attaques furent plus sournoises, mais conservèrent leur violence, leur déraison et leur injustice. Passe encore d'attaquer un acte du gouvernement : on comprend qu'un acte puisse être illégal ou porter atteinte à la conscience. Mais lorsque *ex cathedrâ* notre aumô-

nier vomissait des injures contre le gouvernement
républicain, ses déclamations étaient-elles le cri
d'une conscience sacerdotale, ou bien plutôt le
cri d'alarme d'un chef de parti, le cri de guerre
d'un mécontent? Un bon gouvernement républicain sera très heureux de payer les services que
les ministres des cultes rendront à l'Église et, en
même temps, à la nation; mais il ne sera jamais
bien aise de récompenser des abbés comme
Poulle pour leurs services à la cause monarchique et leurs tentatives coupables contre l'ordre
établi. L'intolérance sacerdotale appelle l'intolérance du gouvernement.

Au lieu de remplir fidèlement sa mission sublime, l'ami de M. de Berneuil politiquait : préférant bien mériter du parti royaliste que du ciel
et de la patrie, mettant un but profane à consoler les affligés, à adoucir les douleurs du malade,
berçant les peuples des espérances monarchiques
plutôt que des espérances célestes. Il était loin
d'imiter ces bons prêtres qui se font un devoir de
se conduire comme pères de l'orphelin, soutiens
du pauvre, consolateurs du malheureux, et de prévenir, par les préceptes de la morale, les maux
que les vices sociaux ne cessent d'engendrer.

Autant sont nécessaires les hommes dévoués au
soulagement des misères humaines, autant sont
inutiles à la société et même dangereux pour la

religion les ministres des cultes qui ne rêvent que
le renversement des empires et l'établissement
d'un ordre nouveau. Qu'on fasse passer les sémi-
naristes par la caserne : et, alors, ceux qui ont
reçu d'en haut une vocation guerrière et chevaleresque pourront embrasser un état auquel Dieu
semble les destiner. Obéissant à leur inclination,
dès que le son de la trompette l'aura éveillée au
fond de leur âme, ils poursuivront volontiers une
carrière où l'humeur batailleuse est de mise et
rendront des services à la patrie, au lieu qu'ils
auraient profané la religion, si des caprices personnels ou de famille les avaient précipités dans
son saint ministère. La morale et l'Évangile, ces
bienfaits du ciel, militent en faveur d'une pareille
loi militaire. Une passagère vie de camp serait la
meilleure retraite préparatoire à l'état ecclésias-
tique : et si M. l'abbé Poulle eût passé par la caserne avant d'entrer au séminaire, nous n'en serions peut-être pas à déplorer en ce moment les
fautes d'un homme qui a manqué sa vocation.

— Dimanche, au prône, dans l'église St-L...,
je tonnerai contre la loi militaire, dit l'abbé à
M. de Berneuil. C'est un nouveau grief à exploiter
contre le gouvernement républicain. Il est de
notre devoir de le déconsidérer par tous les moyens
possibles. Pendant que les interpellateurs, nos
amis, font naître des scandales pour le rendre vil

aux yeux du peuple français, il convient que, de notre côté, nous représentions les républicains comme les pires ennemis de la religion.

Et le marquis d'applaudir. L'aumônier oubliait qu'on ne peut être à la fois juge et partie dans une cause.

— En 1789, disait encore l'abbé Poulle au marquis, on brisa les chaînes qui attachaient l'État à l'Église. C'est ce que les républicains sont convenus d'appeler un progrès. Aujourd'hui on veut rompre les chaînes qui attachent l'Église à l'État. Mais nous ne demandons pas mieux, nous qui subissons un joug odieux. Ce serait un moyen expéditif pour débarrasser promptement la France de la République. Vous souvient-il, marquis, de cette boutade d'un général de l'antiquité qui disait que son fils encore au maillot gouvernait le peuple : « Mon fils gouverne sa mère, sa mère me gouverne moi, et moi je gouverne le peuple. Donc mon fils gouverne le peuple. » C'est avec plus de raison que les prêtres peuvent dire : « Nous gouvernons la femme, la femme gouverne le mari, le mari gouverne l'État. Donc nous gouvernons l'État. »

Et l'abbé de pousser un violent éclat de rire. M. de Berneuil se tordait sur son siège. Il trouvait la réminiscence très à propos.

— Séparer l'Église de l'État, reprit l'aumônier, quelle imprudence pour la République ! Elle y a tout à perdre, rien à gagner. Malheur au gouvernement qui mettrait aux abois les ministres des cultes! Nous ferions ouvertement la guerre à nos persécuteurs, et nous finirions bien par avoir raison de nos ennemis. C'est alors que les Églises et les temples seraient, non plus seulement des sanctuaires, mais des conciliabules de factieux, s'animant à une guerre sainte. Avec les mécontentements sans cesse croissants qui ont enfanté le parti boulangiste, le ministère a besoin de bien se garder de troubler le peuple dans sa foi : ce serait le plus sûr moyen de nous faire triompher. Quand un peuple voit sa religion outragée, il se raccroche à un prétendant quelconque qui lui promet la tolérance et le libre exercice des cultes. La popularité du Général est née de cet écœurement. Le trouble dans la foi amène le trouble dans la politique. On peut détruire l'influence directe du prêtre sur le gouvernement; mais on ne pourra jamais briser les liens qui unissent le peuple catholique à ses ministres par la conscience et la foi. On peut tout museler, excepté la foi!

Je dois vous avouer, marquis, que, personnellement, je verrais venir avec satisfaction le jour de notre indépendance sacerdotale. Alors, n'étant plus fonctionnaire du gouvernement, je pourrais monter sur les tréteaux, haranguer la foule, et déblatérer contre le régime républicain. Le gouvernement voudrait réprimer et deviendrait forcément tyrannique. C'est notre désir, car alors il tomberait fatalement.

L'aumônier prononça ces derniers mots avec des gestes, un ton, et des regards enflammés de tribun. Les paroles de l'abbé Poulle, bien qu'inspirées par des sentiments haineux et vils, ne manquent pas d'une certaine justesse prophétique. Le machiavélisme est de tous les temps, et les faits triomphent souvent des raisons. Nous partageons pleinement les théories opportunistes. Le ministère, pour être stable, doit se montrer tolérant. Pour quelques dissidents à punir, il ne faut pas rompre notre bonne intelligence avec le premier souverain du monde, qui est de tous le plus respecté et le plus respectable. Le Pape est le premier à blâmer les prêtres perturbateurs. Il sait que la tolérance n'est pas l'impunité dans le cas de trouble, et qu'un gouvernement républicain a le droit de sévir contre ses contempteurs.

Un bon ministère agira de telle sorte qu'il mettra les prêtres en faute s'ils n'adoptent point le système républicain. Qu'il leur enlève toute excuse de plainte, tout motif de tracasserie, toute raison de dénigrement. Alors, s'ils ne se tiennent point dans les limites de leurs devoirs civiques, on les punira comme ils le méritent. Ils sont fonctionnaires salariés de l'État, et, comme tels, ils doivent à l'État respect et obéissance.

La démocratie doit s'attacher à vaincre le clergé royaliste par la générosité plutôt que par la colère. La colère ne fait naître que la colère. Elle nous perdit en 1793. La générosité désarme ; elle fait plus : elle change souvent en amis des ennemis qui semblaient implacables. La générosité n'est point, d'ailleurs, un acte de faiblesse ni d'humiliation. C'est l'attribut de la bravoure et de la majesté.

Vous seriez mal venu, alors, jeune abbé Poulle, si vous vous montriez rebelle devant un ennemi qui refuse de vous terrasser. Que vous impose-t-on que vous ne puissiez faire légitimement et sans ternir votre conscience ? Vous demande-t-on de prêter à la Constitution un serment qui vous fait esclave et qui froisse la suprématie de la cour de Rome ? Mais non. Vous n'avez donc plus le droit de protester contre le gouvernement : il ne vous reste que le devoir de le reconnaître. Que vos prières ne soient point des supplications auprès de Dieu pour qu'il purge la France du gouvernement républicain : Dieu ne vous écouterait pas, lui qui l'a permis pour vous humilier, vous rendre meilleur et plus digne de le servir.

Fi des tribuns sacrés ! Ils font autant de mal à la religion qu'à la politique. Au temple ou à l'église, les allusions politiques doivent être bannies scrupuleusement du prône, de l'allocution ou du sermon. On ne doit s'y occuper que des intérêts de la conscience et du salut des âmes. Il faudrait que le fronton de la porte des églises fût décoré, en lettres d'or, de cette devise : « La politique n'entre pas ici. »

XVIII

La violente secousse que venait de subir Georges Marly avait profondément agi sur le tempérament nerveux du jeune homme. Il était arrivé à Védènes dans un état d'ébranlement inénarrable. En rentrant, il s'était laissé tomber sur une chaise comme une masse inerte. Son visage était d'une pâleur effrayante : aussi blanc que la muraille badigeonnée récemment à la chaux. Le père Marly essaya de l'interroger : mille questions se pressaient sur ses lèvres. Georges ne répondait pas : sa physionomie dénotait qu'il ne comprenait que vaguement ce qui se passait autour de lui. Le vieillard, en homme expérimenté, devina ce qui était arrivé à son fils. Ne lui avait-il pas prédit cette disgrâce ? Et encore Georges ne savait pas tout...

L'avocat resta pendant tout l'après-midi dans le chaos d'une véritable prostration. Cependant, à la tombée de la nuit, il sortit de sa léthargie. La

délicatesse de sa constitution lui faisait une nécessité d'aller respirer l'air pur de la brise du soir.
Silencieux, il franchit d'un pas précipité le seuil
de la porte et se dirigea vers les endroits les plus
écartés du village, comme s'il eût voulu être
seul avec sa douleur. Ses regards mornes se
fixaient sur les dernières lueurs du crépuscule.
Le chemin qu'il parcourait était désert à cette
heure : tous les villageois avaient regagné leurs
chaumières. Un silence solennel eût régné dans
l'espace, si le murmure lointain des eaux de la
Sorgue ne fût venu le troubler légèrement. Georges se mit à pleurer : un flux de pensées lui
gonflait le cœur. Son esprit en était à faire de
terribles conjectures sur le fameux secret dont le
vieux Marly lui avait dit un mot au cours d'une
confidence fortuite.

Soudain, le jeune homme est tiré de son assou-
pissement ; il prête l'oreille, il entend : une voix
délicieuse et fraîche de jeune fille fait résonner
les échos d'alentour. Elle chante sur les bords du
Rhône et fait vibrer dans un accent provençal le
refrain si mélancolique d'une romance sur l'Inquisition d'Avignon :

« Passez, gais bateliers, sans regarder ces grilles ;
Sans frapper au castel, passez, beaux troubadours ;
Il ne faut pas mêler, rieuses jeunes filles,
Aux larmes des captifs les chants de vos amours ! »

C'est la chanson favorite des jeunes filles de la Barthelasse. Chaque note de cette suave mélodie venait
retentir au fond du cœur et de l'âme de Georges. Son
cœur était amoureux, son âme était poète. La solitude lui plaisait. Il s'arrêta. Ces accords lents et
lugubres lui causaient une émotion à la fois terrible
et douce. Il se sentait l'amant déçu, et le désespoir
s'emparait de lui. Il enviait le sort modeste et heureux du berger ami de la chanteuse insouciante. Le
bonheur lui apparaissait maintenant sous des dehors
rustiques et sauvages. Il versait des pleurs : larmes
d'émotion autant que de désespoir. Chaque fois que
la bergère répétait le refrain de sa voix angélique, il
soupirait amèrement. Comme les prisonniers de
l'Inquisition du Comtat, il était captif, lui aussi, mais
esclave de sa passion malheureuse pour une fille destinée à un autre ; et elle, également, n'était-elle pas
esclave d'un père barbare? Tous deux n'étaient-ils
pas plus malheureux que les malheureuses victimes
du Saint-Office? Au moins, peut-être, ces infortunés
ne connaissaient-ils pas les tortures du cœur.

Au moment où il faisait ces réflexions, la jeune
paysanne, rassemblant toutes ses forces pour donner à sa voix perçante une intensité plus grande,
reprit pour la cinquième fois le sombre refrain :

« Il ne faut pas mêler, rieuses jeunes filles,
Aux larmes des captifs les chants de vos amours ! »

20

C'était comme une insulte inconsciente qu'elle lançait à Georges à travers l'espace, au jeune homme qui ne pouvait chanter ses amours, mais seulement son désespoir, comme les prisonniers de l'Inquisition.

Pauvre Marceline! on voulait l'entraîner de force à l'autel pour lui faire consommer un mariage de convenances, comme on y entraînait jadis les victimes du Saint-Office, pour leur faire abjurer leurs hérésies. Quel despotisme! quelle cruauté! Au lieu de se servir des lumières de la raison pour la conduire à l'autel d'hyménée, on allait employer les armes de la violence. Victime sacrifiée en holocauste à l'orgueil d'une noblesse surannée.

Enfin la voix se tut, et toute la nature rentra dans le silence. Le jeune amant reprit tout pensif le chemin de sa maison, où son père l'attendait impatiemment. Son abattement progressif alarma le vieillard. L'esprit de Georges cherchait à pénétrer le mystère cruel que son cœur repoussait. Un tremblement convulsif le saisit. On se hâta de le transporter dans son lit. Il fut pris bientôt d'une congestion cérébrale. L'incohérence la plus désastreuse régnait dans ses paroles. Assiégé de terreurs bizarres, il se levait, les yeux fous, sur son séant et prononçait des mots indistincts et entrecoupés de râles effrayants. Le père Marly, qui n'ignorait pas la cause de ce grave désordre, craignait un instant que son fils ne succombât à ses atteintes ou que le mal ne compromît son intelligence et l'exercice de ses brillantes facultés. Il envoya sur l'heure querir le médecin du village. Debout, le visage ruisselant d'une sueur glacée, le vieux démocrate était enchaîné par la tendresse au chevet de son fils. Lui qui était resté impassible devant le canon impérial, il était plongé maintenant dans une angoisse navrante, luttant contre sa douleur de père, attachant sur Georges assoupi des regards où respiraient l'affection et la crainte.

Quand le jeune homme, après l'absorption d'une potion calmante, eut repris l'usage de ses sens, le vieillard poussa un cri de joie. Son fils revenait à la vie : il n'y avait plus de danger désormais. La fièvre s'était apaisée. On chercha mille expédients pour distraire le malade, et bientôt le mieux s'accentua. Georges reprenait ses forces ; il souriait tristement à ceux qui l'approchaient, ayant perdu peut-être le souvenir du passé et croyant sortir d'un hideux cauchemar.

Quelques jours après, un homme d'une quarantaine d'années se présente chez M. Marly. Il demande des nouvelles de Georges, et, au grand étonnement du vieillard, déclare avoir une communication pressante à faire à son fils. Le père

l'introduit dans la chambre du malade ; et, par
délicatesse pour l'inconnu qui remplit peut-être
auprès de Georges quelque mission confidentielle,
il regagne le rez-de-chaussée. Le malade, en
voyant entrer le nouveau venu, pousse une exclamation :

— Ah! c'est vous, Marius! Que venez-vous
m'annoncer ?

C'était un domestique de la maison de Berneuil.

— Monsieur Georges, répond Marius tout ému,
je suis envoyé ici par Mlle de Berneuil pour
prendre des nouvelles de votre santé. Elle a su,
je ne sais comment, que vous étiez bien fatigué.
Elle en était bien affectée. J'ai eu pitié de son
chagrin, et, au risque de me faire expulser de la
maison, j'ai pris sur ma responsabilité de venir
vous voir.

Georges tressaille. Un sourire plein d'amour et
d'espoir anime sa face décolorée. Marceline! Marceline! bégayait-il. Elle m'aime donc! ajoutait-il,
comme se parlant à lui-même. Puis, oubliant un
instant ses fatigues comme sous le calme d'un
baume réparateur, il se lève, s'habille et se met à
tracer quelques lignes sur le papier. Marius attendait silencieux. L'amant dépose la lettre entre les
mains du confident de Marceline, en le priant de
ne la remettre qu'à Mlle de Berneuil. Le domes-

tique fait un signe d'assentiment. Puis, après
avoir salué, il sort précipitamment.

Depuis ce jour, l'espoir semblait renaître dans
le cœur du jeune avocat. C'est alors seulement
qu'il eut la force de se décider à tout raconter à
son père. M. Marly ne répondit que par un soupir
et par ces mots : « Hélas ! mon pauvre Georges,
tu n'es pas encore au terme de tes ennuis ! »

Marceline reçut la lettre confiée à Marius, la
lut et la relut en la couvrant de baisers et de
larmes.

Le lendemain, pendant qu'elle était à la messe
avec sa mère, le marquis entra par hasard dans
la chambre de sa fille, pour prendre un objet qu'il
y avait déposé depuis quelques jours. Était-ce
imprudence ou volonté de la jeune fille, la lettre
de Georges gisait, grande ouverte, sur la table.
Soit fatalité, soit curiosité ou doute, M. de Berneuil la prit et lut :

« Védènes, ce 10 juin 1889.

« Mademoiselle,

« Peut-être trouverez-vous déplacé que je vous
écrive. Mais j'ai pensé que l'état agité de mon
esprit dans les circonstances présentes justifierait

cette lettre à vos yeux. Vous devez tout savoir. Ce sont les rigueurs de M. de Berneuil qui m'ont jeté sur un lit de souffrances. Merci mille fois de la généreuse idée que vous avez eue de faire prendre de mes nouvelles. La visite de Marius a accéléré ma guérison, en m'apportant le baume de l'espérance.

« M. le marquis a été bien cruel de vouloir briser mon cœur en me séparant sans pitié de ce que j'aime le plus au monde. Vous me plaignez, ma sublime Marceline. Vous déplorez les procédés brusques de votre père à mon égard. Tout cela ne serait rien, si ces cruautés ne devaient entraîner pour moi le malheur d'être à jamais séparé de vous. Je crains qu'involontairement votre père ne devienne mon bourreau, après avoir été mon persécuteur. Vouloir trancher les liens qui m'unissent à vous, c'est vouloir couper les derniers fils qui me tiennent encore à la vie. Mais si votre père, las un jour de me persécuter, vous laisse libre de vos destinées, songez que vous retrouverez un cœur qui n'a jamais cessé de battre pour vous.

« Celui qui vous adore :

« GEORGES MARLY. »

En lisant cette lettre, le marquis frémit d'indignation. On avait donc triomphé de sa vigilance.

Son visage devint rouge de colère. Il bondissait. Mais quelles ne furent pas à la fois sa surprise et sa terreur, quand il aperçut, en déposant la lettre du Védénien, une seconde missive, où il reconnut l'écriture de sa fille ! Elle était ainsi conçue :

« Avignon, ce 11 juin 1889.

« Cher Georges,

« Mon père a été aussi injuste que barbare à votre égard. Mais la fille saura réparer les torts du père. J'ai bien pleuré sur votre aventure. Mon père vous refuse parce que vous avez en politique des opinions différentes des siennes. Ne sait-il pas que, quand il s'agit de couronner l'amour de deux cœurs unis, il n'y a pas plusieurs opinions, il n'y en a qu'une : le libéralisme ? Oui, il doit laisser sa fille libre.

« Guérissez-vous dans l'espoir de notre union et en songeant que Marceline place son amour au-dessus de toute autre considération. »

La jeune fille s'arrêtait là. La lettre n'était peut-être pas achevée : la signature ne figurait pas au bas.

Cette réponse de Marceline à Georges porta à son comble l'exaspération de M. de Berneuil. Il s'était donc trompé sur les sentiments de sa fille. Il jura de réagir sévèrement contre les tendances de Marceline. Non, non, jamais il ne consentirait à l'unir à un démocrate ! Le père courroucé épia le moment où les deux femmes retourneraient de l'église. Un instant après, elles parurent. Marceline monta dans sa chambre pour se dévêtir de sa robe de sortie. Le marquis lui laissa le temps de se déshabiller et de passer son peignoir. Puis, il gravit doucement les degrés de sa chambre. Son irruption étonna grandement la jeune fille, qui ne put contenir son trouble en voyant les deux lettres éparpillées sur la table. Elle devina tout. « Mon Dieu ! » balbutia-t-elle. M. de Berneuil remarqua son agitation.

— C'est inutile de chercher à me tromper, dit-il gravement. Je sais tout.

Jamais le marquis de Berneuil, avec son visage habituellement sévère de réactionnaire impuissant, n'avait montré à sa fille une physionomie plus imposante et plus redoutable. Il marchait d'un pas saccadé. Ses mouvements étaient brusques et irréguliers. On devinait en lui une irritation sourde qui brûlait d'éclater. Marceline, à sa vue, baissa les yeux. Elle frissonnait.

Le père et la fille restèrent un moment muets, comme cherchant dans leur esprit un mot pour rompre convenablement un silence si solennel.

— Depuis quelques jours, Marceline, commença enfin le marquis, tu me causes bien du chagrin. Tes sentiments ont bien changé à mon égard. Tu n'aimes plus ton père, tu n'aimes plus ta mère, puisque tu ne crains point de leur faire de la peine, en opposant la résistance la plus tenace à leur volonté, en violant leurs prescriptions. Ah! je le vois bien, ton amour pour cet étranger a remplacé dans ton cœur l'amour que tu avais pour nous.

Il prononça ces mots avec l'accent d'un courroux étrange. Marceline pâlit. La jeune fille sentait que l'autorité de son père allait se mettre entre elle et Georges. Cette idée la terrifia. Peu s'en fallut qu'elle ne s'évanouît.

— Tu ne crains point de te révolter contre mes ordres : tu ne vois pas sans doute que ta désobéissance nous minera, ta mère et moi, déjà si affectés de la mort de ton pauvre frère...

A ce triste souvenir, une larme brilla sous la paupière de M. de Berneuil. Marceline, la sœur si tendre et si dévouée, éclata en sanglots et balbutia quelques mots sans suite.

Le père crut avoir vaincu : il continua :

— Tu aimes Georges Marly, d'après ce que j'ai lu tout à l'heure.

— Oui, mon père, je l'aime.

— Tu crois l'aimer! A ton âge, sait-on bien au juste ce que c'est que l'amour? Tu te laisses guider dans ton choix par la passion plutôt que par les impulsions de ta conscience et les conseils de ta famille. Je te réserve au fils du comte de Givale, mon ami, le beau vicomte Raoul, qui est digne à tous égards de ton nom et de ta main.

Marceline, très pâle, secoua tristement la tête avec une expression de dédain et d'horreur. Puis, levant vers le ciel des regards pleins de larmes comme pour le prendre à témoin de ce que ses lèvres allaient exprimer :

— Oui, mon père, dit-elle, je l'épouserai, si telle est votre volonté. Mais je mourrai ensuite, j'irai rejoindre mon frère. Vous pouvez disposer de ma main, de ma vie; vous ne pouvez disposer de mon cœur.

Elle prononça ces mots d'une voix mâle et lugubre. M. de Berneuil frémissait.

— Es-tu prise d'un accès de folie, ricana le père, pour parler de la sorte?

— Oui, mon père, folle d'amour pour Georges.

A cette déclaration, un silence mortel plana dans la chambre de Marceline.

— Mon père, reprit-elle tout à coup, vous pouvez arracher l'homme à celle qu'il aime, mais son cœur est à moi pour toujours.

— Cesse de penser à lui, riposta le marquis; il est indigne de toi, ma fille.

— Je connais, mon père, les raisons que vous

pourriez invoquer à l'appui de votre conduite.
Mais, pour moi, j'ai le cœur trop haut placé et
l'âme trop grande pour tenir compte de ces scrupules sociaux. Je sais qu'il est pénible à une aristocratie de voir niveler les conditions humaines.
Je m'étonne de voir à la fin de ce siècle des préjugés aussi ridicules qu'orgueilleux, que je blâme
de toute mon âme. Je sais que tel noble appauvri
ne consentirait pas volontiers à marier sa fille à
un prolétaire riche, de peur de déroger. Le sang
des nobles est-il donc plus pur que celui des autres
mortels? Pourquoi vouloir revenir au régime passé,
aux privilèges d'antan? Vous êtes de ceux, mon
père, qui ne cherchent nullement si ce vain titre
de noblesse qu'ils briguent dans leur gendre ne
cache point des vices ou de honteuses débauches.
Que vous importe tout cela, pourvu que j'épouse
le titre? Mais c'est votre fille qui supportera les
conséquences d'une pareille détermination. Eh !
que m'importe, à moi, un nom sonore, si celui
qui le porte est un homme sans jugement et sans
mœurs? Si Georges n'est point anobli par des
lettres royales, il est ennobli par son intelligence
et son talent.

Devant les paroles de sa fille, M. de Berneuil
était ahuri.

— Et moi, répondit-il avec rage, crois-tu que
je pourrai supporter de voir ma fille, Marceline

de Berneuil, passer entre les bras de Georges
Marly, d'un républicain, d'un égaré, d'un ennemi
des plus saintes causes et de tout ce qu'il y a de
plus respectable et de plus sacré pour moi?

— Je me croirai la plus heureuse des femmes
aux bras de Georges, mon père. Georges, que vous
considérez comme votre inférieur, a de la noblesse
aussi! Que sont tous les blasons en comparaison
de la grandeur d'âme et de la fidélité du cœur?

Le marquis devint livide. Sa douleur de royaliste était poignante.

— Non, s'écria-t-il exaspéré : il ne sera pas
dit que ma fille déshonorera ma famille par une
union pareille. Ce mariage nous abaisserait dans
le monde...

— La victoire de Georges sur votre orgueil
vous abaissera bien plus.

— Tais-toi : je te marierai au bout de la quinzaine au vicomte, qui est venu déjà me demander
ta main.

— Vous me mariez, mon père, je ne me marie
donc pas, dit-elle en gémissant.

— Oui, je le veux, je l'ordonne. C'est mon
amour de père qui le commande.

— Mon père, je m'incline devant votre volonté,
mais non devant ce que vous appelez votre amour.
Raoul, que vous voulez m'imposer, est un jeune
homme que je déteste. Il semble n'avoir reçu la

richesse que pour vivre plus indignement dans une voluptueuse mollesse. A quoi s'occupe votre privilégié? Ne comptez-vous pour rien ses débauches et ses aventures avec la Zélia du théâtre des Variétés? Ah! ce n'est point votre fille qu'il brûle d'épouser, c'est son nom, c'est sa dot.

Vous semblez, mon père, me faire un crime de suivre les impulsions de mon cœur. Suis-je coupable d'aimer Georges, parce qu'aucun autre ne répond à mon idéal, qu'aucun autre ne me paraît plus judicieux, plus sincère, plus aimant? Mais n'est-ce pas pour moi un devoir de l'aimer encore plus qu'un droit? Je me croirais aussi coupable en repoussant l'amour de Georges qu'en accueillant l'amour d'un vicomte débauché.

C'est, au contraire, sur mon union avec le vicomte que vous auriez sujet de vous affliger. Votre orgueil seul s'alarme à la pensée d'un mariage avec Georges. Mais quand vous aurez consommé ce mariage de convenance, dans lequel les époux ne se conviennent pas du tout, croyez-vous que bientôt le repentir et la douleur ne viendront point dans votre âme désavouer votre triste choix? Ah! votre cœur de père pourrait en souffrir, si votre orgueil en a été flatté.

— Tous tes raisonnements ne sauraient prévaloir contre ma volonté. Je dois, malgré moi, malgré toi, avoir le courage d'aller jusqu'au bout de mes desseins. Le patriotisme traditionnel l'exige, comme le rang.

— Non, non, mon père, détrompez-vous. Votre obstination n'est point du courage. Ce que vous appelez patriotisme traditionnel à l'encontre de votre fille, ce n'est ni plus ni moins que de la cruauté. Ici, plus dur que les bourreaux vulgaires, vous ne tuez pas seulement le corps, mais l'âme et le cœur de celle que vous prétendez aimer. Si, pour sauver vos traditions de royalisme, vous voulez museler la conscience de votre enfant, vous ne méritez plus le nom de père : vous la conduisez à l'autel, comme un sacrificateur sa victime.

Elle s'arrêta; puis d'une voix douce et tendre, elle reprit :

— D'ailleurs, mon père, Georges n'aurait-il pour tout titre à ma préférence que l'admirable patience dont il a fait preuve pendant votre longue persécution, que cette seule considération le rendrait digne de ma main.

Quoique fille du marquis de Berneuil, je suis républicaine comme Georges, comme Roger, mon pauvre frère. Si vous ne me permettez point d'épouser celui que mon cœur aime, ma décision est prise : je me retirerai dans un couvent, où il me sera permis de penser à Georges et de prier pour lui.

Le marquis parut ébranlé sous le poids écrasant de l'éloquence de l'amour. Il sortit, comme pour réfléchir.

Marceline demeura, anxieuse et morne. Ses cheveux s'étaient dénoués par cet excès de colère. Comme pour triompher des cruelles pensées qui l'obsédaient, elle s'appuya sur son lit et saisit un livre. Mais ses yeux ne voyaient que l'image de Georges. Son cœur ne battait que pour lui. Le désespoir s'empara d'elle; elle se mit à pleurer. Elle resta toute la soirée dans un abattement complet. Combien longues durent lui paraître ces heures qu'elle passa dans sa chambre triste et solitaire!

C'étaient neuf heures et demie du matin, quand M. de Berneuil descendit les degrés de la chambre de sa fille. Il était en proie à une violente émotion. Marceline venait de lui créer de réels embarras. Comment faire pour contenter à la fois son ambition personnelle et les caprices de sa fille? C'était la question qu'il se posait, et la solution d'un pareil problème lui paraissait impossible. Il fallait ou immoler ses intérêts à sa fille, ou immoler sa fille à ses intérêts. Il n'y avait pas de milieu. Pour en finir convenablement avec cette déplorable affaire, qui se compliquait de jour en jour, ne valait-il pas mieux plier devant l'amour de sa fille? La politique céderait le pas à

l'amour, ce vainqueur du monde. Si la vanité de
M. de Berneuil en souffrait, du moins son amour
paternel serait exempt d'inquiétudes et d'ennuis.
Plongé dans ces réflexions, le marquis suivait,
l'œil inerte, les détours de son long corridor,
quand il entendit le refrain du jour :

> Gais et contents,
> Nous étions triomphants,
> Nous allions à Longchamps,
> Le cœur à l'aise :
> Sans hésiter,
> Nous allions tous fêter,
> Voir et complimenter
> L'armée française.

Les joyeux gamins d'Avignon, attirés par l'appât de quelques sous que M. le marquis leur jetait
de temps en temps, venaient souvent depuis
quelques jours chanter ce refrain sous les fenêtres
du président du comité boulangiste. Quélquefois
M. de Berneuil sortait et les remerciait du geste
ou par quelques paroles d'encouragement. C'était
alors de plus belle : ces jeunes voix criardes ne
chantaient plus, elles hurlaient. Vous les eussiez
entendues des extrémités de la Barthelasse.

Cette fois, leur bienfaiteur ne se montra point
sur la porte. Il avait bien d'autres préoccupations
que de se soucier de leur passage. Il avait été
vaincu, quelques jours auparavant, par l'élo-

quence de Georges. Aujourd'hui, c'était l'énergie de sa fille qui le terrassait. Cet homme, jadis si puissant et si redoutable, s'était senti faible devant ces deux frêles natures. Peut-être le langage du cœur a-t-il seul le privilège de vaincre.

Soudain, un coup de sonnette retentit. On lui apportait son courrier du matin. Le marquis ouvrit machinalement son journal et y lut des dépêches qui lui laissèrent beaucoup à penser.

Nous devons dire préalablement que M. de Berneuil, à l'exemple de certains boulangistes éminents, avait été loin d'approuver la fuite du Général. Cette nouvelle l'avait grandement étonné; et peu s'en fallut que ses illusions politiques ne disparussent avec la disparition de Boulanger.

Mais, à force de lire les feuilles du comité, il avait fini par se faire à l'idée que cette fuite était légitime et même nécessaire. Il s'était imposé là-dessus une opinion de commande, qui ne concordait en rien avec les données de sa conscience. Il fallait se taire sur cette évasion, de peur de causer du scandale et de compromettre la cause boulangiste. Le mal était fait, et il était sans remède : il était du devoir des ligueurs de le dissimuler aux yeux des populations, et de montrer sous les dehors d'une action louable une action honteuse. Ainsi, M. de Berneuil, qui avait *à priori* blâmé une pareille lâcheté, finit par s'en faire l'apologiste.

Mais ne croyez point que le marquis, même au mois de juin, n'en fût choqué encore intérieurement. Les premiers sentiments sont toujours les plus sincères, et il est impossible de les extirper entièrement du fond de l'âme.

Lui, le rigoureux réactionnaire, n'admettait pas qu'on pût prendre la fuite, même pour se soustraire à des ennemis. Il fut près de perdre toute l'estime qu'il avait eue jusque-là pour le Général. Fuit-on devant l'ennemi, parce qu'il menace d'être impitoyable? Si on ne peut reculer sur le champ de bataille, alors qu'on n'a rien à se reprocher vis-à-vis de l'ennemi, est-il permis de fuir une juridiction, alors qu'on peut avoir des torts graves contre l'État? Si les ennemis du Général voient un crime dans sa politique, ses amis devraient voir un crime dans sa fuite. L'innocent se disculpe même devant des adversaires. Et puis n'est-ce rien d'avoir le pays pour juge du jugement d'un Sénat? Personne n'eut jamais besoin de se disculper devant ses amis : l'excuse suffit auprès d'eux pour obtenir un pardon. Un bon Français ne doit quitter la France que quand il est proscrit.

Encore si l'évasion du Général pouvait être utile à son parti; mais elle ne peut lui être que nuisible. De deux choses l'une : ou le suffrage universel donnera raison à sa politique, et eût-il été déporté à Sainte-Marguerite, le Général reviendrait triomphant, et, dans ce cas, sa fuite est une lâcheté ; ou le suffrage universel se prononcera contre lui, et alors encore sa fuite est une lâcheté, du moment qu'il avait juré de se soumettre entièrement au suffrage du peuple.

Imprudent ! peut-être la déportation lui eût-elle fait un titre de gloire, en supposant même qu'il eût été condamné injustement. Les peuples virent toujours de l'héroïsme dans une condamnation injuste subie avec patience. Il n'est permis qu'aux scélérats de s'enfuir pour échapper aux rigueurs de la justice. Un homme politique ne fuit jamais, quand il désire le progrès de sa politique. Qui tient plus à son bien-être qu'à la propagation de ses doctrines ne mérite pas le nom de réformateur. La fuite honteuse des réformateurs est aussi ineffaçable dans l'esprit populaire que leur sang versé.

M. de Berneuil s'était livré à toutes ces considérations, lors de la fuite du Général en Belgique. On sait comment et pourquoi l'esprit de parti l'avait emporté sur la réflexion.

Le marquis recevait des journaux de toutes nuances politiques. Un journal républicain relatait, ce jour-là, certains faits qui, disions-nous, impressionnèrent vivement M. de Berneuil.

Un premier article avançait que Boulanger avait

outrepassé ses pouvoirs, lors de son passage au ministère. Sans prendre l'avis des autres ministres, sans autorisation préalable, sans contrôle, et comme s'il eût reçu de la loi des pouvoirs absolus, le ministre de la guerre avait employé une somme considérable pour l'équipement d'un grand nombre de territoriaux. Déjà, à cette époque, où était le républicain? Le marquis espérait que les journaux du Général s'attacheraient à réfuter une pareille accusation. Les feuilles boulangistes ne donnaient là-dessus que des détails fantaisistes, accommodés plus ou moins adroitement à leurs intérêts.

Puis, les yeux de M. de Berneuil tombèrent sur l'affaire Meyer-Wœstyne. Quels étaient les fabricants des faux dossiers parmi tous les ennemis de la République? Et l'esprit du marquis se perdait en conjectures. Le royaliste abhorrait la République; mais sa haine ne dépassait pas les limites de l'honnêteté. Faire appel à l'infamie pour se débarrasser du gouvernement lui paraissait un crime.

Les regards du royaliste se portèrent enfin sur un article d'un grand journal monarchiste de Paris, qui combattait Boulanger pour la première fois et répudiait solennellement toute alliance avec lui. Cette feuille annonçait une grande réunion de monarchistes ayant pour but de faire acte de séparation radicale avec le député de la Seine. L'alliance avec cet homme devenait donc compromettante, si la réaction ne voulait plus désormais avoir rien de commun avec lui. Assurément Boulanger ne travaillait point pour d'autres, mais pour lui seul. La fable de Georges Marly vint en ce moment à la mémoire de M. de Berneuil. Et puis, les proclamations républicaines du Général, les conférences de ses séides, les arrestations d'Angoulême : tout cela n'indiquait-il pas combien le chef du parti national était opposé à toute restauration monarchique? Le marquis avait patronné la candidature du Général, croyant que Boulanger était destiné par la Providence à introniser la vieille royauté. Les réflexions du journal monarchiste levèrent tous ses scrupules. Que ferait-il dans le camp des boulangistes, si tous les autres royalistes le désertaient? Si les gros bonnets monarchistes sortaient de la coalition, c'est qu'ils s'étaient reconnus dupes des artifices d'un hypocrite. Un flot de réflexions agitait l'esprit du marquis. Notre réactionnaire avait un caractère malléable comme la cire : son dédain était aussi facile à exciter que son admiration. Il se dit que c'étaient les charges accablantes pesant sur le Général qui avaient déterminé sa fuite. M. de Berneuil, qui avait vu jadis une lâcheté dans cette évasion, y vit maintenant un aveu de culpabilité.

En ce moment, les enfants de la rue enton-
naient plus fort :

> Gais et contents,
> Nous étions triomphants.

— Il a fui ! fit tristement le marquis, en se
croisant les bras sur la poitrine. Je sais pourquoi
il a fui, maintenant. Oui, chantez :

> Nous allions à Longchamps,
> Le cœur à l'aise.

Il mérite bien qu'on lui compose et qu'on lui
chante des poésies fugitives.

M. de Berneuil prononça ces derniers mots avec
un sourire amer et sarcastique. Il se fit un moment de silence ; puis, le même couplet vint encore frapper ses oreilles :

> Sans hésiter,
> Nous allions tous fêter,
> Voir et complimenter
> L'armée française.

Le boulangisme !! Chansons que tout cela !
s'écria M. de Berneuil, avec une colère sourde.
Puis il secoua la tête en souriant. Il cessait d'être
l'ami du Général. La métempsycose avait peu duré
chez le marquis ; l'âme boulangiste ne l'avait

hanté que six mois : ce n'était pas beaucoup, mais c'était déjà trop pour son honneur. Il ne restait plus que le monarchiste.

XIX

Un proverbe qui ne manque pas de justesse, c'est celui qui dit que la nuit porte conseil. Le marquis de Berneuil, à la suite de la discussion orageuse qui avait éclaté entre lui et sa fille, ne put fermer la paupière de toute la nuit. Comment sortir de ce dédale dans lequel on l'avait enfermé ? Son esprit était à la torture pour trouver une issue pouvant assurer son salut en assurant celui de Marceline.

Vainement la marquise elle-même, qui nourrissait un certain ressentiment contre Georges Marly, essaya-t-elle de faire revenir Marceline d'une préférence qu'elle regardait comme préconçue. En aristocrate logique, elle démontrait jusqu'à satiété qu'il valait mieux pour une fille noble s'allier à un gentilhomme d'un valeur médiocre qu'à un homme gentil d'une intelligence supérieure. La bien-aimée de Georges restait inflexible.

— Allons ! Marceline, je ne vois pas pourquoi tu

refuserais un jeune homme auquel ta naissance te destine. D'ailleurs, Raoul est loin d'être super-ficiel, inintelligent, comme tu le dis. C'est un homme de poids.

— Eh bien, oui, maman, finissons-en là-dessus, répondit Marceline boudeuse et ironique, M. de Givale est un homme de poids : c'est pourquoi ne me parle plus de lui, et tu soulageras mon cœur d'un grand poids.

La marquise n'insista plus. Il fallait s'incliner.

La jeune fille s'était cruellement affectée des incidents déplorables qui s'étaient produits entre elle et son père. Ses joues amaigries accusaient d'affreuses nuits d'insomnie. Pendant le jour elle s'enfermait, isolée, muette, dans sa chambre, refusant de recevoir ses amies. Rien ne pouvait désormais la distraire. Le piano se taisait mainte-nant. L'hôtel de Berneuil était plongé dans un silence de mort. On eût dit que Marceline, lan-guissante, voulût s'imposer un lent et mystérieux suicide. Ses forces diminuaient chaque jour. Une pâleur désolante recouvrait ce visage naguère si beau et si gai.

M. et Mme de Berneuil furent effrayés de la rapidité de l'affaiblissement. Le marquis, cédant enfin à la crainte qu'il n'arrivât quelque nouveau malheur dans son foyer, déjà si douloureusement éprouvé, consentit à contre-cœur à une union entre sa fille et le Védénien. Il ne s'était engagé dans cette voie que par la force des circonstances et pour assurer le salut de sa fille. La marquise, on le comprend, n'avait pas été sans influence sur cette décision de son mari.

Inutile de dépeindre la joie de Marceline, quand son père vint lui annoncer lui-même qu'il avait changé de résolution et qu'il était prêt à ne reculer devant aucun sacrifice pour la rendre heureuse. L'amante de Georges se précipita, éperdue, entre les bras de M. de Berneuil, et le serra avec une force convulsive dans un long embrassement. Et tous deux se mirent à pleurer d'émotion.

Un domestique de la maison de Berneuil partit à l'instant même pour Védènes, avec mission d'annoncer au père Marly et à son fils une nouvelle de nature à rendre la vie à la petite maison muette et désolée. Georges, en apprenant la décision généreuse de M. de Berneuil, n'en pouvait croire ses oreilles : il bondissait de joie. Seul, le vieux Marly, la face sévère, accueillit froidement le messager de bonheur. Georges semblait faire un reproche à son père de ne point partager sa joie. A ce moment, une idée lugubre sillonna son esprit. Quel pouvait bien être ce terrible secret que le vieillard ne s'était jamais décidé à lui dévoiler ? La tristesse habituelle de son père et celle qu'il manifestait maintenant avaient certainement leur cause dans un souvenir amer, que M. Marly s'efforçait en vain de chasser de sa mémoire.

Invités par le message à se rendre tous deux à l'hôtel de Berneuil, le père et le fils s'apprêtèrent à partir. Déjà sur le seuil de la porte, le vieux Marly se retourna, alléguant qu'il avait oublié une pièce nécessaire à la confection du contrat de mariage. Il remonta dans sa chambre. Son fils adoptif, tremblant de tous ses membres et ruisselant de sueur, le suivit machinalement, par l'entraînement de la curiosité. Le père Marly ouvrit un vieux coffre en noyer, et en retira une liasse de papiers jaunis par le temps qu'il enferma, sans mot dire, dans l'une de ses poches. Georges l'interrogea sur la nature de ces papiers. Le vieillard lui répondit presque avec amertume : « C'est ton certificat de naissance ! » Ces mots prononcés froidement et avec une intonation dolente glacèrent d'effroi le jeune avocat. Pourtant sa terreur lui imposa silence. Il redoutait la découverte de la vérité. Puis les deux hommes prirent la route qui conduit de Védènes à Avignon, parlant très peu et suivant le fil de leurs désolantes pensées.

Chemin faisant, Georges, malgré ses réflexions sur ce que lui réservait l'avenir, ne pouvait s'empêcher de penser à son bonheur futur. La résistance du marquis avait été vaincue par l'énergie de Marceline. Pourquoi ne pourrait-on pas triom-

pher des autres obstacles? Oui : il serait uni
bientôt pour toujours à celle qu'il adorait. Ce
que son père et lui allaient faire à l'hôtel de
Berneuil, c'était la visite de réconciliation : en
même temps on accorderait le mariage. Cette
réunion des deux familles n'était-elle pas le pré-
liminaire forcé du mariage, les fiançailles?

Georges et son père arrivèrent après une petite
heure de marche. L'hôtel de Berneuil était en fête
ce jour-là, pour recevoir dignement le fiancé que
Marceline avait imposé à son père. La salle était
richement parée : dans des vases précieusement
sculptés s'étalaient des bouquets de fleurs naturelles. Cette enceinte semblait avoir perdu sa
tristesse et sa froideur d'autrefois. Le marquis
lui-même avait dépouillé le vieil homme : sa physionomie, naguère morose et maussade, était devenue presque souriante. Il accueillit les deux Védéniens avec beaucoup d'égards, se fondant en
excuses auprès de son futur gendre et de M. Marly.
C'était, disait-il, un aveuglement passager qui
l'avait empêché de reconnaître les qualités de
Georges; mais il regretterait toujours ce moment
d'oubli de soi-même. Georges répondit à ses paroles avec un tact et une habileté qui ne durent
point déplaire au marquis.

Soudain Mme de Berneuil entra, suivie de sa
fille. Marceline était vêtue d'une robe de satin

noir, élégante dans sa simplicité. A peine sur le seuil de la porte, elle avait souri et fixé sur son amant les regards les plus doux et les plus radieux. Sa physionnomie était pure comme son cœur; son œil aussi limpide que la voûte céleste au soleil de Provence. Ses joues pâlies exprimaient l'amertume des larmes. Sur la nuque tombait, gracieuse, une belle tresse noire, pleine d'appât.

Après les révérences d'usage, on se disposa à causer de l'événement qui réunissait les deux familles. Tout annonçait une belle journée, une de ces heureuses journées qui réjouissent le cœur et l'âme après les horreurs de la tempête. Le vieux Marly, seul, paraissait réfléchir profondément et ne point prendre part à la fête. Pour lui peut-être le ciel n'était pas encore serein. L'attitude du vieillard faisait trembler Georges.

Tout à coup, le marquis se prit à demander à M. Marly s'il était le père ou l'oncle du jeune homme. Le vieillard, nature sévère et loyale, ne pouvait rien lui cacher. Il répondit qu'il était seulement le père adoptif de Georges.

Le vieux Védénien devint pâle.

— Je vous dois la vérité, monsieur de Berneuil, reprit-il après une pause: l'enfant que j'ai adopté est l'arrière-petit-fils de Duprat d'Avignon...

Le père de Georges s'interrompit, hors d'haleine.

En entendant le nom de Duprat, le marquis pâlit affreusement : son front se plissa ; ses yeux prirent une expression de colère étrange. Son aspect était terrible.

Georges et Marceline, désespérés, pleins d'épouvante, se consultèrent du regard, sans comprendre un mot à cette scène muette.

L'orage était encore déchaîné dans le salon de M. de Berneuil.

— Comment ! tonna soudain le marquis, le descendant de Duprat, de Duprat, l'assassin de mon grand-père ! de Duprat, le bourreau de mon aïeul de Berneuil, seigneur de Thouzon ! de Duprat, qui, de concert avec l'ignoble Jourdan Coupe-têtes, fit tomber la tête de mon grand-père sur la place d'Orange.

Tout me disait qu'une pareille union ne pourrait avoir lieu. J'avais tous les pressentiments de son impossibilité, quand je refusais si obstinément à votre fils la main de ma fille.

Non, non, Marceline ne pouvait se marier avec un descendant de l'assassin de son bisaïeul ! La fille de la victime ne peut s'unir au fils du bourreau.

Devant un dénouement si tragique, que nul ne prévoyait, sinon le vieux Marly, un frisson d'effroi traversa les spectateurs. Les paroles du marquis furent suivies d'un terrible silence : tous demeu-

raient sans voix, se regardant d'un œil inerte,
pétrifié, mourant. Le vieillard restait seul insensible, sans émoi apparent, comme si depuis
longtemps il eût habitué son esprit et son courage
à être calmes, dans l'attente d'une pareille scène.

Entre Georges et Marceline il y avait maintenant
le spectre effrayant de l'aïeul, la tête sanglante du
royaliste tranchée par le couteau du républicain.
C'était la voix du sang qui leur criait de s'arrêter.
Les deux amants croyaient être victimes d'un
épouvantable cauchemar. Leur union était donc
fatalement condamnée, puisque, déjà dès l'éclosion
de leur amour, des obstacles redoutables s'étaient
élevés entre eux pour les séparer, et qu'au dernier
moment, alors que tout semblait fini pour mettre le
comble à leur bonheur, surgissait, imprévue, une
barrière, cette fois désespérante, infranchissable ?

— Comment, reprit tout à coup M. de Berneuil
d'une voix terrible, ne pas exécrer ce jeune homme,
rejeton d'un factieux sanguinaire, d'un assassin ?
Comment ne pas abhorrer le régime dont il fait
son idole, une République née du sang et de
l'impureté ? Ah ! c'était mon aïeul, ce martyr de
la foi politique et de son dévouement à la royauté,
qui m'inspirait du haut du ciel le dédain pour ce
Duprat-Marly. Non, il ne m'était pas permis de
recevoir chez moi le fils du bourreau de mon grand-
père.

Georges, glacé, gardait un silence absolu. L'agitation et le désespoir l'envahissaient de plus en plus à chaque minute. Le jeune homme aurait succombé sous le poids de son angoisse, si une force surnaturelle n'était venue le secourir. Il resta ferme; mais il dut faire appel à toute son énergie pour ne point tomber, comme une masse inanimée.

— D'un bourreau il peut naître un ange, monsieur le marquis, riposta le vieux Marly, sans perdre son attitude fière et calme.

— L'hyène ne peut engendrer des agneaux, répliqua M. de Berneuil.

M. Marly devint livide; son front se rida; une colère violente venait de s'emparer de son être.

— Parce qu'un des ancêtres de Georges a abattu un tyran en 1793, on l'appelle brigand, scélérat, monstre. Et vos pères, marquis, qui ont commis des viols, des adultères, des assassinats avant 89, ce sont des hommes justes, de regrettable mémoire!

— Qu'entends-je? Vous osez outrager la mémoire de mes ancêtres, ici, chez moi? Tremblez! Si je n'avais des égards pour votre âge, je vous écraserais dans ma colère.

Le vieux Védénien ne recula point. Au même instant, il porta la main dans l'une de ses poches et en sortit les papiers que son fils lui avait vus prendre à Védènes avant de quitter la maison.

Puis, les remettant au marquis étonné, il lui dit froidement :

— Lisez! Voici notre justification. Nous attendons la vôtre.

Pendant cette déplorable scène, l'anxiété n'avait cessé d'être croissante. Marceline et Georges étaient saisis d'un tremblement nerveux, et n'avaient même plus la force de lever les yeux l'un sur l'autre. La jeune fille pleurait amèrement ; on peut facilement se faire une idée de sa navrante détresse. Quelle torture aussi pour le cœur tendre de Georges !

Les deux Védéniens sortirent de l'hôtel, en proie l'un et l'autre à la plus désolante angoisse. Le pauvre Georges se voyait donc destiné à servir de victime à une impitoyable fatalité. Tandis que d'autres étaient nés pour être heureux, lui semblait n'être venu au monde que pour souffrir. Une triste expérience lui apprenait qu'il y a loin de la coupe aux lèvres. Voilà maintenant que le but s'enfuyait devant lui au moment où il croyait l'atteindre. Supplice d'autant plus horrible que le patient passe, en quelques minutes, de la plus douce à la plus violente des émotions.

Son père, douloureusement ému d'un désespoir si poignant, lui adressa quelques paroles de consolation :

— La pensée des injustices de leurs ancêtres

les rendra peut-être justes. Espère, mon enfant !
Il n'est pas de malheur si grand qui ne puisse
être réparé.

— Excepté la mort, mon père ! Le sang versé
est ineffaçable ! répondit Georges, qui en était
presque à maudire son ancêtre Duprat.

— Oui, répliqua le vieillard : mais on peut
bien unir le fils d'un assassin à la fille d'un
autre assassin.

Cette parole, dont Georges ne pouvait percevoir
le sens profond qu'après les longues explications
de son père, éclaira le visage du jeune homme
d'une lueur d'espérance. Mais ce rayon disparut
aussi rapide qu'un éclair au milieu de la tour-
mente. Le jeune avocat ne tarda pas à retomber
dans le cercle des navrantes réalités.

— Hélas ! disait-il amèrement, nous avions
marché, Marceline et moi, unis par le cœur et
comme par la main le long du sentier charmant
et fleuri de l'adolescence. Nous nous adorions.
Nous vivions l'un pour l'autre. Et voilà que
soudain un obstacle imprévu la sépare de moi,
me l'arrache impitoyablement. Adieu, beaux
rêves ! Oui, ce n'étaient que des rêves... Pourquoi ne pas mourir plutôt que de vivre si malheureux ?

— Du courage, mon fils ! Je ne reconnais plus
ta mâle énergie d'autrefois.

22

— Ah! mon père, c'est que cette violente se-cousse vient d'ébranler toutes les fibres de mon âme. Non, je ne sais plus si j'existe, puisque je n'existe plus pour elle.

— Georges, ne te laisse point abattre par les coups fâcheux de la fortune. Ton âme est brisée. Relève-la à la hauteur de nos infortunes. J'ai besoin que tu sois calme et que tu reprennes ton sang-froid. Je vais te raconter cette tragédie mys-térieuse dont j'ai hésité jusqu'ici à te faire le récit lugubre. Cent fois j'ai été sur le point d'ouvrir la bouche pour te confier tout, cent fois la force et le courage m'ont manqué. Ce matin, je prévoyais bien que tu subirais ce nouvel affront. Mais pouvais-je, en père tyrannique, m'opposer à tes amours? Toutefois, depuis longtemps, d'une façon très pacifique, j'ai essayé d'éloigner de ton esprit toute idée d'union entre Marceline et toi. Que pouvais-je faire de plus? La fatalité et la passion ont triomphé de mes conseils et de mes alar-mes.

Mais écoute-moi bien, Georges : s'il y a quel-qu'un qui ait à rougir dans ce drame sanglant de 93, ce n'est pas toi, c'est le descendant du vieux Berneuil. Lorsque tu sauras tout, tu relè-veras fièrement la tête.

— Parlez, parlez! je vous écoute, mon père, interrompit Georges frissonnant.

— Les papiers que j'ai remis tout à l'heure à
M. de Berneuil, en faisant appel à sa loyauté,
l'éclaireront sur cette lamentable histoire qui concerne ta famille et la sienne. Plusieurs de ces manuscrits émanent des ancêtres de M. de Berneuil.
Ils portent le sceau de sa famille et les armoiries
du marquisat. Il a aussi entre les mains l'acte
d'accusation authentique dressé contre son aïeul,
le seigneur de Thouzon, guillotiné sur la place du
Théâtre, à Orange. Toutes ces pièces d'une véra-
cité incontestable sont très compromettantes pour
la famille de Berneuil. Des papiers de cette nature furent achetés 800,000 francs au révolutionnaire Guyot par les descendants des de Sades,
seigneurs de Lacoste, dans le territoire d'Apt.

Au moment où il parlait de la sorte, le vieillard
entraînait son fils dans une route toute autre que
celle qu'ils avaient suivie en venant. Georges s'en
étonnait. Il questionnait son père du regard. Mais
M. Marly avait tout son bon sens : c'est à dessein
qu'il prenait cette direction. Nos deux hommes
allaient d'un pas régulier. Ils virent bientôt apparaître, au loin, dans le territoire du Thor, le
vieux manoir de Thouzon, assis sur une éminence
qui domine la région. Ce château féodal avait appartenu aux ancêtres de M. de Berneuil. Remarque
curieuse, bizarre : les yeux du vieillard étaient fixés,
mornes et pensifs, sur ces ruines imposantes.

Après une heure de marche, ils arrivèrent au pied du monticule au sommet duquel se dresse, altier, le château des anciens seigneurs de Thouzon. Le jour commençait à décliner. M. Marly s'arrêta un instant pour reprendre haleine et pour essuyer la sueur qui ruisselait sur ses tempes. Puis, sans que Georges pût deviner encore les intentions de son père, il gravit avec lui la montée de la charmante colline, parfumée de thym et de lavande. Le jeune avocat regardait son père d'un air de doute. Tout lui paraissait extraordinaire dans cette fameuse journée. Georges se demandait parfois s'il ne rêvait pas. Il n'avait pas seulement la force d'interroger le vieillard sur le but de cette promenade à travers les bruyères.

M. Marly, l'œil humide et la voix étranglée par l'émotion, rompit tout à coup le silence.

— Georges, tu connais le château de Thouzon !

— Oui, mon père.

— Tu le connais de nom seulement Heureuse ignorance !...

Le vieillard s'interrompit.

— Mais, reprit-il peu après, je suis obligé aujourd'hui de te faire connaître son histoire.

Et ils continuèrent leur marche suffocante.

En ce moment, un lugubre silence plane dans l'espace. Le château est plongé dans la demi-obscurité du crépuscule. Pas le moindre souffle. Aucun bruit que le roulement de quelques cailloux épars qui glissent sous les pieds des visiteurs, ou les cris funèbres des hiboux, hôtes assidus de ce manoir, qui rendent le silence plus terrible encore. Les oiseaux nocturnes semblent gémir sur la mort de tant d'hommes, qui ont expiré là, engloutis vivants au fond de ce vaste tombeau. Les tourelles, au clair de lune, prennent un aspect sinistre. Au centre se dresse, comme un fantôme horrible, le donjon à demi écroulé, qui laisse voir, béante, une profondeur épouvantable. Une herbe épaisse croît sur ces ruines engraissées du sang populaire. L'épine et la ronce couvrent la majeure partie de cette enceinte jadis si luxueuse et si peuplée.

Une sueur froide perlait au front de Georges. Un drame allait bientôt se dérouler sous ses yeux, évoqué par les paroles de son père et par la force de sa propre imagination exaltée. M. Marly s'assit sur une immense pierre, vestige d'une colonnade, dont les sculptures étaient rongées par les pluies : de là il pouvait montrer à son fils le manoir qui s'étendait, triste et sombre, au delà de l'esplanade. Le jeune homme vint prendre place à côté de son père.

Alors, le vieillard, prenant une physionomie imposante :

— Georges, commença-t-il, tu seras étonné, tu croiras même tout d'abord que je rêve, que je déraisonne, que je suis fou, que je délire, quand je te dirai que ce manoir a été la propriété de tes ancêtres.

Le jeune avocat, étourdi, consterné par une pareille déclaration, promenait autour de lui des yeux éteints. Pouvait-il ajouter foi à ce qu'il venait d'entendre? C'est la question qui s'agitait au fond de son cœur.

— Et cependant, poursuivit le père, rien de plus exact. Je ne rêve point; tu ne rêves point, Georges. Non, nous ne sommes pas dans le pays des chimères. Ce que je t'ai dit est la pure vérité. Je dois continuer à te la dévoiler pleine et entière. Nous voilà dans le domaine de criantes réalités. Je te répète donc que tes ancêtres, Georges, ont habité, comme seigneurs, ce château féodal. Tes premiers aïeux ont gagné leur noblesse à la pointe de l'épée, sur le champ de bataille, au temps des croisades. Cette transformation de la condition sociale de ta famille est le résultat d'événements lamentables au souvenir desquels j'ai eu souvent l'occasion de faire allusion pendant le cours de notre vie commune. Tu sauras tout bientôt.

Le jeune homme écoutait avidement une confidence si inattendue, si étrange, si invraisemblable et pourtant si vraie.

Le vieillard continua de sa voix grêle :

— Tes ancêtres ont porté le titre de Thouzon-Berneuil, Georges.

— Que dites-vous, mon père? s'exclama le jeune homme au paroxysme de la stupéfaction. Suis-je victime d'une hallucination? Est-ce bien vous, mon père, qui me parlez de la sorte? Comment? Mais non; ce n'est pas possible. Permettez-moi de mettre en doute les paroles que j'entends bruire à mes oreilles.

En même temps, ses yeux étincelaient d'un éclat fébrile.

— Je savais bien que tu n'y croirais pas tout d'abord. Le début de mes explications a quelque chose de romanesque. Plût à Dieu que ce terrible secret eût été une fiction, au lieu d'être une réalité! il n'eût pas pesé d'un poids si lourd sur le cœur de son dépositaire. La lumière complète ne tardera pas à se faire dans ton esprit : la suite de mes explications et le fameux dossier qui se trouve, témoin irrécusable, entre les mains du père de ta bien-aimée n'y laisseront plus l'ombre d'un doute.

Oui : Thouzon-Berneuil est le nom de tes aïeux. Ils étaient marquis. Et le père de Marceline a, en ce moment-ci, les lettres patentes du roi qui octroient la noblesse à tes premiers ascendants.

L'avocat fut presque foudroyé de surprise à

cette nouvelle déclaration. Que lui réservait donc le reste du récit, si le commencement en était semé de tant d'affirmations bizarres, étranges?

— Le droit de seigneurie de tes ancêtres, Georges, poursuivit le vieux Marly, s'étendait sur toute la région du Thor et de Védènes.

Je dois t'expliquer en quelques mots, sauf à y revenir plus loin, le rôle que j'ai joué dans ton éducation et à quels sentiments j'ai obéi en te prenant sous ma tutelle. Tu n'as jamais su mon origine, Georges. Les habitants de Védènes n'ont jamais pu pénétrer le mystère de ma naissance. Eh bien, ton tuteur Marly, qui t'a tenu lieu de père, est le petit-fils du plus fidèle serviteur de tes ancêtres. Oui, je suis le descendant d'un dévoué serviteur de la maison de Thouzon-Berneuil, d'un serviteur qui suivit ses maîtres jusqu'au milieu du trépas. Mon père, mort en 1840, m'a raconté en pleurant toute cette lamentable histoire dont je te dois ce soir le récit. C'est de lui que je tiens le précieux dossier que j'ai remis au père de Marceline. A la mort de ton père, en 1868, j'ai dû te recueillir, pauvre orphelin en bas âge, pour être fidèle à son dernier vœu et à mon engagement. Voilà quelle a été la raison de cette adoption.

Tes ancêtres, Georges, les seigneurs de Thouzon-Berneuil, étaient renommés dans la région par leur bravoure et leur humanité. Ce manoir, à

cette époque, était plutôt un hospice qu'un château. Chaque jour, ses portes étaient grandes ouvertes à une infinité de pauvres de toutes les parties de la France qui venaient, tout heureux,
chercher ici leur subsistance. On disait alors que
les bienfaits ruisselaient à travers ces rocs. Les
infortunés trouvaient dans ce castel hospitalier,
véritable oasis au milieu d'une nation qui était
devenue un vaste champ de brigandages, le soulagement de leurs misères, les consolations chrétiennes sur les épreuves de la vie, l'adoucissement
de leurs peines et de leurs maux. Inutile d'ajouter
que tes aïeux étaient estimés, aimés, bénis, véné-
rés, adorés même par tous leurs subordonnés. Ils
étaient si rares, à cette époque, les seigneurs qui
ne faisaient pas crier leurs sujets en les pressurant
par d'ignobles exactions.

Mais une bienfaisance si noble, si large, si
aveugle, si anormale, ne pouvait durer. Tes ancêtres ne devaient pas tarder à être ruinés. Dieu,
qui leur avait donné un cœur compatissant, ne
leur avait pas légué en partage une fortune suf-
fisante pour en satisfaire les aspirations. Ah!
ceux-là méritaient bien de nager dans l'abondance.
Il est beau, Georges, d'être ruiné par la bienfaisance, bien que les peuples perdent vite le souvenir des libéralités. Les seigneurs de Berneuil
ne purent plus désormais soutenir leur rang, gar-

der ce décorum féodal qui faisait toute la force de la noblesse en même temps que son brillant. Et pourtant les visites des pauvres et des naufragés de la fortune ne faisaient pas trêve : les bons seigneurs, ces nobles naufragés du sort, se dépouillaient de leurs derniers lambeaux pour en revêtir le passant. Chaque jour le château que voilà était assiégé par de criantes misères. Il fallait leur donner satisfaction comme par le passé. Tes aïeux n'osèrent avouer qu'ils étaient ruinés. C'est alors qu'ennuyés de cet état désolant et sans issue, entraînés fatalement par le désespoir, ils conçurent une idée désastreuse et n'eurent plus de répit qu'ils ne l'eurent mise à exécution. Cela se passait en 1769.

Une nouvelle calamité vint encore ajouter à la détresse de tes ancêtres. Un fils des seigneurs de Thouzon-Berneuil, adonné malheureusement aux excès du libertinage, avait gaspillé en peu de temps une partie des revenus de la famille : tant le vice et la corruption se glissaient facilement, à cette époque, dans les cours seigneuriales même les plus réservées et les plus pures ! Pour comble de malheur, cet enfant prodigue avait violé une jeune fille de bonne condition : le père de la victime promit d'étouffer cette affaire compromettante moyennant la remise de la part des Berneuil d'une somme considérable. Tes infortunés aïeux, hommes intègres et loyaux, firent le dernier sacrifice qui était en leur pouvoir pour sauver la vie du fils débauché et l'honneur de leur famille.

Mais c'est là que la misère avec toutes ses rigueurs les attendait. Après l'acquittement de cette dette naturelle, ils tombèrent dans un extrême dénuement. Plus de ressources, plus moyen de figurer, de briller dans la société féodale. Qu'était maintenant pour eux le château? Un monceau de pierres. Qu'était la noblesse? Un blason inutile. A bout d'expédients honnêtes, trop humains pour avoir recours aux tyranniques et pour cribler le peuple d'impôts, tes malheureux ancêtres en vinrent à réaliser le fameux projet dont je te parlais tantôt, et qui produisit les plus fâcheuses conséquences sur leurs destinées.

Aveuglés par le désespoir, ils mirent en vente leur château de Thouzon et leurs titres de noblesse. Beaucoup d'enchérisseurs, riches roturiers, se présentèrent. Ce fut un certain Duprat d'Avignon, qui offrit la plus forte somme et, partant, fut déclaré adjudicataire.

Je dois d'abord te faire observer, Georges, que ce Duprat, l'acheteur de Thouzon et des titres nobiliaires de tes ancêtres, est un des aïeux de M. de Berneuil, notre contemporain, le père de Marceline.

Par suite de ce contrat de vente, il se produisit un échange de noms entre les parties : ce Duprat, acheteur, prenait le nom de Thouzon-Berneuil, et la vieille famille de Berneuil prenait le nom de Duprat. Voilà pourquoi tu t'appelles Duprat-Marly aujourd'hui, et le père de Marceline marquis de Berneuil.

Des lettres patentes du roi Louis XV confirmèrent la vente et l'échange de noms. Le père de Marceline lit peut-être en ce moment le décret d'homologation royale du contrat passé entre ledit Duprat et ledit Roger de Thouzon-Berneuil.

L'étonnement du jeune homme était à son comble. Il passait fréquemment une main tremblotante sur ses yeux, autant pour se rendre compte qu'il ne rêvait pas que pour essuyer les larmes qui coulaient de ses paupières.

— Tous ces faits, continua M. Marly, après une nouvelle pause, sont constatés un à un dans des pièces authentiques, d'une exactitude qui défie tout soupçon. Le père de ta bien-aimée a même maintenant en sa possession l'acte de vente passé entre Duprat et tes ancêtres. Il est conçu à peu près dans les termes suivants :

Les soussignés Roger de Thouzon-Berneuil, d'une part, et Jean Duprat, d'autre part, ont arrêté ce qui suit :

Ledit de Berneuil vend audit Duprat son château de Thouzon, avec ses dépendances, son titre de marquis, ses noms, blasons, armoiries, constituant un droit de seigneurie sur la région du Thor, et un droit de suzeraineté sur les fiefs de mouvance de Gadagne et de Védènes.

La présente aliénation est faite moyennant un prix total de 800,000 francs, que ledit Duprat, acquéreur, s'oblige à payer au vendeur dans l'espace de trois années.

Fait double au Thor, en l'étude de Mᵉ Rancey, tabellion royal, le 1ᵉʳ mars 1770.

Suivent les signatures.

Dans la dernière période du droit ancien, comme sous l'empire de la législation nouvelle, la vente était parfaite entre les parties et la propriété acquise à l'acheteur par l'effet du seul consentement des contractants. Le prix fixé n'en a jamais été payé à tes ancêtres, puisque la créance existe encore et qu'aucune quittance ne l'annule. Le nouveau marquis de Berneuil, l'ignoble Duprat, l'arrière-grand-père de Marceline, avait agi de mauvaise foi dans cette convention. L'acheteur avait spéculé sur sa puissance future pour ne point solder son dû. Où aurait-il trouvé, du reste, les espèces sonnantes qu'il avait dolosivement promises? Une information puisée à bonne source fit connaître aux infortunés vendeurs que Duprat ne possédait rien au moment de l'achat. Ton bisaïeul, Georges, s'était laissé prendre aux belles paroles et aux superbes promesses du larron. Et maintenant Duprat était devenu une autorité, un véritable souverain, dans la région. Le nouveau seigneur de Thouzon-Berneuil avait déjà étendu sa domination au delà de ses limites légales, entourait son château de trois corps de garde, exerçait un pouvoir despotique sur la contrée, et se faisait redouter de ses sujets et même de ses vassaux.

Je n'ai pas besoin de te dire dans quelle affreuse détresse se trouvèrent alors les membres de ta famille. Les sommations de payer furent vaines. Mais leurs privations durèrent peu. L'acquéreur Duprat, monstre de cupidité et de tyrannie, devait bientôt éteindre sa dette dans le sang de tes aïeux. Non content d'avoir employé le dol, le bisaïeul de Marceline fit saisir et garrotter pendant la nuit tous ceux de tes ancêtres qui se trouvaient dans la région. On leur banda les yeux et on les conduisit ainsi sur un chariot. Quelques instants après, la lugubre voiture s'arrêtait : des portes roulant sur leurs gonds rendirent un bruit strident. L'ancien marquis de Berneuil reconnut à ce fracas qu'on ouvrait les portes des cachots de Thouzon. Vainement tes aïeux essayèrent-ils de se dégager de leurs chaînes. On les jeta là, dans ces antres humides. Ils ne devaient plus revoir la lumière. Le lendemain, ils n'étaient plus ! Successivement ils entendirent le sicaire aiguiser son fer, puis le bruit sinistre de la perforation produit par le poignard qu'on enfonçait dans leur cœur. Quelques râles, et ce fut tout.

Avec tes ancêtres, victimes aussi infortunées qu'illustres, ô Georges! tomba aussi sous les coups de la barbarie mon aïeul, ce fidèle serviteur des Berneuil, qui s'obstina à les suivre jusqu'au milieu des supplices. Comme il était d'un âge assez avancé, on l'étrangla.

Le vieillard s'interrompit haletant. L'émotion l'étouffait.

— Alors, reprit-il au bout d'un instant, ne restaient plus que deux membres de ta famille : ton bisaïeul, qui avait fui avec mon père à l'étranger, et une de ses sœurs, Rose de Berneuil, religieuse du monastère de Sainte-Monique, à Avignon, qui fut arrachée subrepticement à sa cellule et enfermée dans une prison ténébreuse du château de Thouzon. Son destin n'était pas d'être assassinée immédiatement. Elle devait subir préalablement des tortures inouïes. On lui réservait un supplice plus cruel que celui de la strangulation.

Voilà, Georges, comment les ancêtres de Marceline ont acquis leur noblesse par le crime, après l'avoir extorquée par le dol.

Le vieux Marly, en achevant ces mots, poussa un long gémissement. Le jeune avocat sanglotait. Tout un passé terrible revivait alors sous les yeux de ces deux hommes unis par les liens d'un malheur commun autant que par ceux d'une amitié inaltérable.

— Le nouveau marquis de Berneuil, continua M. Marly, fut la terreur de la contrée. C'était le loup-garou général. Ne sortant jamais qu'escorté de ses hommes d'armes et d'un formidable appareil militaire. Les tortures les plus atroces furent employées contre tous les paysans qui avaient offensé même légèrement sa seigneurie. Les habitants du Thor et de Védènes se courbaient, comme de misérables esclaves, devant l'autorité sans bornes du despote de Thouzon. J'aurais peine à comprendre, Georges, qu'ils aient pu supporter pareils affronts, pareils tourments, pareilles infamies, si la complicité du roi de France et ces noirs cachots que voilà ne m'apparaissaient comme la sauvegarde de leur tyran.

Et dire que ce seigneur déloyal, parjure, criminel, scélérat, siégeait sur un trône pour juger sans contrôle ses malheureux sujets! Où étaient donc les franchises des Védéniens et des Thorois? Où étaient donc leurs libertés? Où était donc la justice? A Thouzon, ces mots n'existaient pas.

L'ancêtre de Marceline a laissé dans la contrée

un de ces noms lugubres, sanguinaires, qui donnent encore, après cent ans, le frisson à nos villageois. Tous les brigandages qu'on raconte sur cet homme sinistre ne sont point des légendes. Il y a encore à Védènes, au Thor, à Gadagne, les petits-enfants de quelques-unes de ses victimes.

. A plus d'un siècle de distance, il me semble voir toutes ces malheureuses victimes de Thouzon se dresser, furieuses, devant le trône de Dieu pour requérir les plus cruels châtiments contre le grand-père de M. de Berneuil. La meilleure vengeance que le Très-Haut pourrait leur permettre, ce serait de ronger indéfiniment le crâne de leur bourreau.

Ne te semble-t-il pas voir là, dans ce château, des pauvres en haillons s'avancer, timides, au pied du trône du puissant voleur de Berneuil? Devant sa seigneurie, ils s'inclinent jusqu'à terre. Le tyran, lui, ne daigne pas seulement se découvrir.

— Que me veut-on? interroge-t-il d'un air courroucé.

— Nous venons, répondent pâles et tremblants les pauvres diables, prier votre haute seigneurie de vouloir bien diminuer nos impositions. Nos récoltes ont été mauvaises. Elles nous suffiront à peine pour subsister.

— Comment? tonne le seigneur. Êtes-vous

23

exempts de la loi commune, affreux vilains? Vos récoltes sont mauvaises; en suis-je la cause? Payez! c'est le droit du seigneur! Il a le droit de tondre même ses brebis galeuses.

Voici un autre malheureux qui comparaît terrifié, confus, le fusil sur l'épaule. Il a été pris à chasser dans la forêt seigneuriale.

— Qui t'a donné l'autorisation d'aller marauder dans ma forêt?

— Et qui vous la donne pour venir chasser dans ma propriété?

— Insolent! pendard! Cette réponse te vaut le gibet. Gardes, emmenez-moi ce rustre au cachot, et exécutez ma sentence sur l'heure.. C'est le droit du seigneur.

Oui, Georges, c'était le droit du seigneur de Thouzon. Mais quel était le droit de l'infortuné qu'on allait pendre? Je n'ai pas besoin de te le dire : tu sais ce qu'un homme aurait dû faire en pareil cas avec un fusil chargé dans les mains.

Vois là-bas ce jeune couple qui sort de l'église du Thor, où le prêtre vient d'unir ses destinées pour toujours. Crois-tu que les formalités du mariage se bornent là? Erreur. Il faut que le seigneur de Thouzon déflore la vierge : c'est son consentement au mariage. Il faut que son souffle vienne empoisonner cette existence conjugale. Ainsi l'hyménée s'ouvrait sous les auspices du crime et de l'infamie.

Suivons les deux nouveaux mariés : ils se rendent au château les yeux pleins de larmes ; mais ils ont l'air résigné. Pour satisfaire aux cruelles exigences des décrets de M. de Berneuil, le mari va précipiter son épouse dans sa beauté, dans sa pureté, dans sa robe d'innocence, entre les bras lascifs du marquis ou de ses fils. C'était le droit du seigneur.

Pourtant, si la nouvelle épouse est assez heureuse pour n'avoir point reçu du ciel les grâces en partage, le mari payait une indemnité très élevée, en compensation du redoutable impôt en nature qui pouvait être exigé de lui. L'homme avait donc tout intérêt, à cette époque, à choisir de laides femmes, car la vertu est au-dessus de l'argent. Ainsi, toutes les passions du seigneur étaient satisfaites : depuis la cupidité jusqu'à la débauche. Si c'était pour faire vivre le seigneur que l'on mourait jadis, c'était pour le faire jouir que l'on se mariait.

Mais, supplice atroce ! pendant que le cœur virginal de son épouse palpitait sur le cœur adultère du tyran dans une couche opulente et parfumée, le pauvre mari, auquel on venait de ravir son honneur avec sa femme, était là, exposé aux intempéries des saisons, sous les murs du châ-

teau, payant un impôt nocturne d'un autre genre :
il imposait silence aux grenouilles du fossé, pour
permettre au marquis de Berneuil de goûter des
plaisirs plus tranquilles sur les chairs molles de
l'épouse ravie. C'était le droit du seigneur de
Thouzon.

Ah ! Georges, ce manoir, si muet aujour-
d'hui, était alors un gouffre toujours béant, où
tombaient sans relâche et pêle-mêle les jeunes
filles les plus belles, les plus intéressantes, les
plus chastes. On les violait impunément, on les
faisait mourir dans des raffinements de volupté.
Il est dur d'être esclave : eh bien, la servitude et
la réclusion au fond de ces tombes inspiraient
encore moins d'horreur que ces sortes de supplices.

Après la destruction du château, deux tombe-
reaux d'ossements furent déposés dans le cimetière du Thor.

Mais cessons de continuer ce chemin de la croix
portée par le peuple. Ah ! ce n'est point par les
armes de la parole que le persécuté devait tout
d'abord attaquer ses oppresseurs. C'est avec le
canon, et malheureusement ce canon n'a tonné
qu'en 1789.

— Mais, interrompit Georges, comme réveillé
en sursaut par l'émotion que lui causait un pareil
récit, ma famille et tant d'autres ne pouvaient-elles

porter leur cause aux pieds du roi de France,
le premier justicier du royaume?

— Tu veux dire le premier brigand du royaume.
C'est la cour royale de France, cette cour fétide
de Louis XV, qui donnait l'exemple de la prostitution et de la barbarie aux cours seigneuriales.
La féodalité imitait la royauté dans ses vices comme
dans ses qualités. Faire sa cour était devenu synonyme d'avoir des relations sensuelles avec les
dames. Les amours sont, à cette époque, la seule
politique de la maison royale et des châteaux.
Parles-tu du cynique Louis XV comme d'un justicier? Tu ne connais donc point son règne!

Que le peuple souffrît horriblement des cruautés
de la disette, ou de celles plus terribles encore des
seigneurs; que la France s'alanguît comme atteinte d'un mal de désorganisation; que nos armées
fussent vaincues malgré leur patriotisme; tout
cela c'était peu de chose pour cette cour royale,
pourvu que Louis fût aimé et reçût les baisers brû-
lants de ses courtisanes. Les larmes hypocrites
d'une prostituée étaient sur le cœur du roi plus
éloquentes que les larmes sincères de tout un
peuple; et ses embrassements lascifs paralysaient
dans le cœur du monarque tous les bons sentiments, pour y entretenir la passion brutale.

Ton bisaïeul, qui portait alors le nom de Duprat, et qui avait eu le bonheur de se soustraire

aux coups du bourreau de Thouzon, voulut en référer au roi Louis XV. Mais ses doléances ne furent point écoutées. Le peuple n'avait pas accès au pied du trône. L'inhumain seigneur de Berneuil avait eu le soin de prévenir les plaintes de ton ancêtre auprès des maîtresses de Sa Majesté. Il devait avoir gain de cause. Dans un rapport très circonstancié, appuyé encore par les autres seigneurs de Vaucluse, il accusait Duprat d'être l'ennemi de la royauté, de comploter contre Thouzon et de vouloir détruire les institutions politiques d'alors. Les affirmations mensongères de l'aïeul de M. de Berneuil furent accueillies favorablement par les viles courtisanes de Louis XV, qui gouvernaient la France selon leurs caprices. Une lettre de cachet arrachée au fantôme royal ouvrit les portes de la Bastille à ton arrière-grand-père. C'est dans cette infernale forteresse qu'il expia le crime d'avoir voulu affranchir Védènes, Gadagne et le Thor du joug odieux qui les opprimait.

— O mon Dieu! mon Dieu! soupira Georges. C'est donc bien vrai qu'alors l'homme était traité plus durement que les esclaves du Nouveau-Monde?

— Hélas! oui, mon fils. C'est donc dans les cachots de ce manoir que tes ancêtres ont expiré sous le fer de leurs débiteurs, devenus leurs plus cruels ennemis. Là, dans ces murs aujourd'hui délabrés, la jeune sœur de ton bisaïeul a été violée et assassinée. Plus haut s'étendaient les lits fastueux du tyran et de ses fils. Des orgies incessantes se prolongeaient en secret là, dans ce gynécée aujourd'hui méconnaissable, dont les murailles énormes étouffaient les cris et les sanglots des victimes. C'est là qu'aux sons de musiques voluptueuses s'épanouissaient les molles caresses des esclaves ou des courtisanes éhontées, créatures indispensables pour célébrer dignement les saturnales de la féodalité.

Pendant que la sœur de ton bisaïeul, vierge pleine de beauté et de distinction, était enfouie dans un de ces humides cachots, elle entendit soudain un bruit de clefs; la porte tourna sur ses gonds et livra passage à deux hommes masqués d'un voile noir. Le premier, d'une voix brutale et sourde, lui fit des propositions qui épouvantèrent sa pudeur virginale. Une plainte déchirante s'exhala de sa poitrine. Terrifiée, la belle s'enfuit au fond de l'antre, pour se soustraire à l'action redoutable du monstre. Les deux bourreaux n'en furent pas émus, et la violence devait triompher. L'un d'eux se rua sur elle, la serra fortement et la menaça de son glaive. La recluse, atterrée, s'affaissa; en un clin d'œil, elle fut dépouillée de sa robe. L'impassible spectateur de cette scène s'élança alors sur sa victime comme un fauve. La belle, exténuée de souffrance et de faim, n'eut pas la force de repousser un contact abhorré. C'est à peine si elle frémit sous ces attouchements profanateurs. Son cadavre fut abominablement souillé, mais son âme resta vierge. Je dis son cadavre, car lorsque, après le viol odieux, le bourreau, qui l'avait tenue de son bras nerveux, la perça de son épée, la pauvre captive ne sentit pas le coup du fer; évanouie dans sa douleur, elle était déjà morte avant d'avoir reçu le coup mortel. Mourir, c'était son souhait depuis sa réclusion. Seul, le trépas pouvait la rendre libre, en la délivrant complètement des liens terrestres.

Et le violateur, Georges, c'était le seigneur de Berneuil, le bisaïeul du père de Marceline. Le tyran remonta gravement, le sourire aux lèvres, l'escalier du cachot, et, après avoir traversé le long corridor où étaient inscrits ces mots dérisoires : Salle de Justice, il regagna son sérail où il lui tardait de deviser joyeusement avec ses honteuses Laïs.

Tout ce que je te raconte, mon fils, est relaté dans des mémoires authentiques émanés des Berneuil eux-mêmes qui poussèrent l'impudence jusqu'à écrire l'histoire des orgies de Thouzon. Ces manuscrits figurent parmi ceux que j'ai livrés à M. de Berneuil.

Et puis, que de mains désespérées ont gravé leur histoire en caractères sanglants sur les murailles de ces tombes!

Mais maintenant, vois, mon fils, comme tout ici est silencieux. Dans ces galeries écroulées règne un mutisme de mort. De tant de bruit et de tumulte il ne reste plus rien; mais il reste le souvenir révoltant de tant de crimes. Ce charnier est devenu accusateur, après avoir été témoin.

Ces forfaits et ceux des autres seigneurs criaient vengeance en 1789. Ton bisaïeul embastillé devait bientôt renaître à la vie et à la liberté. Le 14 juillet, le canon grondait contre cette colossale et criminelle Bastille qui avait bravé, pendant de longs siècles, les colères du peuple, et dont la porte aurait pu être surmontée de ces mots terribles du Dante : « Mortels qui entrez ici, laissez l'espérance à la porte! »

Et, spectacle sublime dans son horreur! au fracas du mouvement révolutionnaire, à cet élan spontané et patriotique de la France qui se levait comme un seul homme contre ses tyrans, répondaient, écho sinistre en même temps que rassurant, les cris de joie et les bruits de chaînes d'une infinité de malheureux qui croupissaient dans toutes les prisons seigneuriales.

Qu'y avait-il dans cette caverne gigantesque

qui terrifiait Paris? Il y avait là les défenseurs de
la liberté; les prisonniers de la raison d'État qui
avaient eu le malheur de surprendre quelque terrible secret de la cour; des fils de famille cloîtrés
sans jugement, par l'effet d'une simple lettre
royale. Le despotisme était partout alors, dans le
foyer domestique comme sur les marches du trône.
Là, tandis que leurs tyrans vivaient dans la luxure,
des hommes se mouraient, qui avaient versé une
partie de leur sang sur le champ d'honneur. Ils
mouraient pour laisser vivre les rois. Et pourtant,
c'étaient ces pauvres prisonniers qui avaient fait
la France. Après l'avoir faite grande, ils voulaient
la faire libre, et c'était leur crime. .

Mais le 14 juillet, au soir, tout était affran-
chi. Tous, heureux, sortaient. Tous! je me
trompe, restaient les cadavres. Épargné par
le sort, ton bisaïeul, Georges, reprenait, ce soir-
là, sa place au grand soleil de la nature et de la
liberté.

L'année 1793 devait tout venger. Tu comprends maintenant pourquoi ton bisaïeul Duprat
devint un des principaux instigateurs de la révolution du Comtat-Venaissin. C'est lui qui dressa
l'acte d'accusation contre son tyran, contre l'assassin de sa famille. Le père de Marceline a
maintenant cette pièce entre les mains. Ce Duprat,
ton grand-père, est celui dont le marquis de

Berneuil, notre contemporain, a conservé le souvenir, et qu'une légitime vengeance avait seule poussé à demander la tête du seigneur de Thouzon, sur la place d'Orange.

— Merci, mon père, s'écria Georges dans un transport d'amour filial. Je sais le reste. Je vous dois la vie. Permettez-moi de vous embrasser pour vous témoigner ma vive gratitude pour l'affection et le dévouement dont vous avez entouré mon enfance.

— Le château de Thouzon fut presque démoli par les révolutionnaires. Tu as vu maintes fois dans le cimetière de Védènes ce monument élevé à la mémoire des victimes seigneuriales. Là sont déposés les ossements trouvés dans les cachots de Thouzon. Il y a là les cendres de tes aïeux et de mon grand-père. Ce tombeau est pour moi l'objet d'un culte et d'une vénération particulière. Pendant trente ans, on a célébré annuellement un service funèbre pour le repos de l'âme de ces infortunés.

Aujourd'hui, dans ce manoir, les rampements des reptiles ont remplacé les rampements des esclaves. Les fleurs sauvages que la Révolution semble avoir semées sur ces ruines féodales doivent rappeler aux peuples que le même jour les fit libres et égaux.

Tel fut le digne châtiment du dernier seigneur

de Thouzon, qui expia par la peine capitale ses
crimes de vol, d'adultère, de viol, d'assassinat
qu'il n'avait cessé de commettre depuis son élévation à cette dignité féodale. Sa tête tomba aux
applaudissements du Comtat-Venaissin.

En même temps tombèrent, dans la France
entière, toutes les couronnes seigneuriales, et
toutes étaient teintes du sang du peuple.

Voilà cette lugubre histoire, mon fils. Je te la
devais : les circonstances présentes m'en impo-
saient le récit navrant.

Le devoir de M. de Berneuil est tout tracé maintenant. S'il est loyal, il consentira à un mariage
entre sa fille et toi, entre la petite-fille d'un assassin et le petit-fils d'un vengeur. Ce sera un mariage de réparation. Il n'y a que cette union qui
puisse faire oublier le passé.

Le vieillard se tut : ses dernières paroles avaient
rallumé l'espérance dans l'âme du jeune avocat.

La nuit était déjà avancée. La rosée humectait
les vêtements des deux hommes. La campagne
était toujours comme assoupie dans son calme
solennel. Une brise venait, caressante, passer sur
leur front, pleine d'une salutaire fraîcheur et
tout embaumée des parfums qu'exhalent les
coteaux voisins. M. Marly et son fils se levèrent
soudain et reprirent, silencieux et tristes, le chemin de Védènes.

XX

Elle fut bien gaie, la journée du 14 juillet 1889 dans le petit village de Védènes! Les salves des boîtes municipales rehaussèrent encore la solennité de la fête patriotique par excellence. Là-haut, à la cime du clocher, un drapeau flottait au gré du vent, déployant les trois couleurs nationales; et les cloches sonnaient à toute volée, célébrant dans leur langage argentin l'anniversaire de notre délivrance.

Dans les rues étroites se pressait le flot des villageois et des habitants de la campagne. Le soleil, ce dispensateur de la gaieté, brillait dans un ciel sans nuages, et ses rayons, dont un zéphir salutaire modérait les ardeurs, déversaient comme un air de fête bien en rapport avec la joie qui s'étalait dans l'enceinte du village et sur les physionomies des Védéniens. Çà et là, à travers les rues, de bruyants éclats de rire partaient des lèvres des jeunes filles que le joyeux Jet de la Nore régalait de ces refrains pétillants et de sa verve humoristique.

Au milieu de la place publique, sous une longue et grossière tenture, en forme de dais, fixée à des mâts décorés de guirlandes de buis et surmontés de bannières, l'on voyait d'un œil jaloux tournoyer gracieusement, aux accords d'une excellente musique, les couples alertes des jeunes amoureux.

Mais le tableau qui attirait le plus l'attention, c'était assurément celui que présentaient deux charmants promeneurs, une demoiselle de la plus grande beauté et un jeune homme d'une élégante modestie, qui allaient, causant familièrement, à travers les rues du village, au grand étonnement des Védéniens.

L'œil de la jeune fille rayonnait d'une joie suave et pure : c'était comme un reflet de son âme de vierge. Une robe d'un noir d'ébène enveloppait sa taille pleine de souplesse et de charmes. Sa main droite balançait au-dessus de sa tête une ombrelle d'une élégance exquise. Sur son visage s'étendait la pâleur mate, expression d'une langueur voluptueuse, et pourtant un habile observateur eût remarqué sur ces traits abattus une énergie surprenante chez une fille de cet âge. Sa physionomie s'animait par intervalles de ce sourire à la fois triste et doux, particulier aux éprouvés qui conservent encore au milieu des fêtes le souvenir de leurs angoisses. Cette radieuse créature s'élevait, altière, superbe, au milieu de la foule qu'elle traversait ; mais elle avait le rare privilège de désarmer l'envie par son regard d'ange.

Le jeune homme qui l'accompagnait était d'une taille bien prise, d'une régularité de traits irréprochable. Ses yeux noirs, débordant d'une douce mélancolie, accusaient de longues fatigues et d'anciennes souffrances. Sa démarche était aussi distinguée que charmante. Il ne cessait de contempler d'un regard rêveur sa séduisante compagne. Son attitude était celle d'un homme qui vient de sortir d'un horrible cauchemar dont son imagination était assaillie depuis longtemps et qui se sent heureux d'être libre maintenant et de revoir la lumière.

Tous les regards s'attachaient, curieux, sur les deux intéressants personnages. Des murmures d'admiration parcouraient la foule sur leur passage. Les Védéniens, dont la simplicité égale la probité, allaient jusqu'à se montrer du doigt le beau cavalier. Ce devait être un enfant du pays, selon toutes les apparences, car, chaque fois qu'il saluait d'un geste amical les personnes qui côtoyaient les rues, il lui était répondu par une énergique inclination de tête et par le plus aimable sourire.

Soudain, le vieux Clopinard, tout endimanché, la figure radieuse et triomphante, apparaît au détour d'une rue, appuyé sur un bâton, et, plus hardi que ses compatriotes, s'avance près des deux brillants promeneurs; puis, après une profonde révérence à la jeune fille souriante et à son cavalier, il s'écrie de sa joyeuse voix flûtée :

— Monsieur Georges, je viens de faire une contredanse. Tout le monde riait en voyant sauter capricieusement ma jambe de bois. Honteux, un moment je ne savais plus sur quel pied danser. Diable! n'est-il pas permis aux invalides de s'amuser? Mais je suis philosophe, je ne puis pas toujours chanter. Aujourd'hui il fallait que je danse, même clopin-clopant. Quelle superbe fête, monsieur Georges! L'apparition de mademoiselle met le comble à sa solennité.

La jeune fille riait aux éclats. Tout en parlant ainsi avec mille gestes désordonnés, le vieux pensionné de Décembre jetait des coups d'œil furtifs sur la compagne de Georges. Sa curiosité fut même tellement aiguillonnée, que, tirant à part le jeune avocat, il lui demanda dans le tuyau de l'oreille :

— Où as-tu donc pêché cette admirable nymphe, veinard?

— Sur les bords du Rhône, répondit Georges en riant. C'est la fille de M. de Berneuil, ma fiancée.

Clopinard resta muet, comme foudroyé de surprise. Il fût tombé à la renverse, s'il ne se fût penché sur son gros bâton noueux pour reprendre son équilibre. Un instant après, il s'inclinait devant Marcelline et Georges, et s'éloignait du couple heureux dont tous les Védéniens enviaient le bonheur.

Tout en cheminant, le vieux démocrate murmurait tout bas :

— La fille du marquis de Berneuil au bras de Georges! non, ce n'est pas possible. C'est une blague d'avocat.

Ce jour-là, les habitants de Védènes, tout en se livrant aux légitimes jouissances que doit faire éprouver à tout Français le souvenir du jour où le peuple conquit sa liberté, n'oubliaient pas qu'il y avait, à l'extrémité du village, au sein de l'enclos sacré, déposés pêle-mêle dans une tombe commune, les innombrables ossements des victimes de la barbarie seigneuriale. Nous avons déjà dit, en effet, que les républicains, qui sont en grande majorité dans le pays, avaient élevé un monument grandiose à la mémoire des infortunés qui étaient tombés sous les coups des seigneurs de Thouzon. Conformément à un usage traditionnel, le cimetière était ouvert à pareil jour, et les villageois s'empressaient d'aller vénérer par leurs larmes et leurs prières le tombeau où reposaient les restes de leurs malheureux ancêtres. Vers le soir, Georges et Marceline suivirent, pensifs, l'étroit sentier, couvert de ronces et d'épines, qui mène à la sombre demeure des morts. La jeune fille savait tout : déjà ses yeux se mouillaient de larmes. Georges

24

voulait lui épargner cette nouvelle épreuve : le
courage de la jeune fille l'emporta. Il fallut se
rendre au cimetière. Une fois près du fameux sé-
pulcre, Marceline se prosterna, pâle et affligée,
sur la froide pierre tumulaire, que l'épais feuillage
d'un hêtre défendait contre les rayons du soleil.
Là gisaient, enfouis, un nombre incalculable de
cadavres, assassinés par ses ancêtres. A cette pensée, la tendre fille versa des larmes amères ; elle
voulut prier oralement, mais les mots s'arrêtaient
sur ses lèvres. Son cœur priait. Georges eut pitié
d'elle ; il la releva, non moins ému qu'elle-même.

— Ne pleurez point, Marceline, dit-il ; ce qui
est passé est passé. Les pleurs ne ressuscitent
point ceux qui ne sont plus. Ah ! si vos larmes
étaient aussi efficaces que sincères, tous ces martyrs sortiraient de leur tombe et vous salueraient
comme la plus tendre, la plus pure et la plus noble
des jeunes filles. N'êtes-vous pas une martyre
aussi?

Et tous deux se retirèrent en silence et dispa-
rurent dans les rues du village.

Mais le lecteur doit avoir de prime abord quelque peine à s'expliquer cette réunion imprévue des
deux amants. Qu'il nous permette donc de revenir
sur nos pas. Nous avions interrompu notre récit au
moment où le vieux Marly et son fils, après avoir
achevé leur visite nocturne au manoir de Thouzon,

reprenaient mornes et muets le chemin de Védènes.
L'imagination de Georges était tellement surexcitée
après les déclarations de son père, que les arbres
prenaient à ses yeux, sous la pâle clarté de la
lune, l'aspect de fantômes. Le jeune homme se
croyait transporté dans un pays de chimères. La
nature elle-même semblait favoriser ses émotions.
Il était saisi de frayeurs insolites, que son père
essayait vainement de dissiper en faisant appel à
sa raison.

Pendant que Georges était plongé dans cette
détresse morale, là-bas, à Avignon, dans l'hôtel
de la rue D..., Marceline, le cœur dévoré par l'angoisse, s'évanouissait entre les bras de sa mère. Sous
l'influence d'un prompt secours, elle reprit bientôt l'usage de ses sens ; mais la raison ne revint
pas avec la vie : sur ses lèvres se pressaient les
paroles les plus confuses, les mots les plus bizarres
et les plus contradictoires. Autour d'elle, c'étaient
la désolation et le désespoir. Mme de Berneuil,
épouvantée, l'inondait de ses larmes et cherchait
à la ranimer par ses caresses. Un délire funeste
était à craindre. Mais les soins eurent raison du
mal et prévinrent le pire. Marceline recouvrait insensiblement la santé et la raison.

Le marquis de Berneuil, la face courroucée, les
yeux gros de larmes, s'était retiré, chancelant,
dans son cabinet pour dissimuler son agitation

fiévreuse. Il tomba, comme un poids inerte, dans son fauteuil ; puis, après un moment d'inaction et d'accablement, la curiosité l'emportant sur la douleur, il ouvrit le dossier sanguinaire que lui avait remis le vieux Marly. Le père de Marceline parcourut, la mort dans l'âme, avec une terreur croissante, ces lugubres et navrants épisodes qu'un homme, si insensible qu'il soit, ne peut lire sans frémir. Il en fut écœuré, terrifié ; son visage se couvrit d'une pâleur extrème. L'authenticité de ces mémoires ne pouvait être contestée. Le sceau des seigneurs de Berneuil, ses ancêtres, était là, témoignage indélébile, imprimé sur toutes les feuilles du redoutable dossier. Le marquis ne pouvait résister à la certitude évidente du récit de toutes ces lamentables tragédies. Leur blason, ses aïeux l'avaient volé d'abord, puis conquis par l'assassinat. A cette pensée, M. de Berneuil s'affaissa, comme anéanti, dans son voltaire ; à le voir dans cet état, on eût cru qu'il avait perdu l'usage de ses facultés. Ces révélations, d'autant plus terribles qu'elles étaient inattendues, avaient provoqué chez lui la fièvre la plus ardente. Une sueur de mauvais augure découlait de son front blème. Mme de Berneuil entra en ce moment, anxieuse, hors d'elle-même. Sa surprise et sa frayeur furent à leur comble. Son mari était comme évanoui, aussi froid, aussi muet qu'un cadavre. C'est en vain qu'elle l'interrogeait. A son cri d'alarme, le marquis recouvra ses sens. Aussitôt il montra à son épouse ces fameuses lettres, dont la lecture l'avait consterné, car ce n'étaient que les parchemins du vieux Marly qui avaient causé cette prostration au petit-fils des seigneurs de Thouzon. Pouvait-il ne pas être vivement ému, stupéfait, affligé, meurtri au souvenir de toutes les injustices et de tous les crimes que ses ancêtres n'avaient cessé de commettre dans la région? Il faut dire, à l'honneur de M. de Berneuil, que sa conscience triompha cette fois-là de son orgueil aristocratique. Il est vrai que son orgueil s'était brisé sous le poids de la douleur et de l'humiliation. Le noble avait disparu pour faire place à l'homme. Maintenant le voile était tombé, ses yeux se dessillaient ; il sortait enfin de cette espèce de léthargie morale et intellectuelle qui lui avait caché les véritables intérêts de sa fille. Le souvenir de toutes les paroles injustes et outrageantes dont il avait abreuvé le jeune Védénien et de sa conduite inconvenante à l'égard du favori de sa fille lui revenaient sans cesse à l'esprit comme un spectre désolant. Mais il finit par se rassurer à la pensée que Georges aurait autant de générosité pour les lui pardonner qu'il avait montré de patience pour les supporter.

Jusqu'alors Marceline avait aimé Georges. Désormais elle l'admirait pour sa patience et sa magnanimité. Elle l'avait jusqu'ici chéri comme un frère. A présent elle vénérait en lui la victime d'odieuses persécutions. La grandeur du jeune homme lui apparaissait comme l'arme victorieuse qui avait forcé le cœur de son père. Si la barbarie de M. de Berneuil était déplorable, la grandeur de Georges était sublime. Marceline ne regrettait pas les cruelles péripéties de cette lutte du jeune avocat contre son père, puisque l'issue n'en était préjudiciable à aucun des intéressés et avait changé son amour pour Georges en admiration, transformé un sentiment tendre en un sentiment durable.

Trois jours après cet événement fâcheux qui semblait avoir séparé à jamais le jeune avocat de celle qu'il adorait, un domestique de l'hôtel de Berneuil arrivait à Védènes et se dirigeait vers la demeure de M. Marly. Le vieillard, en voyant apparaître cet homme qu'il avait vu quelques jours avant, comprit ce qui se passait dans l'esprit de M. de Berneuil et devina le but de cette visite inattendue.

Georges, dont les émotions et les veilles avaient passablement altéré la santé et pâli le visage, était absent à cette heure. Ne pouvant rester un seul instant à la même place, ennuyé de tout, même de la vie, désirant sortir quand il était enfermé dans sa chambre, rentrer quand il était sorti, le pauvre amant avait eu l'idée de promener sur les bords du Rhône ses douleurs cuisantes et son désespoir. Son regard, chargé de larmes, se fixait, immobile, sur le beau paysage qui l'entourait. Mais rien ne pouvait le distraire de ses terribles pensées. Tout ce qui faisait jadis ses plus chères délices était pour lui sans attrait maintenant. Peut-on tenir à la vie dont on a perdu tous les charmes ? Le jeune éprouvé croyait avoir déjà un pied dans la tombe. Son teint hâve, sa physionomie atterrée accusaient de longues insomnies et des souffrances d'autant plus aiguës qu'elles étaient plus latentes et plus dissimulées.

Cette matinée de juillet était calme ; l'orage, qui n'avait cessé de gronder pendant la nuit, la rendait fraîche et délicieuse. Les feuilles des chênes, qu'un léger vent faisait osciller, résonnaient du concert des oiseaux. Dans la campagne, les moissons luxuriantes, amoncelées au milieu des guérets, attendaient le gerbage prochain. Il y a dans la nature, après l'orage, un je ne sais quoi de plus gai, de plus grandiose, de plus admirable. Cette joie des champs, ces riantes prairies des bords de la Sorgues, formaient un étrange contraste avec les pensées noires du malheureux promeneur. Bien que les sites du Rhône et de Védènes présentent un aspect des plus pittoresques et des plus charmants, bien que la vue de la Barthelasse,

cette « corbeille de verdure », selon la très jolie
expression d'un célèbre romancier des bords du
fleuve, berce le spectateur dans une volupté
douce et pure, notre jeune Védénien ne voyait
partout que sa douleur et l'image de ses angoisses,
dont rien ne pouvait diminuer l'intensité. La pureté du ciel lui rappelait la pureté du cœur de
celle qu'on arrachait à son amour. Au loin, là-bas,
apparaissait, fidèle et provocatrice, l'image des
tempêtes du cœur humain, des orages de la vie.
Le fleuve impétueux, aux chutes du grand bar-
rage, mugissait avec fracas, se répandant par
cascades en écume blanchissante et clapotant sur
les rives en vagues furieuses. Ce tableau lui représentait les secousses terribles auxquelles il
n'avait cessé d'être en butte pendant les plus
beaux jours de sa jeunesse, les fluctuations incessantes du marquis de Berneuil, que le souffle des
diverses opinions réactionnaires avait entraîné
tour à tour vers le passé; enfin les agitations
continues d'une jeune fille qu'on voulait sacrifier
à l'orgueil. Plus bas, le Rhône paraissait plongé
dans un recueillement calme et majestueux; puis,
aux abords des rochers de Pujeaux, se précipitait
follement, avec un bruit épouvantable, luttant,
acharné, contre un granit toujours vainqueur.
Tout cela était bien propre à lui rappeler sa vie
d'amant, si pleine de vicissitudes, mêlée de joies

et de douleurs, d'émotions tendres et violentes, de jours placides et troublés. Image terrible pour une âme poétique comme celle de notre amant désolé.

Peut-être eût-il succombé et son cœur se fût-il brisé sous le poids de ses écrasantes émotions, si un envoyé de son père ne fût venu le tirer d'une rêverie aussi funeste qu'inconsciente. Georges accourut, hors d'haleine, à la maison paternelle. M. Marly l'attendait en souriant sur le seuil de la porte. Il avait une heureuse nouvelle à lui annoncer. Georges comprit tout, en voyant dans les mains de son père la lettre de M. de Berneuil. Éperdu, ne pouvant maîtriser sa joie, il s'élança dans les bras de M. Marly et tint longtemps serrée contre sa poitrine la tête blanche du vieillard. Revenu à un état plus calme, il lut et relut la missive du marquis, conçue dans les termes les plus sympathiques. N'était-ce pas là comme un consentement à l'union tant rêvée? Son père, d'une prévoyance incomparable, ne lui avait-il pas fait entrevoir cet apaisement forcé par les circonstances, ce mariage que l'histoire des relations des deux familles imposait à M. de Berneuil comme une généreuse, bien que tardive réparation? Pour la première fois depuis quatre longues semaines, un sourire de bonheur erra sur les lèvres amaigries de l'avocat.

Pendant ce temps, le marquis, sa femme et

Marceline causaient tristement dans le salon de l'hôtel de Berneuil.

— Hélas! murmura soudain le marquis d'une voix humble, nous avons trop aimé la politique : voilà ce qui nous a rendus injustes et même tyranniques à l'égard d'un jeune homme bien digne de la main de notre fille, à l'égard du vrai rejeton des Berneuil, dont mes aïeux ont usurpé les titres par des procédés iniques. Pourquoi fallait-il que mon esprit s'aveuglât sur la vraie justice pour défendre les intérêts compromis des institutions déchues? J'abjure mes erreurs passées, je renie ces opinions inavouables, ces principes machiavéliques qui me rendaient aussi barbare que ceux dont je défendais la mémoire. Mais l'ignorance et l'erreur excuseront mes cruautés, si elles ne peuvent les légitimer. Cette politique désastreuse et scélérate des réactionnaires, que le désespoir oblige à faire appel à des procédés déloyaux, ignobles, infâmes, c'était alors mon unique passion. La passion de la politique avait pris racine dans mon cœur, y avait grandi et ne laissait plus de place à l'amour paternel, aux soins des intérêts de notre famille. Oui, il faut l'avouer à notre honte, chère Florine, notre amour pour la politique avait plus d'empire sur nous que notre amour pour Marceline.

En achevant ces mots, le marquis fondit en

larmes et embrassa sa fille avec un repentir qui partait du cœur.

— Désormais, reprit-il d'une voix tremblotante, en s'essuyant les yeux, toute mon ambition, ma fille, sera de te faire oublier le passé. Que ne puis-je l'oublier moi-même! Mon unique pensée est maintenant de te rapprocher du pauvre Georges. Mais peut-être lui n'aura point d'indulgence pour un père infortuné.

— N'ayez crainte, mon père, interrompit vivement Marceline, le cœur de Georges est trop généreux pour garder rancune. Il a tout oublié et ne demande qu'à vous aimer.

— O belles âmes! répliqua M. de Berneuil. Pourquoi, mon Dieu! ne pas m'épargner de si dures leçons? Je ne sais si je dois chérir ces deux êtres comme mes enfants ou les vénérer comme des anges. Leur union sera bénie de vous quand ils s'agenouilleront devant votre autel, entourés de l'auréole de la souffrance. Mes cruautés leur ont forgé des chaînes indissolubles.

Il s'arrêta comme oppressé.

— Et maintenant, reprit-il, je vais aimer mes deux enfants par-dessus tout, ne me préoccupant plus que de leur bonheur. C'est mon devoir, et ma vie est à ce prix. Ce devoir, je l'ai connu bien tard, mais je ne mettrai que plus de zèle et de dévouement à l'accomplir.

— Mon père, répondit Marceline, vous parlez aujourd'hui comme un véritable père. S'il m'est permis de faire un retour sur le passé, je vous dirai que ma piété filiale n'a jamais diminué un seul instant, bien que ma bouche et mon cœur déplorassent votre conduite sans oser la condamner, par respect pour vous, mon père. Tandis que vous traitiez avec une sévérité exorbitante le pauvre Georges, qui n'avait d'autre cuirasse pour résister à vos coups que son honneur et sa conscience, me suis-je jamais préoccupée un seul instant des opinions politiques de celui que vous dédaigniez alors par le seul motif qu'il ne partageait point vos idées royalistes? Vous ne vouliez pas de lui, parce qu'il ne portait point une légère particule devant son nom; et c'est lui, l'aristocrate, le vrai marquis, déguisé sous un nom vulgaire, qui aurait le droit de refuser aujourd'hui votre fille pour la même raison. Je ne parle point de la flétrissure publique dont Georges pourrait à jamais marquer notre famille.

L'amour de votre fille pour M. Marly était pur de toute pensée étrangère. Georges m'avait donné son cœur, je ne pouvais lui demander sa liberté de penser. Et c'était là, pourtant, le sacrifice que vous exigiez qu'il fît entre vos mains. Mais, au jour d'une pareille abdication, Georges eût cessé d'être à mes yeux ce qu'il s'est toujours montré, une âme fière et un grand cœur.

— Ton amour et tes paroles ne sont point d'une fille de ton âge, Marceline. Va! ton fiancé sera désormais traité comme il le mérite. Ma conduite à son égard lui fera oublier mes indignes traitements.

M. de Berneuil se tut et la vaste pièce reprit son silence ordinaire. Les trois personnages restaient pensifs; une nuée de réflexions communes obsédait leurs esprits.

Nous ne serions peut-être pas contredit si nous comparions l'amour à une République où règnent en souveraines la liberté et l'égalité. On ne commande pas à son cœur; il est libre et doit faire respecter sa liberté quand on tente de la violer. Dans un État démocratique, la Constitution préalablement discutée règne en despote. Nul citoyen isolé ne peut désormais lui substituer ses lois personnelles; elle impose ses lois à tout le monde et personne ne peut s'en défendre. Le despotisme d'un seul ne peut légitimement maîtriser le despotisme autorisé d'une Constitution. Une Constitution a seule le droit d'être autoritaire. Il en est ainsi en amour. Le cœur est un souverain, jaloux de son indépendance et dédaigneux des conseils qui entravent ses désirs. Il repousse les volontés arbitraires, il protège ses franchises. Quand il veut, il ordonne. Il ne subira les caprices d'aucun étranger, et les étrangers supporteront les siens. Même quand il plie sous une pression du dehors, il se révolte intérieurement et condamne sa propre faiblesse. Vouloir ôter la liberté à un cœur, c'est vouloir y faire grandir un amour naissant. Qu'on en compte les battements, alors qu'on s'efforce de les comprimer : les élans en sont immodérés. La force ne prime jamais le droit dans le cœur humain. Nous avons pu voir, dans le cours de ce récit, que rien ne saurait arracher du cœur de l'amant et de l'amante les sentiments d'amour sincère : ni les reproches, ni les calomnies, ni les dédains, ni les répulsions, ni les tortures morales, ni les souvenirs tragiques. Le plus souvent même, ces idées lugubres ou ces manœuvres odieuses ne font qu'accroître l'amour, en fortifier les liens. Toutes les vertus gravitent autour de l'objet aimé, tous les vices autour de l'objet abhorré.

Pour le véritable amour, le mariage de raison est un mariage contre la raison ; car l'amour est, de sa nature, essentiellement égalitaire. La fille de haute condition, issue de parents illustres, la princesse elle-même, se sont souvent éprises d'un homme obscur, de basse extraction. Nos monarques ont parfois abaissé leur dignité jusqu'à la déposer aux pieds d'une jeune fille d'une origine modeste. Telle a ouvertement refusé les hommages des hommes les plus célèbres, dédaigné les témoignages d'adoration de certains privilégiés de la nature et de la fortune, dont d'autres eussent mendié un regard, qui s'est rendue folle d'un inconnu qu'elle n'a vu qu'une fois sur son passage. La passion naît souvent du choc de la première rencontre. L'amour foule aux pieds les préjugés aristocratiques qu'un certain monde met au-dessus de la raison et veut faire planer dans un espace que le vulgaire ne puisse atteindre. Je parle toujours, bien entendu, du véritable amour. Le sang des princesses du sang n'est pas plus pur que celui qui circule dans les veines des autres jolies mortelles. J'aimerais mieux qu'on appelât les descendants des familles royales les princes du sang versé, soit dit en passant.

En amour, la voix impérieuse du sang reste le plus souvent sans écho sur deux cœurs qui soupirent l'un pour l'autre et ne demandent qu'à épancher leur affection. Les spectres des aïeux, qui s'élèvent indignés entre deux amants, comme une barrière redoutable, n'ont pas assez d'autorité pour faire repousser des alliances matrimoniales projetées. C'est que l'amour de deux jeunes gens, comme les fautes ou les crimes de leurs ancêtres, est, de son caractère, personnel et exclusif de toute idée étrangère ; il fait abstraction de tout, pour ne voir que l'objet aimé. Que de fois, dans le monde, n'a-t-on pas vu tomber, devant une volonté obstinée, des obstacles qui avaient longtemps paru insurmontables! Rien ne résiste à l'amour, quand il est réel et sincère, et un amour qui n'a été inspiré que par des principes d'égalité et de liberté ne peut manquer de couronner l'union rêvée par la plus douce fraternité.

Au lendemain de cette journée, la marquise de Berneuil, agenouillée sur son prie-Dieu, dans une chapelle latérale de Notre-Dame-des-Doms, murmurait tout bas, du fond du cœur: « Je vous remercie, ô mon Dieu! d'avoir arraché de nos yeux le voile qui les aveuglait et de notre cœur l'orgueil aristocratique et l'amour des vieilles institutions que votre sagesse a condamnées, et d'y avoir remplacé par des sentiments de vérité et de justice des sentiments qui n'en avaient que l'apparence. »

L'entrevue entre M. de Berneuil et le jeune Marly fut des plus touchantes. Les deux ennemis se jetèrent dans les bras l'un de l'autre et se tinrent longtemps embrassés, dans l'ardeur d'une émotion commune. Puis, le marquis tomba aux pieds de Georges en implorant son pardon pour toutes les cruautés qu'il lui avait fait subir.

— Georges, dit-il, un vieillard à cheveux blancs

à vos genoux : c'est une assez grande expiation de ses injustices.

Le jeune avocat saisit tendrement les deux mains du père de Marceline et y déposa un baiser tout humide de larmes ; ensuite, le relevant avec respect :

— Non, monsieur le marquis, répondit-il d'une voix vibrante de douceur et d'émotion, vous n'êtes point coupable à mon égard : vous ne me connaissiez point alors. Vos craintes étaient excusables : un bon père a toujours peur de se tromper en mariant sa fille. Vous me demandez pardon de vos injustices. Elles sont toutes pardonnées par vos actes mêmes, en supposant que vous ayez été injuste. La justice de M. de Berneuil républicain fait oublier l'injustice de M. de Berneuil monarchiste.

— Vous serez mon fils, répliqua le marquis d'une voix chevrotante, quoique je ne sois digne ni de votre grandeur ni de votre générosité. Mais je m'efforcerai de réparer à votre égard tout ce que ma conduite passée a eu de cruel, d'inexcusable. Comme premier témoignage de mon repentir, je vous confie ce que j'ai de plus cher : Marceline.

Aujourd'hui, au moment où nous traçons ces lignes, on se demande pourquoi le vieux Marly a délaissé sa maisonnette de Védènes pour venir habiter avec M. de Berneuil dans l'hôtel de la rue D... Les Avignonais mettent leur esprit à la torture pour pénétrer le secret de ce revirement subit et surprenant chez un royaliste aussi rigoureux que le marquis. Les sentiments aristocratiques et les opinions monarchistes ont fait place dans son cœur à des idées républicaines et libérales. Tout le monde s'en étonne profondément dans la région. La calomnie même ne l'épargne point de ses traits de vipère. Seuls, les lecteurs qui ont suivi pas à pas les épisodes de cette histoire possèdent le secret de cette singulière métamorphose.

Ah ! c'est que le marquis avait fait, depuis quelques jours, de profondes et salutaires réflexions. Le centenaire de la Révolution française, joint au souvenir amer de tant de crimes commis par ses ancêtres, vint comme dissiper de ce cœur endurci ces nuages de préjugés politiques et sociaux qui s'y amoncelaient, chaque jour plus compacts. Le dossier du vieux Marly l'avait rappelé à la triste réalité. Il approuvait maintenant cette révolution qui se montrait à lui sous son vrai jour, à la fois comme un grand phare qui avait éclairé le monde et comme une Thémis exterminatrice des tyrans. Il comprenait que les injustices des révolutionnaires avaient été inspirées par la loi du talion, seul code d'un peuple tyrannisé qui se fait justice lu. même, et que leurs cruautés étaient loin d'avoir égalé celles qui les avaient provoquées. Pour le marquis, la vérité planait désormais au-dessus des querelles humaines, dans un espace pur, auquel les appréciations hostiles ne peuvent atteindre. Pour le triomphe d'une idée bonne et généreuse, on a pu verser du sang; mais c'était un sang impur, avili par l'égoïsme et l'inhumanité. Jadis M. de Berneuil blâmait l'idée révolutionnaire, parce qu'elle lui apparaissait comme inséparable du sang versé. Aujourd'hui, il fait l'apologie de la pensée dominante de notre grande rénovation, sans la couvrir de ce voile sanguinaire et imposteur, dont ont coutume de la revêtir les ennemis de la République. L'ancien royaliste avait fini par rougir de l'impuissance de ses efforts réactionnaires et par comprendre que le procès de la monarchie était fait depuis longtemps et signé du sang populaire. Depuis, en effet, que la presse a pu, en caractères de feu, montrer au peuple les crimes et les fautes du gouvernement personnel, depuis qu'elle a ainsi jeté le dégoût sur toutes les vieilles institutions, en faisant asseoir à côté du monarque, sur le trône français, la débauche, l'ambition et le crime, on ne comprend pas que des prétendants aient assez d'audace et d'effronterie pour désirer s'imprimer au front une souillure indélébile et s'élever un instant pour tomber plus honteusement. Ce n'est plus sous cette image auguste de paternité et de justice suprême que les cours apparaissaient désormais à M. de Berneuil. Pour lui, c'étaient des palais de prostitution et des foyers de discorde. Ils avaient bien raison, les peuples de l'antiquité, en faisant naître Mars et Cupidon des relations du roi et de la reine dans la cour de l'Olympe.

À la fin de cette belle journée des fiançailles entre Marceline et Georges, le jeune homme éprouva la double satisfaction d'avoir conquis, avec la main de celle qu'il n'avait cessé d'adorer, plusieurs cœurs à la cause républicaine. Ce n'est pas un médiocre succès d'avoir su inspirer aux personnes de son entourage la sympathie pour un régime qu'elles n'ont cessé d'abhorrer.

La vie apparaissait maintenant au jeune martyr aussi belle qu'elle avait jadis été pour lui insupportable. Une vive allégresse illuminait son front, comme les rayons bienfaisants du soleil réjouissent les êtres humains et la campagne, après la tempête et l'orage. L'espérance et la joie épanouissaient la physionomie naguère si triste de Georges.

Le vieux Marly était devenu le fidus Achates, l'ami inséparable de M. de Berneuil. Ils conversaient le plus souvent sur les questions politiques à l'ordre du jour.

— Il y a à peine quelques mois, disait le marquis, je m'étais inféodé à Boulanger : dans mon courroux de réactionnaire vaincu, je m'efforçais de jeter par toute sorte de moyens le discrédit sur les institutions que le pays a bien voulu se donner. Aveugle que j'étais! Je ne voyais pas qu'une fois les mécontents arrivés en bloc au pouvoir, ce sera une guerre entre frères ennemis. La concorde entre frères est rare, dit un adage ancien. On peut dire qu'elle est impossible entre coalisés boulangistes. L'ambition les a ralliés et les fait se mouvoir de front; l'ambition doit les séparer. Le mécontentement les a assemblés; le mécontentement les disséminera. Si la fortune s'attache à l'œuvre des réactionnaires, à laquelle je me reprocherai toute ma vie d'avoir contribué, dans une certaine mesure, une révolution sanglante est à craindre avec la scission du parti coalisé; et le résultat politique ne peut en être douteux : pendant que les frères se débattront se présentera le parti républicain uni, profitant de leurs luttes intestines, et la victoire restera à la République. Car enfin, on l'a vu, si l'intérêt de la patrie le réclame, demain, aujourd'hui, le parti républicain sera un.

Mais je crois, personnellement, qu'avec le prestige que toute doctrine nouvelle exerce sur les masses, le Boulangisme, grossi de toute la réaction, arrivera en majorité aux élections de septembre. *Di, talem avertite casum!* Car, si nous en jugeons d'après ces élections partielles où le nom du Général a été acclamé...

— Pardonnez-moi, marquis, interrompit le Védénien, il n'est pas logique de conclure du particulier à l'arrivée du général.

Le père de Marceline sourit.

— J'ai meilleur opinion du suffrage universel, continua M. Marly, et j'espère que son souffle puissant éteindra cette torche incendiaire de la discorde civile, sans qu'il soit nécessaire de l'éteindre dans le sang. Ce qui vous trompe, c'est cette agitation de vos anciens amis à travers les départements. L'esprit de parti les aveugle. Ils sont plus jaloux de bien dire que de bien faire. La France républicaine n'a pas été toujours heureuse, il faut l'avouer, pendant la dernière législature ; mais, aux élections prochaines, elle renaîtra de ses malheurs, plus fière et plus belle. Le malheur est un creuset où les nations se purifient et se forgent plus puissantes contre de nouvelles calamités. La probité et la tolérance : voilà ce que nous aurons gagné à être malheureux.

D'ailleurs, de quoi le pays peut-il se plaindre à juste titre? Connaissez-vous, marquis, cette légende dans laquelle l'ange exterminateur charge un citoyen éminent de dresser un rapport sur la moralité d'une certaine ville et de conclure à la condamnation ou à l'indulgence ? Le délégué, dit-on, pria un fondeur de lui composer une statue avec une parcelle de tous les métaux, des terres et des pierres les plus précieuses et les plus viles. Puis, il la porta à l'ange, en lui disant : « Casserez-vous cette jolie statue, parce que tout n'y est pas or et diamants ? » Le génie comprit : « Non, répondit-il, je ne la briserai point ; si tout n'est pas bien, tout est passable. » La cité fut épargnée. Il en est de même de notre République : si tout n'est pas bien, tout est passable. Et il est du devoir du peuple de l'épargner. Car ce qui distingue un régime démocratique d'un régime autoritaire, c'est que la somme des biens l'emporte de beaucoup sur celle des maux, ce qui est l'inverse pour un pouvoir personnel.

Le marquis de Berneuil pencha légèrement la tête en signe d'approbation.

— D'ailleurs, le peuple n'a pas le droit de protester, interrompit-il. Il doit supporter les lois, puisqu'il légifère lui-même par l'organe de ses représentants. Ah ! mon cher ami, je ne me suis jamais trouvé plus heureux que depuis que j'ai fait généreusement le sacrifice de mes vieilles opinions pour sauver ma fille et r   ' nneur. J'ai compris combien d'injustices i.   a ait dans les institutions dont j'osais prendre la défense autrefois ; et, grâce à vous, grâce à Dieu, il s'est opéré en moi comme une métamorphose.

— Beaucoup vous imiteront, marquis ; et cette abnégation de tous les intérêts personnels pour la patrie verra revivre les plus beaux jours d'Athènes et de Rome ; 89 est l'aurore d'une renaissance. La révolution se fera par les armes de la persuasion, et non par celles de la violence. La loi militaire, si impatiemment attendue, vient d'être votée. Des exclamations de joie surgissent du sein des familles. Quel calme, quelle douceur, après la défaite des réactionnaires aux élections générales ! L'amnistie sera réciproque. Au mois d'octobre commencera cette ère de paix, si long-temps rêvée. On rappellera les princes de la terre d'exil. Pareils à ces chevaliers qui ne por-taient point de coups à leurs adversaires tombés, les républicains vainqueurs se contenteront de jouir de la chute de leurs ennemis ; et leur indul-gence envers ceux qui les haïssaient ne les hono-rera pas moins que leur triomphe.

Mais, peut-être, moins généreux, moins nobles que les démocrates, les réactionnaires s'ef-forceront de porter de nouveaux coups à ceux qui les ont relevés de la poussière. Cette irrup-tion serait infâme ; et les républicains seraient donc encore obligés de terrasser leurs enne-mis. Que les réactionnaires cessent de combattre la République, et la République cessera de les abattre.

Oui, marquis, il faut espérer ; les rêves d'antan se réaliseront enfin : car le suffrage universel n'enverra à la Chambre que des hommes aussi probes qu'intelligents. Il faut augurer de là les meilleurs résultats pour la République. La fraternité est fille de la vertu républicaine.

Les deux vieillards se séparèrent. Au même instant, Georges quittait Marceline pour venir causer avec M. de Berneuil. Après quelques minutes de conversation à voix basse :

— Ah ! Georges, gémit le marquis, comment pourrai-je réparer jamais tout le mal que je vous ai fait ? Mais non ; je veux que vous vous vengiez, dès maintenant, de mes cruautés. Que faut-il pour votre vengeance ? Parlez. J'aurai le courage de la subir, après avoir eu celui de la provoquer.

Georges sourit faiblement.

— Pouvez-vous parler de vengeance à exercer contre vous, monsieur le marquis ? Mais ne suis-je pas mille fois indemnisé de mes épreuves par la promesse généreuse et brillante que vous m'avez faite ? Point de vengeance. Oublions ; voilà tout.

Le jeune homme s'interrompit.

— Toutefois, reprit-il après une pause légère, il est un homme qui a joué dans toute cette affaire

un rôle déplacé, sourd, hypocrite, un homme qui
a failli être cause d'un malheur. Cet homme, c'est
l'abbé Poulle. Je dois et je veux tirer vengeance
des odieuses menées de votre ancien conseiller
contre un républicain qui ne lui avait jamais
causé aucun préjudice.

— Dites : quelle est votre vengeance? Je suis
encore l'ami de Poulle. J'exécuterai vos ordres,
mon fils.

— Eh bien, ce sera l'abbé Poulle qui chantera
la messe de mariage. Son pardon est à ce prix.
Car ce n'est pas à moi qu'il doit le demander,
c'est à Dieu!

M. de Berneuil sourit. Georges revint triomphant prendre place à côté de sa fiancée. Le marquis le regarda s'éloigner d'un œil attendri et re-
tomba dans son fauteuil en murmurant :

Les grands cœurs se vengent ainsi!

Oh! non; le noble, ce n'est pas moi!

FIN.

PARIS. — TYP. MAISON QUANTIN

Original en couleur

NF Z 43-120-B

www.ingramcontent.com/pod-product-compliance
Lightning Source LLC
Chambersburg PA
CBHW050303030726
47505CB00003B/546